KB131468

악의 비밀

악의 비밀

로베르토 볼라뇨 지음

박세형 옮김

이 책은 실로 꿰매어 제본하는 정통적인 사철 방식으로 만들어졌습니다.
사철 방식으로 제본된 책은 오랫동안 보관해도 손상되지 않습니다.

머리말

　이 책은 볼라뇨가 타계한 뒤에 그의 컴퓨터에서 발견된 50개 이상의 많은 파일들 가운데 한 줌의 단편들과 이야기 초안들을 추려 모은 것이다. 대부분의 파일들은 볼라뇨가 생전에 출간했거나 출간을 위해 준비한 시, 중단편, 장편, 논평, 강연문, 그리고 인터뷰를 포함하고 있다. 그 외의 다른 파일들에는 완성도의 측면에서 천차만별인 다수의 시, 소설의 개요나 이야기 토막이 담겨 있다. 개중에는 독립적인 글들도 더러 있지만 대개는 출간을 앞둔 원고처럼 목차를 짜서 한 덩이로 묶은 것으로, 볼라뇨는 보통 이러한 파일에 작업 초기 단계부터 가제를 달고 때로는 헌사까지 붙이곤 했다. 이 책을 구성하는 근간이 된 〈BAIRES〉라는 제목의 파일이 바로 그러한 예이다. 이 파일은 볼라뇨가 세상을 떠나기 직전 몇 달 동안 작업했던 파일인 게 틀림없다. 각기 다른 파일들을 만든 날짜와 수정한 날짜는 기록에 남아 있지 않지만 여러 정황으로 보아 그랬을 것으로 추정된다. 이 파일이 볼라뇨가 마지막까지 붙들고 있던 파일들 중 하나라는 확신에 힘입어, 편집자들은 문서의 시작 부분에 등장하는 〈새로운 이야기들〉이라는 제목 아래 쓰여 있던 헌사를 그대로 살리기로 결정했다. 제목도 그대로 유지하는 게 어떨까 고민했지만, 결국에는 파일에 포함된 단편들 중 하나의 제목을 책의 제목으로 삼는 쪽으로 마음이 기울었다. 다름 아니라 이 책에 포함된 다수의 작품들에 딱 들어맞는 다음과 같은 서술로 시작하는 단편 말이다. 〈이것은 매우 단순하지만 한없이 복잡해질 수도 있었을 만한 이야기이다. 거기다 완결이 나지 않은 이야기이기도 하다. 보통 이런 종류의 이야기들에는 결말이 없기 때문이다.〉

볼라뇨의 모든 작품은 심연 위에 매달린 채로 과감히 그 안을 들여다보고 있다. 『악의 비밀』을 비롯한 그의 모든 소설들은 미결의 시학에 의해 작동하는 것처럼 보인다. 공포의 급습이 이야기의 중단을 야기하는 것처럼 느껴진다고나 할까. 어쩌면 그 반대로 말하는 편이 옳을지도 모르겠다. 바로, 이야기의 중단이 공포의 임박을 암시하는 것이라고 말이다. 어쨌든 볼라뇨의 장편과 단편에 나타나는 이러한 미결의 성격은 출간되지 않은 소설 작품들 가운데 어떠한 것들을 완결된 것으로 보고 어떠한 것들을 단순한 초고로 봐야 할지 판단하는 데 종종 걸림돌로 작용한다. 앞에서 우리가 언급한 미결의 시학을 볼라뇨가 점점 더 급진적으로 밀어붙이는 바람에 이는 훨씬 복잡한 작업이 되고 만다. 설상가상으로 볼라뇨는 예외적인 경우를 제외하면 거의 모든 이야기에 미리 제목을 붙이고 처음부터 특정한 어조와 분위기를 설정한 다음에 글쓰기를 시작한다. 그렇기 때문에 언제나 강력한 흡인력을 지닌 그의 글은 결코 실패하거나 주저하는 법이 없다. 카프카의 일기나 유고를 읽는 독자도 이와 비슷한 경험을 하게 된다. 초입부터 기막힌 이야기가 전개되는가 싶더니 갑자기 중단되는 경우가 부지기수니까 말이다. 특정한 작품이 하나의 온전한 글인가의 여부는 비록 합리적인 근거가 있다 할지라도 불가피하게 주관적인 기준에 따라 판단될 수밖에 없으므로, 여기에서 그 기준에 대해 구체적으로 설명해 보았자 큰 도움이 되지는 않을 것이다.

이 책에 포함된 작품들의 절반 가까이는 앞에서 언급한 파일에서 가져온 것이다. 구체적으로 파일에 실린 순서에 따라 언급하자면 「말썽꾼」, 「옆방」, 「파국을 향한 표류」, 「대령의 아들」, 「소돔의 현자들」, 「악의 비밀」, 「세비야가 날 죽인다」가 이에 해당한다. 정황상 이 중 몇몇 작품들은 미완성인 것으로 추측되지만, 우리는 독자가 직접 판단을 내릴 수 있도록 하는 편이 낫겠다고 생각했다. 「파국을 향한 표류」와 「세비야가 나를 죽인다」는 볼라뇨가 생전에 강연에서 발표한 글들로(특히 두 번째 글은 미완성 원고인 게 분명하다) 그의 사후에 출간된 책 『괄호 치고』(바르셀로나, 아나그라마, 2004)에 이미 실린 바 있다. 하지만 단편소설의 경계를 허묾으로써 그 장르를 더 풍부하게 만들겠다는 분명한 의도를 가지고 말년에 출간된 몇몇 단편집에 서사적인 성격이 없는 글들을 포함시킨 작가의 뚜렷한 경향을 존중하고 이어 가기를 바라는 마음에서, 이 책에 재수록하기로 결정했다.

이 책에 실린 나머지 작품들 중에서 「나는 까막눈이다」, 「미로」, 「다니엘라」, 「울리세스의 죽음」, 「선탠」, 「콜로니아 린다비스타」, 「해변」, 「산중 장로」, 「혼돈 주간」, 「사건들」은 〈STORIX〉라는 제목의 파일에서 가져온 것이다. 「해변」은 2000년 8월 17일자 『엘 문도』 신문에 처음 발표되었고, 나중에 『괄호 치고』에도 실렸지만, 이 책에 포함시키는 게 더 적절한 문맥이라는 판단에 재수록하게 되었다. 미완성 원고인 게 분명한 「나는 까막눈이다」의 경우는 순전히 자전적인 내용이고 의심의 여지 없이 화자는 볼라뇨 자신이다. 그럼에도 그는 첫 문장에서부터 이 글을 〈단편소설〉이라고 지칭하고 있는데, 이는 작가가 단편소설이라는 장르에 대해 더욱 열린 생각을 갖게 되었음을 입증하는 단서이다.

미완성 원고임이 틀림없는 〈소돔의 현자들〉이라는 제목의 작품은 〈STOREC〉이라는 이름의 파일에서 가져온 것인데, 사실은 같은 제목을 달고 있는 서로 다른 두 개의 이야기로 구성된 것으로서, 그중 두 번째 것은 첫 번째 것을 출발점으로 삼아 몇 년 뒤에 쓰인 것이다. 이 책에서는 연속되는 이야기처럼 읽히도록 두 〈버전〉을 순서대로 실었다. 참고로 볼라뇨는 최종적으로 『살인 창녀들』(바르셀로나, 아나그라마, 2001)이라는 제목으로 출간된 것과 매우 유사한 어떤 단편집에 〈소돔의 현자들〉이라는 제목을 붙이려고 생각한 적이 있다.

〈근육〉이라는 제목의 긴 단편은 아마도 미완성 장편의 도입부이거나 『짧은 룸펜 소설』(바르셀로나, 몬다도리, 2002)의 초고인 듯한데, 〈MUSCLE〉이라는 제목이 달린 독립적인 문서에 포함된 유일한 글이다.

간혹 눈에 띄는 실수나 오탈자의 수정을 제외하면 모든 작품은 원문을 그대로 수록했다. 볼라뇨의 원고는 손으로 쓴 것이건 워드로 작성한 것이건 거의 항상 명료하고 정돈된 상태라는 점을 꼭 짚고 넘어가고 싶다. 그렇기 때문에 언제나 논란의 여지가 있을 수밖에 없는 원고 정리의 과정을 굳이 거치지 않더라도, 독자는 물론 편집자들에게 작가의 의도가 고스란히 전달되고 있음을 보증할 수 있는 것이다.

작품이 수록된 순서는 편집자들의 임의적인 선택이라기보다는 직관에 따른 결과인데, 책 전체에 짜임새 있는 리듬과 내적 일관성을 부여하려는 바람에서 우리가 도가 지나친 개입을 했거나 커다란 실수를 범한 게 아니었기를 기원한다.

이그나시오 에체바리아
2005년 9월, 바르셀로나

나의 아이들 라우타로와 알렉산드라에게

머리말 • **5**

콜로니아 린다비스타 • **15**

악의 비밀 • **24**

산중 장로 • **28**

대령의 아들 • **33**

소돔의 현자들 • **55**

옆방 • **66**

미로 • **72**

파국을 향한 표류 • **100**

사건들 • **116**

나는 까막눈이다 • **129**

해변 • **141**

근육 • **148**

투어 • **169**

다니엘라 • **173**

선탠 • **176**

울리세스의 죽음 • **183**

말썽꾼 • **195**

세비야가 날 죽인다 • **200**

혼돈 주간 • **207**

옮긴이의 말 • **209**

로베르토 볼라뇨 연보 • **219**

콜로니아 린다비스타

우리 가족은 1968년에 멕시코에 도착해서 처음 며칠 간 어머니 친구분 댁에서 신세를 지다가 콜로니아 린다 비스타에 있는 주택에 셋방을 구했다. 거리 이름은 정 확히 기억이 나지 않는데, 그게 아우로라였던 것 같기도 하지만 어쩌면 내가 헷갈리고 있는 건지도 모르겠다. 블 라네스에서 몇 년 동안 아우로라 거리에 있는 집에서 살 았는데 멕시코에서도 같은 이름의 거리에 살았을 확률 이 얼마나 되겠는가. 물론 아우로라는 상당히 흔한 이 름이기 때문에 꽤 많은 도시에 그렇게 불리는 거리가 적 지 않을 것이다. 그런데 블라네스의 아우로라 거리는 겨 우 20미터 안팎의 길이라서 엄밀히 따지자면 골목길에 가까웠다. 반면에 콜로니아 린다비스타에 있는 아우로 라 — 정말 그 거리 이름이 아우로라가 맞다면 — 의 경 우에는 폭은 좁아도 네 블록에 걸쳐 길게 이어진 길로, 우리 가족이 오랜 세월 멕시코에서 체류하는 동안 첫 한 해를 보냈던 곳이다.

우리에게 세를 준 주인아주머니의 이름은 에우랄리

아 마르티네스였다. 남편과 사별하고 슬하에 딸 셋과 아들 하나를 두고 있는 분이었다. 아주머니는 건물 1층에 살고 있었다. 당시 보기에는 그 건물에 별다른 점이 없었지만, 지금 돌이켜 생각해 보면 날림 공사에 여기저기 하자투성이였다. 그도 그럴 것이 옥외 계단을 따라 올라가게 만든 2층과 간이식 철판 계단을 통해 이어지는 3층은 한참 뒤에야 증축한 것으로서 건축 허가도 없이 작업했을 공산이 컸다. 한눈에 보기에도 그 차이가 뚜렷했다. 1층에 있는 집은 천장이 높아서 으리으리한 구석이 있었다. 흉물스럽기는 해도 어쨌든 건축가의 설계 도면에 따라 지은 것이었다. 반면에 2층과 3층은 에우랄리아 아주머니의 미적 취향에 아주머니와 친한 석공의 솜씨가 마구잡이로 더해져서 나온 결과물이었다. 이러한 건축적인 비대함은 단지 금전적인 이유에서만 비롯된게 아니었다. 주인아주머니께는 자식이 넷 있었는데, 자식들이 결혼한 후에도 어머니 곁에서 살 수 있도록 두 층을 추가로 올리고 거기다 별도로 방 네 칸을 내었던 것이다.

그러나 우리 가족이 거기에 세를 얻어 들어갔을 무렵에는 우리 집 바로 위에 있는 방만 빼고 나머지는 다 비어 있었다. 에우랄리아 아주머니의 장성한 세 딸은 미혼이었는데 어머니를 모시고 아래층에 살고 있었다. 막내아들 페페 혼자 장가를 가서 우리 집 바로 위층에 루피타라는 이름의 아내와 살림을 차린 터였다. 그들 부부는 우리 가족이 거기에 머무는 동안 가장 가깝게 지낸 이웃이었다.

　에우랄리아 아주머니에 대해서는 딱히 할 말이 떠오르지 않는다. 악바리 같은 여자로 운이 따라 줘서 인생이 폈고, 그다지 좋은 사람은 아니었던 성싶다. 아주머니의 딸들은 생판 남이나 마찬가지였다. 까마득한 그 시절에 부르던 식으로 말하면 노처녀였는데, 자신들의 타고난 팔자를 무던히 받아들이기에 힘이 부치는 모양새였다. 아무리 의연한 척해도 체념에 젖은 어두운 기운이 뿜어져 나와서 주변에 있는 모든 것들에, 또는 그것들이 전부 사라지고 나서 내 기억 속에 남아 있는 모습에 어렴풋한 흔적을 남겼다. 아주머니의 딸들은 거의 바깥에 모습을 드러내지 않았는데, 어쩌면 내 눈에 자주 띄지 않았던 걸 수도 있다. 옥수수 토르티야를 파는 말라깽이 원주민 여자가 있는 어두운 건물 출입구나 슈퍼에서 마주치는 다른 동네 여자들을 흉보고 연속극을 꼬박꼬박 챙겨 보는 게 그네들의 낙이었다.

　페페와 그의 아내 루피타는 달랐다.

　당시에 지금 내 나이보다 세 살이나 네 살 아래였던 우리 어머니와 아버지는 그들과 금세 친구가 되었다. 나한테는 페페가 흥미로운 사람처럼 보였다. 우리 동네에 사는 내 나이 또래의 아이들은 다들 그를 조종사라고 불렀는데, 실제로 그는 멕시코 공군 조종사였다. 그의 아내는 살림에 전념했다. 페페와 결혼하기 전에는 관공서에서 비서인가 행정직으로 일했다고 했다. 두 사람은 상냥하고 친절했는데, 어쩌면 그렇게 보이려고 노력한 것인지도 모르겠다. 부모님은 때때로 그들의 집으로 올라가 음악을 듣고 술을 마시며 한동안 같이 시간을 보냈다. 그분들은 페페와 루피타보다 나이가 많았지만 칠레 사람이었고, 당시에 칠레인들은 적어도 라틴 아메리카 안에선 자신들이 가장 진보적인 현대인이라 여겼기에, 마음만은 파릇파릇한 청춘이던 나의 양친에게 나이의 장벽은 하나도 문제될 게 없었다.

나도 어쩌다가 그들의 집에 올라갈 때가 있었다. 페페의 집에는 우리 가족이 리빙이라고 부르던 나름 현대식의 거실이 있었고, 구입한 지 얼마 안 된 듯한 전축이 있었다. 벽과 주방 찬장에는 페페가 루피타와 함께 찍은 사진과 그가 조종하는 비행기들의 사진이 걸려 있었다. 나는 그 비행기들에 관심이 많았는데, 페페는 군사 기밀을 발설하면 큰일이라도 난다는 듯 말하기를 꺼려했다. 당시 미국 드라마에 나오던 용어대로 말하자면 1급 기밀 정보인 셈이었다. 상당히 독특한 의무감과 책임감을 지니고 있던 페페를 제외하면 사실 멕시코 공군의 군사 기밀 때문에 잠 못 이루며 전전불매할 사람은 없었을 것이다.

저녁 식사 자리에서나 숙제를 하는 동안 주위들은 대화를 통해 우리 이웃이 겪고 있던 현실적인 상황에 대해 조금씩 얼개가 그려졌다. 그들은 5년 차 부부였지만 아직 아이가 없었다. 두 사람은 하루가 멀다 하고 산부인과를 찾아갔다. 의사들은 루피타가 아이를 갖는 데 아무런 이상이 없다고 말했다. 여러 검사 결과에 따르면 페페도 마찬가지였다. 정신적인 문제라는 게 의사들이 내린 결론이었다. 페페의 어머니는 몇 년이 지났는데도 손주를 보지 못하자 루피타에게 따가운 눈총을 보내기 시작했다. 한번은 루피타가 가까이 붙어 사는 시어머니의 존재와 집이 문제라고 우리 어머니에게 털어놓았다. 다른 곳으로 이사를 간다면 바로 임신을 할 수 있을지도 모른다고 했다.

나는 루피타의 말에 일리가 있었다고 생각한다.

한 가지 더. 페페와 루피타는 체구가 작았다. 당시에 겨우 열여섯이던 내가 페페보다 키가 컸다. 그러니까 페페의 키는 165센티미터 이하였고, 루피타는 아무리 후하게 쳐도 158센티미터 언저리였다. 페페는 새카만 머리에 피부가 거무스름했고 무언가 근심에 잠긴 듯이 항상 심각한 표정을 짓고 다녔다. 그는 매일 아침 공군 제복을 입고 출근했다. 용모가 단정하기 이를 데 없었는데, 주말에는 추리닝과 청바지 차림에 면도도 하지 않았다. 루피타는 피부가 하얀 편이었고 머리는 금발로 염색했는데 미용실에 들러 시술을 받거나 페페가 미국에서 사 온 여성용 소형 만능 헤어 키트를 이용해 본인이 직접 머리카락을 말아서 거의 1년 내내 파마를 하고 다녔다. 인사를 할 때는 언제나 생글생글 웃는 얼굴이었다. 때로는 내 방에서 그들이 사랑을 나누는 소리를 들을 수 있었다. 당시에 나는 본격적으로 글을 쓰기 시작했던 참이라 늦게까지 깨어 있을 때가 많았다. 내 인생은 따분한 일상의 연속인 것 같았다. 솔직히 말하자면 삶 자체가 불만스러웠다. 그래서 새벽 2~3시까지 글을 쓰는 일이 잦았는데 바로 그 시간쯤에 위층에서 갑자기 신음 소리가 들려오기 시작했던 것이다.

처음에는 딱히 이상할 게 없었다. 페페와 루피타가 아이를 갖기 원한다면 몸을 섞는 게 당연한 수순이 아니겠는가. 그러나 시간이 지날수록 하나둘씩 의문이 고개를 들었다. 대체 그들은 왜 그렇게 늦은 시간에 정사를 벌이기 시작하는 걸까? 그리고 신음 소리가 들리기 **전까지** 왜 다른 소리가 들리지 않는 걸까? 물론 당시에 섹스에 대한 나의 지식은 영화나 포르노 잡지를 통해 배운 게 전부였다. 한마디로 문외한이나 다름없었다. 그렇지만 위층에 있는 방에서 심상치 않은 일이 벌어지고 있음을 눈치채지 못할 정도로 아예 무지렁이는 아니었다. 불현듯 내 머릿속에서 페페와 루피타가 섹스를 나누는 모습이 마치 위층에서 사도마조히즘적인 장면들을 실연하고 있는 것처럼 의미를 알 수 없는 몸짓들로 윤색되기 시작했다. 하나하나 뚜렷이 눈앞에 그려지지는 않았지만, 그 장면들은 고통이나 쾌락을 자극하기 위한 행동들이 아니라 페페와 루피타가 자신들의 의지와 상관없이 연기하고 있으며 서서히 그들의 정신을 이상하게 만드는 연극적인 동작들을 중심으로 전개되었다.

외부인의 입장에서는 알아채기 쉽지 않지 않은 일이

---

1 보수적이고 엄격한 성향의 로마 가톨릭 종교 단체. 볼라뇨의 소설 『칠레의 밤』의 주인공인 세바스티안 우루티아 라크루아가 오푸스데이 소속 사제이기도 하다. 이하 모든 주는 옮긴이의 주이다.
2 멕시코 남동부에 위치한 주.

었다. 그래서 얼마 지나지 않아 나 혼자만 그 사실을 알고 있다는 확신이 서자 한편으로는 우쭐한 마음도 들었다. 어머니는 루피타의 속내까지 다 들어 주는 막역한 친구나 다름없었는데 이사를 감으로써 부부의 모든 문제가 해결되리라고 믿었다. 아버지의 경우엔 별다른 의견이 없었다. 하기야 멕시코에 갓 둥지를 튼 풋내기들로 하루하루 제대로 눈을 뜨고 있기도 버거운 판에 우리에게 이웃의 속사정까지 신경 쓸 만한 여력이 어디 있었겠는가. 그 시절을 돌아보면 부모님과 누나, 그리고 내 얼굴이 차례대로 떠오르는데, 그렇게 단출한 네 식구의 모습이 참으로 막막하기가 이를 데 없다.

집에서 여섯 블록 떨어진 곳에 히간테라는 대형 마트가 있었고, 우리 가족은 매주 토요일마다 거기로 쇼핑을 하러 갔다. 그건 일일이 다 기억난다. 그 당시에 오푸스 데이[1]에서 운영하는 고등학교에 다니기 시작했던 것도 떠오르는데, 부모님을 대신해 변명을 좀 해드리자면 그분들은 평생 그런 단체에 대해 들어 본 적도 없었다. 당사자인 나조차도 1년 넘게 지나서야 그 학교가 얼마나 극악무도한 곳인지 깨달았을 정도니까 말이다. 윤리 선생님은 공공연한 나치 추종자였는데, 재미있는 건 그 선생님이 장학금을 받고 이탈리아에서 공부한 유학파로서 몽땅한 키에 원주민처럼 생긴 치아파스[2] 사람이었다는 것이다. 알고 보면 그저 착하고 어벙한 샌님으로, 진짜 나치의 손에 걸렸다면 주저 없이 박멸 대상이 되었을 것이다. 그리고 논리 선생님으로 말하자면, 호세 안토니오[3](한참 뒤에 나는 스페인에서 호세 안토니오 대로라는 곳에 살게 되었다)의 영웅적인 의지를 믿어 의심치 않는 분이었다. 어쨌든 분명한 건 부모님이나 나나 처음에는 완전 백지상태나 다름이 없었다는 것이다.

유일하게 내 흥미를 불러일으키던 대상이 바로 페페와 루피타였다. 거기에다 한 사람을 덧붙이자면 페페의 친구라는 남자가 있었다. 솔직히 말하면 그는 페페의 유일한 친구였는데, 금발에 사관 학교 동급생 중 최고의 조종사였고 전투기를 몰던 중에 사고를 당해 더 이상 비행기를 탈 수 없게 된 늘씬한 몸매의 사내였다. 그는 거의 매주 주말마다 집으로 찾아와서 페페의 어머니와 그를 사모하는 페페의 누나들에게 안부 인사를 건넨 다음 자기 친구의 집으로 올라가 루피타가 저녁을 준비하는 사이 술을 마시며 텔레비전을 시청했다. 어쩌다 주중에 모습을 드러내는 경우엔 제복 차림을 하고 왔는데, 그 제복이 어떤 것이었는지 쉽게 머릿속에 그려지지 않는다. 아무래도 청색 옷이었던 것 같기는 하지만 어쩌면 내가 착각하는 걸 수도 있다. 눈을 감고 페페와 그의 금발 친구를 기억의 저편에서 불러오면, 그들이 연두색에 가까운 녹색 제복을 입고 멋들어진 한 쌍의 조종사 복장으로 청색 치마(청색 옷은 바로 이 치마였다)에 흰색 블라우스를 입고 있는 루피타 옆에 서 있는 모습이 보인다.

3 José Antonio Primo de Rivera(1903~1936). 스페인의 변호사이자 정치가로 20세기 초 스페인의 독재자 미겔 프리모 데 리베라의 아들. 파시즘의 영향을 받아 스페인 팔랑헤 당을 창설했다. 스페인 내전 초기에 반역 혐의로 체포되어 공화정 정부에 의해 처형당했다.

금발 사내가 저녁 식사 때까지 머무는 경우도 있었다. 부모님이 잠든 뒤에도 위층에서는 계속 음악이 울려 퍼졌다. 식구 중에 깨어 있는 사람은 나밖에 없었는데, 보통 그 시간이 되어서야 글을 쓰기 시작했기 때문이다. 어떻게 보면 위층에서 들려오는 소음이 나의 벗이 되어 준 셈이었다. 새벽 2시쯤 되면 사람들의 목소리와 음악 소리가 뚝 끊기고 건물 전체에 묘한 정적이 감돌았다. 페페의 집과 우리 집은 물론이고, 추가로 쌓아 올린 층들의 하중을 버티기 힘들다는 듯 그 시간만 되면 삐걱거리는 것처럼 느껴지던 페페의 어머니 집까지 포함해서 말이다. 그러면 이제 바람 소리, 멕시코시티의 밤바람 소리, 그리고 문을 향해 걸어가는 금발 사내의 발소리에 이어서 그를 배웅하러 나가는 페페의 발소리, 곧이어 누군가가 철판 계단을 밟고 내려와 우리 집 앞의 층계참을 지나 옥외 계단을 따라 1층까지 걸어 내려가는 발소리, 그리고 누군가가 쇠살문을 열고 아우로라 거리를 따라 멀어져 가는 발소리만이 들릴 뿐이었다. 그러면 이제 나는 글쓰기(무슨 글을 쓰고 있었는지는 기억이 나지 않는다. 보나마나 형편없는 내용이었을 테지만 그 시간까지 나를 깨어 있게 만든 꽤 긴 분량의 글이었을 것이다)를 멈추고 귀를 쫑긋 기울였지만 페페의 집에서는 아무 소리도 들려오지 않았다. 마치 금발 사내가 떠나자마자 페페와 루피타를 비롯해 그 집에 있는 모든 것들이 순식간에 얼어붙기라도 한 것처럼 말이다.

악의 비밀

이것은 매우 단순하지만 한없이 복잡해질 수도 있었을 만한 이야기이다. 거기다 완결이 나지 않은 이야기이기도 하다. 보통 이런 종류의 이야기들에는 결말이 없기 때문이다. 파리의 어느 날 밤, 한 미국인 기자가 잠을 자고 있다. 갑자기 전화기가 울리더니 누군가 국적 불명의 영어로 조 A. 켈소를 찾는다. 기자는 본인이 그 사람이라고 밝히고 시계를 확인한다. 새벽 4시니까 겨우 세 시간쯤 눈을 붙인 셈이고 온몸이 뻐근하다. 수화기 저편의 목소리는 긴히 전할 정보가 있으니 그를 만나야겠다고 한다. 기자는 무슨 일인지 묻는다. 이런 식의 전화들이 흔히 그렇듯 목소리는 자세한 내용을 알려 주지 않는다. 기자는 그에게 귀띔이라도 해달라고 부탁한다. 목소리는 켈소보다 훨씬 뛰어난 흠잡을 데 없는 영어를 구사하며 직접 만나는 편이 좋겠다고 말한다. 그러더니 바로, 한시가 급한 일입니다, 하고 덧붙인다. 어디서 볼까요? 하고 켈소가 묻는다. 목소리는 파리에 있는 어느 다리의 이름을 댄다. 그리고 또 한마디를 덧붙인다. 걸어서 20분이면 충분히 올 수 있을 겁니다. 이런 종류의 약속에 익숙한 기자는 30분 안으로 가겠다고 답한다. 그는 옷을 챙겨 입는 사이에 이런 식으로 하룻밤을 날려 먹는 건 참으로 어리석은 일이라고 생각하지만 한편으로는 빤하기 그지없는 전화 한 통에 잠이 확 달아나서 이제 전혀 졸리지 않다는 사실을 깨달으며 살짝 놀란다. 기자는 정해진 시간보다 5분 늦게 약속 장소에 도착하는데, 주변에 눈에 띄는 것이라고는 자동차들밖에 없다. 그는 한동안 다리의 한쪽 끝에서 가만히 선 채로 기다린다. 그러다 다리를 건너가서 마찬가지로 아무도 없는 그 반대편 끝에서 몇 분을 기다리다 원래 있던 자리로 돌아가 한밤의 소동을 접고 집으로 돌아가 잠을 청하기로 결심한다. 집으로 돌아가는 길에 그는 목소리를 머릿속에 떠올린다. 우선 미국인이 아닌 건 분명하고 영국인도 아닌 듯싶지만 확실치는 않다. 어쩌면 남아프리카 공화국이나 호주 사람일지도 몰라, 하고 그는 생각한다. 네덜란드 사람이거나 아니면 학교에서 영어를 배운 다음 여러 영어권 국가에 거주하며 완벽한 영어 구사력을 익힌 북유럽 사람일 수도 있어. 어떤 거리를 지나고 있을 때 누군가 그의 이름을 부르는 소리가 들린다. 켈소 씨. 그는 자신의 이름을 부른 사람이 다리에서 만나기로 약속한 자라는 걸 직감적으로 알아챈다. 목소리가 들려오는 곳은 어떤 건물 입구의 어두운 통로이다. 켈소가 발을 멈추려는 동작을 취하자 목소리는 계속 걸어가라고 지시한다. 기자는 길모퉁이에 이르러서 뒤를 돌아보지만 그를 따라오는 사람은 보이지 않는다. 그는 길을 되짚어 가는 게 좋을까 잠시 머뭇거리다가 계속 가는 편이 낫겠다는 판단을 내린다. 갑자기 옆 골목에서 어떤 사내가 불쑥 나타나더니 그에게 인사를 건넨다. 켈소도 똑같이 수인사를 한다. 사내가 그에게 손을 내밀며, 사샤 핀스키입니다, 하고 말한다. 켈소는 사내와 악수를 하며 마찬가지로 통성명을 한다. 핀스키라는 자가 그의 등을 토닥이더니 위스키를 한잔하겠느냐고 묻는다. 사실 사내가 한 말을 정확히 옮기자면 한잔이 아니라 한 모금이다. 그리고 그에게 간단히 요기를 하겠는지 물어본다. 자기가 잘 아는 가게 중에 그 시간에도 갓 구워 낸 따끈따끈한 크루아상을 파는 데가 있으니 믿어 보라는 말이다. 켈소는 핀스키의 얼굴을 쳐다본다. 모자를 눌러쓰고 있기는 해도 오랫동안 어디 갇혀 있기라도 했는지 백지장같이 창백한 낯빛이 고스란히 눈에 들어온다. 그렇지만 어디에 갇혀 있었을까? 하고 켈소는 생각한다. 감옥이나 정신병자 수용소겠지. 어쨌든 이미 발을 빼기에는 늦었고 따뜻한 크루아상이 켈소의 구미를 당긴다. 셰 팽이라는 이름의 가게는 인적이 드문 골목길이기는 해도 그가 사는 동네에 위치해 있는데, 안에 들어가기는 이번이 처음이고 애초에 보기도 처음인 것 같다. 기자가 단골처럼 드나드는 가게들은 주로 몽파르나스 언덕에 있으며 불분명한 전설을 후광처럼 하나씩 두르고 있는 곳들이다. 스콧 피츠제럴드가 식사를 했다느니, 조이스와 베케트가 아일랜드 위스키를 마셨다느니,

헤밍웨이와 존 더스패서스, 트루먼 커포티와 테네시 윌리엄스가 즐겨 찾았다느니 하는 식으로 말이다. 셰 팽에서 파는 크루아상은 사내의 말대로 갓 구워 낸지라 감칠맛이 일품이고 커피도 상당히 훌륭한 편이다. 그래서 켈소는 핀스키라는 작자가 혹시 같은 동네에 사는 이웃이 아닐까 하는 상상만으로도 끔찍한 생각을 하기에 이른다. 그럴 가능성을 머릿속으로 따져 보면서 그의 온몸에 소름이 돋는다. 자신의 흔적은 철저히 감춘 채 남을 관찰하고 일단 한번 달라붙으면 도저히 떼어 내기 힘든 골칫덩이이자 정신병자, 편집증 환자일 터이다. 마침내 켈소는 입을 열고, 자, 이제 용건을 말해 보시죠, 하고 말한다. 다른 건 입에 대지도 않고 커피만 홀짝이던 창백한 낯빛의 사내가 그를 쳐다보더니 미소를 짓는다. 지독한 슬픔과 피곤함이 동시에 묻어 나오는 미소다. 마치 그가 자신의 권태와 피로, 수면 부족 상태를 겉으로 드러내 보이는 건 오로지 미소를 지을 때뿐이라는 것처럼 말이다. 하지만 미소를 거두자마자 사내의 얼굴은 예의 싸늘한 표정으로 얼어붙는다.

산중 장로

세상일은 항상 우연찮게 일어나는 법이다. 어느 날 벨
라노는 리마를 만나고 둘은 친구가 된다. 두 사람은 멕
시코시티에 살고 있으며 젊은 시인들 사이에서 흔히 그
렇듯 특정한 규범에 대한 거부와 특정한 작품에 대한 기
호를 바탕으로 우의를 다진다. 앞에서 말한 것처럼 그들
은 젊다. 사실은 매우 젊을 뿐만 아니라 자기들 나름으

---

1 Frank O'Hara(1926~1966). 미국 시인. 아방가르드 예술의 영향
을 받아 1950~1960년대 뉴욕을 중심으로 활동한 〈뉴욕 시파*New York
School*〉의 일원.
2 Archilochos(B.C. 675?~B.C. 635?). 기원전 7세기의 그리스 시
인. 볼라뇨는 용기를 주제로 한 여러 에세이에서 명예로운 전사를 강요
하는 사회적 통념을 당당하게 비웃는 아르킬로코스의 시를 인용한다.
〈내 방패를 가져간 사이오이족 놈은 잔뜩 거들먹대고 있을 거야. 그 흠
잡을 데 없는 무기를 어쩔 수 없이 덤불 옆에 버리고 왔거든. 그렇지만
덕분에 나는 목숨을 건졌지. 그깟 방패 따위가 다 무슨 상관이랴! 쳇! 비
슷한 걸로 하나 사면 그만인 일.〉
3 John Giorno(1936~). 미국의 시인이자 행위 예술가. 다섯 시간이
넘는 앤디 워홀의 무성 영화 「잠Sleep」에서 자고 있는 모습으로 등장하
는 인물.
4 William Burroughs(1914~1997). 미국의 소설가. 제2차 세계 대
전 후 대두한 보헤미안적인 예술가 그룹인 비트 세대 문학의 대표 주자
로 알려져 있다.

로 열의에 넘치고 문학에 고통을 없애는 힘이 있다고 믿는다. 두 사람은 호메로스, 프랭크 오하라,[1] 아르킬로코스[2]와 존 조르노[3]의 시를 낭송하고, 아무런 의식도 못 한 채 심연의 가장자리를 따라 위태로운 삶을 이어 간다.

1975년의 어느 날에 벨라노는 윌리엄 버로스[4]가 죽었다고 말한다. 이 소식을 들은 리마는 새하얗게 질려서 그럴 리가 없다며 버로스는 살아 있다고 말한다. 벨라노는 딱히 자기 말이 옳다고 고집을 부리지 않는다. 버로스가 세상을 떠난 걸로 알고 있지만 어쩌면 자신의 착각일 수도 있다고 덧붙일 뿐이다. 언제 죽었는데? 하고 리마는 묻는다. 얼마 전이었던 것 같아, 하고 벨라노는 허두를 떼더니 점점 확신이 사라져 가는 목소리로, 어디선가 기사를 읽었어, 하고 답한다. 이야기의 바로 이 지점에서 침묵이라고 부를 만한 것이 발생한다. 어쩌면 그것을 공백이라 일컬을 수도 있을 것이다. 아무튼 그것은 매우 짧은 순간의 공백에 불과하지만, 신기하게도 벨라노의 의식 속에서는 세기말까지 이어진다.

이틀 후에 리마는 버로스가 살아 있다는 사실을 반박의 여지 없이 증명하는 기사를 들고 나타난다.

그러고 몇 년이 흐른다. 이유는 알 수 없지만 벨라노는 어쩌다 아주 가끔씩 자신이 생뚱맞게 버로스가 죽었다고 말했던 그날을 떠올린다. 화창한 날이었고 리마와 그는 설리번가를 따라 걷고 있었다. 어떤 친구의 집에서 나오는 길이었고 남은 하루는 특별한 일정이 없었다. 아마도 비트 시인들을 화제로 삼아 대화를 나누고 있었던 것 같다. 그러다 그가 버로스가 죽었다고 말하자 리마가 하얗게 질리며 그럴 리 없다고 대꾸했던 것이다. 이따금 벨라노는 리마가 소리를 지르던 모습이 기억난다고 생각한다. 그럴 리가 없어! 도저히 있을 수 없는 일이야! 말도 안 돼! 하는 식으로 말이다. 그리고 리마가 매우 가까운 친척의 사망 소식을 접한 것처럼 비탄에 잠겼고, 이틀 후에 그것이 잘못된 소식임을 분명히 확인한 후에야 그 비탄(하지만 이것이 상황에 딱 맞는 단어가 아니라는 건 벨라노도 알고 있다)이 사라졌다는 것도 기억한다. 그런데 그날에 얽힌, 콕 집어 말할 수 없는 무언가가 벨라노의 마음속에 불안의 흔적을 남긴다. 불안과 즐거움의 흔적. 불안 뒤에는 사실 두려움이 숨어 있다. 그럼 즐거움 뒤에는? 보통 벨라노는 자기 편할 대로 해석해서 즐거움 뒤에는 젊은 시절에 대한 향수가 숨어 있다고 생각하지만, 사실 즐거움 뒤에 숨어 있는 것은 잔인함이다. 서로에게 달라붙는 것도 모자라 위아래로 뒤엉킨 채 끊임없이 움직이는 흐릿한 형체들이 득시글대는 어둡고 비좁은 공간. 자신들이 제대로 통제하지도 못하는(혹은 아주 기이한 경제를 통해 통제하는) 폭력을 빨아먹고 사는 형체들. 그날의 기억이 자아내는 불안은 언뜻 상식적으로 떠올리는 것과는 다르게 하늘과 비슷한 구석이 있다. 그리고 즐거움은 홈을 따라 항해하는 완벽한 정사각형 모양의 기하학적 배처럼 지하에 가까운 느낌이다.

　때때로 벨라노는 홈을 관찰한다.

그는 몸을 굽혀서 허리를 숙이고 폭풍에 휩싸인 나무줄기처럼 척추가 휜 채로 홈을 관찰한다. 보기만 해도 구역질이 나는 괴이한 거죽을 갈라놓고 있는 깊고 깨끗한 흔적. 그리고 또 몇 년이 지난다. 다시 몇 년 전으로 되돌아간다. 1975년에 벨라노와 리마는 친구이고 아무것도 모른 채 매일 심연의 가장자리를 걷는다. 그러던 어느 날 그들은 멕시코를 떠난다. 리마는 프랑스로 향하고, 벨라노는 스페인으로 향한다. 그때까지 하나로 뭉쳐 있던 두 사람의 삶은 각기 다른 침로를 따라 갈라진다. 리마는 유럽과 중동을 돌아다닌다. 벨라노는 유럽과 아프리카를 돌아다닌다. 둘은 모두 사랑에 빠지고 행복을 찾거나 스스로 목숨을 끊고자 노력하지만 헛수고에 그친다. 벨라노는 몇 년이 지나서 지중해 해안에 있는 작은 도시에 정착한다. 리마는 멕시코로 돌아간다. 그는 멕시코시티로 돌아간다.

하지만 그사이에 여러 일이 일어났던 터다. 1975년의 멕시코시티는 찬란하게 빛나는 도시이다. 벨라노와 리마는 거의 언제나 함께 잡지에 시를 발표하고 카사 델 라고에서 시 낭송회를 연다. 1976년에 두 사람은 그들의 존재 자체를 용납하지 않는 제도권 문단에서 유명 인사이며 무엇보다도 공포의 대상이다. 죽음도 불사하고 덤벼드는 사나운 개미 두 마리. 벨라노와 리마는 10대 시인들의 모임을 이끄는데, 그들은 어느 누구에게도 존중을 표하지 않는다. 단 한 사람에게도 말이다. 제도권의 문학 권력은 이를 용서하지 않고, 벨라노와 리마는 문단에서 영원히 추방당한다. 그해 말에 멕시코 청년 리마는 조국을 떠난다. 그로부터 얼마 지나지 않은 1977년 1월에 칠레 청년 벨라노가 그 뒤를 따른다.

아무튼 대충 그런 식이다. 1975년. 1976년. 종신형을 선고받은 두 젊은이. 유럽. 새로운 시기가 시작되면서, 시작과 동시에 그들을 심연의 가장자리로부터 떼어 놓는다. 그리고 이어지는 이별. 물론 벨라노와 리마가 처음에는 파리, 다음엔 바르셀로나, 또 나중엔 루시용의 기차역에서 만나는 건 사실이지만, 예상치 못한 순간에 불가피하게 서로 다른 궤적을 그리며 날아가는 두 개의 화살처럼 끝내 두 사람의 운명은 갈라지고 몸은 멀어진다.

아무튼 대충 그런 식이다. 1977년. 1978년. 1979년. 그리고 1980년이 지나면서 라틴 아메리카의 암흑기인 80년대가 이어진다.

그래도 벨라노와 리마는 종종 서로의 소식을 전해 듣는다. 아무래도 벨라노 쪽에서 리마의 소식을 더 자주 접하는 편이다. 어느 날 그는 친구가 버스에 치였다가 기적적으로 목숨을 건졌다는 사실을 알게 된다. 그 사고 탓에 리마는 남은 평생을 절름발이 신세로 보낸다. 또한 그 탓에 일약 전설적인 존재로 등극한다. 어쨌든 멕시코시티에서 멀리 떨어져 있는 벨라노는 그렇게 생각한다. 이따금 바르셀로나에 사는 벨라노의 친구가 멕시코에서 찾아온 손님에게서 들은 리마의 소식을 벨라노에게 전해 준다.

대령의 아들

세상에 어찌 이런 기상천외한 일이 있을 수 있지? 내
가 어제 새벽 4시쯤에 텔레비전에서 영화를 한 편 봤거
든. 그런데 이게 내 자서전이나 전기를 그대로 옮겨 놓
은 거 같더라고. 이 빌어먹을 지구라는 행성에서 보낸
내 삶의 요약본이나 다름없었어. 어찌나 식겁했는지 절
로 오줌이 지리고 하마터면 의자에서 굴러떨어질 뻔했
다니까.

어안이 벙벙하더군. 보자마자 한눈에 허접한 영화라
는 걸 알 수 있었어. 어쨌든 우리가 영화에 대해 쥐뿔도
모르면서 깎아내리는 그런 류의 작품이었지. 배우들이
별로라는 둥 감독이 시원찮다는 둥 멍청한 특수 효과 팀
이 문제라는 둥 하면서 말이야. 하지만 그건 정말 엄청
난 저예산으로 제작한 싸구려 B급 영화였어. 겨우 4유
로나 5달러로 찍은 영화라고 한다면 확실히 감이 오려
나? 도대체 무슨 수단으로 사람들을 구워삶아서 돈을
뜯어냈는지 의심이 갈 지경이더군. 보나마나 제작자는
풋돈이나 던져 주었을 테고 그걸로 어떻게든 경비를 충

당해야 했을 거야.

심지어는 진짜 구라 하나도 안 보태고 제목도 기억이
안 나. 그렇지만 나는 땅에 묻히는 순간까지 이 영화를
「대령의 아들」이라고 부를 거야. 장담컨대 이토록 민주
적이고 혁명적인 영화를 보기는 백만 년 만의 일이었어.
그렇다고 영화 자체가 혁명적이라는 뜻은 아니야. 오히
려 그런 것과는 거리가 먼 형편없는 작품으로, 뻔한 설
정과 진부한 내용, 구태의연한 대사와 틀에 박힌 인물들
로 가득했지. 그렇지만 동시에 하나하나의 장면마다 그
안에 고스란히 서려 있는 혁명의 기운이 뿜어져 나왔어.
그것은 전체가 아니라 미세하고 극미한 하나의 파편으
로서 혁명을 예감하게 하는 기운이었지. 쉽게 말하자면
「쥐라기 공원」을 보는데 어디에도 공룡이 나타나지 않는
것과 똑같은 거야. 아무도 그 빌어먹을 파충류들을 입
에 올리지 않지만 그놈들이 언제 어디서 튀어나올지 모
르기 때문에 숨통이 마구 조여 오잖아.

이제 대충 얼개가 그려지는 것 같아? 나는 오스발도

1 Osvaldo Lamborghini(1940~1985). 아르헨티나 작가. 정치, 섹
스, 폭력을 주제로 프롤레타리아 언어와 실험적 문체가 결합된 작품들
을 남겼다. 말년에 작업한 미완성작 『방구석 프롤레타리아 극장*Teatro
proletario de cámara*』은 포르노 사진들 위에 글과 그림, 사진 등을 덧붙
인 실험적인 콜라주 작품이다.
2 George Andrew Romero(1940~2017). 미국의 영화 감독. 영화
「살아 있는 시체들의 밤Night of the Living Dead」, 「시체들의 새벽Dawn
of the Dead」, 「시체들의 낮Day of the Dead」의 시체 3부작으로 좀비 영
화 장르를 개척했다고 평가받았다.
3 Alfred Jarry(1873~1907). 프랑스 작가. 『위비 왕*Ubu roi*』 등의 작
품이 있다. 초현실주의와 부조리극의 선구자로 평가받는다.

람보르기니[1]의 『방구석 프롤레타리아 극장』에 포함된 작품을 하나도 읽어 보지 못했지만, 마조히즘적 성향을 가진 람보르기니 같은 작가라면 새벽 3시나 4시에 「대령의 아들」을 보는 걸 마다하지 않을 거라고 확신해. 어떤 내용이냐고? 웃지 마. 좀비에 관한 영화야. 그래, 맞아, 조지 로메로[2] 감독의 영화랑 비슷하지. 당연한 일이겠지만 어찌 보면 조지 로메로와 그의 위대한 두 편의 좀비 영화에 대한 오마주라고 할 수도 있어. 그렇지만 로메로의 작품에 정치적 밑바탕으로 깔려 있는 게 카를 마르크스라고 한다면, 어젯밤에 본 영화의 경우에는 아르튀르 랭보와 알프레드 자리[3]였지. 한마디로 전형적인 프랑스식의 광기였어.

그만 웃으라고. 로메로는 직설적이고 비극적이야. 수렁에 빠진 공동체와 생존자들에 관해서 이야기하지. 그런 데다 유머 감각까지 있어. 그 왜 두 번째 영화 기억나? 거기에 좀비들이 대형 쇼핑몰을 맴도는 장면이 나오잖아. 그곳이 어렴풋이 과거의 삶을 떠올리게 하는 유일한 공간이라는 이유로 말이야. 아무튼 어젯밤의 그 영화는 달랐어. 나는 미친 듯이 웃으며 보긴 했지만 유머 감각도 찾을 수 없었고, 공동체의 비극을 다루는 내용도 아니었지. 주인공은 어떤 남자애였는데 내가 영화를 처음부터 보지 못해서 잘 모르겠지만 어느 날 자기 애인과 함께 아버지의 직장에 가게 된 것 같아. 다시 말하지만 앞부분을 놓쳤기 때문에 정확한 건 아니야. 어쩌면 남자애가 아버지를 찾아갔다가 거기서 여자애를 만났을 수

35

도 있어. 여자애의 이름은 줄리인데 그 나이 또래의 아이답게 유행에 뒤처지지 않으려고 애쓰고 남들에게도 그런 모습으로 보이고 싶어 하는 예쁘장한 얼굴의 10대 소녀야. 남자애는 레이놀즈 대령의 아들이야. 대령은 홀아비고 딱 봐도 아들을 애지중지하는 게 티가 나는데 아무래도 군인이라서 그런지 아들과의 관계는 살갑게 애정을 표시하는 것과는 거리가 멀어.

줄리는 무슨 일로 군부대 안에 있었을까? 그건 확실히 알 수 없어. 어쩌면 피자를 배달하러 갔다가 길을 잃었는지도 모르지. 레이놀즈 대령이 부려 먹는 인간 모르모트들 중 하나의 여동생일 수도 있지만, 그건 가능성이 희박한 일이야. 아니면 도시에서 떠나기 위해 히치하이킹을 하다가 대령의 아들과 만났을 수도 있어. 어쨌든 줄리는 거기에 있다가 어느 순간 미로와도 같은 지하에서 길을 잃고, 절대 열어서는 안 되는 문을 열고 천진난만하게 걸어 들어가지. 맞은편에 있던 좀비가 그녀를 뒤쫓기 시작해. 줄리는 당연히 도망치지만 좀비는 그녀를 구석에 몰아넣은 다음 몸을 할퀴고 한순간에 그녀의 팔과 다리를 물어뜯기까지 하지. 그 장면은 강간을 연상케 하는 구석이 있어. 그때 줄리를 찾아다니던 대령의 아들이 나타나서 그녀와 힘을 합쳐 좀비를 제압하고 죽여 버려. 애초에 좀비를 죽인다는 게 가능한 일인지는 모르겠지만 말이야. 이어서 그들은 갈수록 좁아지고 얼키설키 뒤얽히는 지하 통로를 따라 달아나던 끝에 하수도를 통해 지상으로 탈출해. 도망치는 동안 줄리는 질병의 초기 증상이 나타나는 걸 느끼기 시작해. 지치고 배가 고픈 나머지 대령의 아들에게 자기를 버리고 가거나 그냥 잊어버리라고 애원하지. 그렇지만 대령의 아들은 절대 고집을 꺾지 않아. 줄리에 대한 사랑 때문인데, 어쩌면 예전부터 그녀를 사랑하고 있었는지도 몰라(따라서 두 사람이 이미 알던 사이였을 수도 있다는 거지). 어쨌든 팔팔한 청춘의 그 대범함을 발휘해서 그는 무슨 일이 생기건 간에 절대 그녀를 홀로 버려두고 가지 않겠다고 다짐하지.

지상에 도착하자 줄리는 참을 수 없는 허기를 느껴. 거리는 살풍경한 분위기야. 아마도 촬영 장소는 미국에 있는 어느 도시의 변두리로, 사람도 살지 않고 폐허나 다름없는 곳일 거야. 주로 돈 없는 감독들이 그런 곳에서 자정이 지난 시각에 영화를 찍지. 아무튼 레이놀즈 대령의 아들과 줄리가 밖으로 나와서 마주하는 장소는 그런 모습이야. 줄리는 배가 고파서 도망치는 내내 투정을 부려. 아파 죽겠어, 배고파 죽겠어. 하지만 대령의 아들은 그녀의 말을 들은 척도 하지 않아. 줄리를 구하고 군부대를 벗어나 다시는 자기 아버지를 보지 않겠다는 생각만 머릿속에 가득하거든.

아버지와 아들의 관계에는 묘한 구석이 있어. 한눈에 보기에도 대령은 군인으로서의 의무보다 자기 아들을 우선순위에 두고 있다는 게 느껴지지만, 당연히 그건 아버지의 일방적인 사랑에 불과해. 아들은 한참이 지나서야 아버지를 이해하고 모든 인간에게 들이닥치는 슬픈 운명인 고독을 이해하게 될 거야. 아들 레이놀즈는 그저 사랑에 눈이 먼 10대 소년일 뿐이야. 하지만 겉보기가 전부가 아니라는 점을 명심해야 해. 아들은 예전에 우리가 그랬듯이 철모르고 무모하고 덤벙대는 멍청한 청년처럼 보여. 다른 점이라면 그 친구는 영어를 사용하며 미국 거대 도시의 황폐한 동네에 있는 자신만의 사막 속에서 살고 있고, 우리는 스페인어(아니면 그 비슷한 것)를 사용하며 라틴 아메리카에 있는 도시의 삭막한 거리에서 숨통이 조이는 듯한 삶을 살았다는 것이지.

두 사람이 미로와도 같은 지하 통로 밖으로 나왔을 때 어딘지 모르게 우리한테 익숙한 풍경이 그들의 눈앞에 펼쳐져. 가로등은 고장 나 있고 건물의 창문들은 부서져 있고 주변에 돌아다니는 차량도 거의 눈에 띄지 않아.

대령의 아들은 줄리를 어떤 식료품점으로 데려가. 새벽 3시나 4시까지 문을 여는 그런 흔한 가게 말이야. 초코바와 감자칩 옆에 통조림 캔이 쌓여 있는 지저분한 가게지. 점원 한 사람이 혼자 가게 안에 있어. 당연히 이민자인데 얼굴에 스치는 불안과 분노의 표정과 나이를 보건대 가게 주인이 틀림없어. 대령의 아들은 도넛과 단것이 있는 카운터로 줄리를 데려가지만, 줄리는 곧바로 냉장고 쪽으로 가서 익히지도 않은 햄버거를 먹기 시작하지. 가게 주인은 반투명 유리 벽 사이로 그들을 지켜보다가 그녀가 토하는 것을 보고는 쫓아 나와 돈도 안 내고 음식을 먹을 작정이냐고 따져. 대령의 아들은 청바지 주머니에 손을 넣어 지폐를 몇 장 꺼내 주인에게 내던지지.

바로 그 순간에 네 사람이 가게로 들어와. 멕시코 사람들이지. 연기 학원에서 수업을 듣거나 자기 동네의 구석진 곳에서 마약을 거래하거나 존 스타인벡의 소설에 등장하는 날삯꾼들과 함께 토마토를 따는 친구들이란 걸 쉽게 짐작할 수 있어. 머리는 폼으로 달고 다니고 뒷골목에서 죽음을 맞이하는 것도 마다하지 않는 20대 남자 셋과 여자 하나. 멕시코 친구들도 줄리가 토한 것에 관심을 보여. 가게 주인은 돈이 부족하다고 말하지. 대령의 아들은 부족하지 않다고 말해. 파손된 건 누가 물어 줄 건데? 이 더러운 건 어떻게 할 건데? 하고 가게 주인이 핵 오염물처럼 생긴 녹색 토사물을 가리키며 물어. 그들이 입씨름을 벌이는 사이에 멕시코 친구 중 하나가 계산대 뒤로 슬그머니 들어가 서랍을 비우지. 그동안 다른 세 친구는 마치 그 안에 우주의 비밀이라도 숨겨져 있다는 듯 토사물에서 시선을 떼지 못하고 있어.

　　가게 주인은 도둑질당한 걸 알자 권총을 꺼내 들고 멕시코 친구들을 위협해. 그 틈을 타 대령의 아들은 카운터에서 단것을 몇 개 집어 들고 줄리에게 자기를 따라 밖으로 나가자고 애원하지. 하지만 줄리는 다시 날고기가 있는 곳으로 가서 패티를 조각조각 뜯다가 울음을 터뜨리더니 도저히 영문을 모르겠다며 아들 레이놀즈에게 어떻게 좀 해보라고 부탁해. 멕시코 친구들은 가게 주인과 실랑이를 벌이기 시작해. 그들이 단도를 꺼내 들자 식료품 가게의 조명 아래로 날이 번득이지. 아차, 하는 찰나에 그들이 가게 주인의 권총을 빼앗아서 그에게

총을 쏴. 가게 주인은 바닥에 쓰러져. 멕시코 친구 중 하나가 주류를 진열해 놓은 카운터로 가서 어떤 종류의 술인지도 확인하지 않고 병을 여러 개 챙겨. 그 친구가 줄리 옆을 지나쳐 갈 때 줄리가 그의 팔을 물어뜯어. 멕시코 친구는 비명을 내지르지. 줄리는 이빨을 깊게 박아 넣은 채 대령의 아들의 간청에도 불구하고 그 친구를 놓아주려 하지 않아. 곧이어 총성이 또 한 번 울리지.

그만 뜨자, 하고 누군가 소리를 질러. 멕시코 친구는 간신히 줄리의 이빨로부터 팔을 빼내고 고통스럽게 울부짖으며 자기 동료들 뒤를 따라가. 아들 레이놀즈는 쓰러져 있는 가게 주인의 몸을 살펴봐. 아직 살아 있어, 병원에 데려가야 해, 하고 그가 말하지. 안 돼, 그냥 놔둬, 경찰이 알아서 도와줄 거야, 하고 줄리가 말해. 두 사람은 허둥대면서 잰걸음으로 가게를 나서지. 그리고 가게 옆에 주차되어 있는 검은 밴을 발견하고 차를 훔쳐. 아들 레이놀즈가 용케 차에 시동을 걸었을 때 가게 주인이 나타나 자기를 병원으로 데려가 달라고 애원해. 줄리는 아무 말 없이 가게 주인을 바라봐. 가게 주인의 흰색 셔츠가 피로 물들어 있어. 대령의 아들은 가게 주인에게 차에 타라고 이야기하지. 가게 주인이 차에 타고 그들이 막 출발하려는 찰나에 어디선가 경찰차의 사이렌 소리가 들려. 그러자 가게 주인이 차에서 내리겠다고 말해. 그건 안 돼요, 하고 대령의 아들이 말하면서 엑셀을 밟지.

곧 추격전이 벌어져. 얼마 지나지 않아 경찰들은 총을 쏘기 시작해. 가게 주인이 밴의 트렁크 문을 열고 그만 쏘라고 소리치지. 그러다 총알 세례를 받고 쓰러지고 말아. 뒷좌석에 앉아 있던 줄리가 몸을 돌리더니 어둠 속을 응시해. 가게 주인의 울음소리가 들려. 그는 빈사의 갈림길에서 스러져 가는 자신의 삶을 위해 울고 있어. 가족의 보다 나은 미래를 위해 낯선 이국땅에서 수없이 밤을 새워 가며 쉬지 않고 일만 했던 삶. 그런데 이제는 그 모든 게 끝장나 버린 거야.

이어서 줄리는 뒷좌석에서 나와 밴의 짐칸으로 건너가. 그리고 대령의 아들이 요리조리 경찰을 따돌리는 와중에 가게 주인의 가슴을 뜯어먹기 시작하지. 아들 레이놀즈가 만면에 환한 미소를 지으며 줄리 쪽으로 몸을 돌리고, 이제 경찰들이 쫓아오지 않아, 하고 말하지만, 그녀는 마치 호랑이처럼 아니면 섹스를 하는 것처럼 짐칸에 네 발로 엎드린 채 만족의 한숨을 내쉴 뿐이야. 다름 아니라 식욕을 채웠기 때문인데, 곧 알게 되겠지만 그건 순간적인 포만감에 불과한 거였어. 당연한 일이겠지만 대령의 아들은 경악에 휩싸여 비명을 내지를 뿐이야. 그러다 그가 말하지. 대체 무슨 짓을 한 거야, 줄리? 어떻게 그런 짓을 할 수가 있어? 하지만 그의 어조로 보아 그가 사랑에 빠져 있으며 자기 여자 친구가 사람을 먹는 괴물이라 할지라도 변함없이 그녀를 자신의 여자 친구로 여기고 있음을 분명히 알 수 있지. 줄리의 대답은 간단해. 배가 고팠다는 거야.

바로 그 순간, 아들 레이놀즈가 짜증 난 표정을 짓고 있는 사이에 경찰차가 다시 나타나고, 두 젊은이는 인적 없는 어두운 길들을 휘저으며 도주를 계속하지. 그런데 아직 깜짝 놀랄 만한 장면이 하나 더 남아 있어. 경찰들이 탈주자들에게 총격을 가하기 시작할 때, 밴의 트렁크 문이 열리고 가게 주인이 등장하는 거야. 그는 피에 굶주린 좀비로 변해서 한 경찰의 목을 찢어발긴 다음에 그의 동료를 덮치는데, 이 다른 경찰은 가게 주인을 향해 탄창이 다 비워질 때까지 총을 쏘지만 아무 소용이 없자 공포로 온몸이 경직되고 결국 잡아먹히고 말아. 바로 그때 군부대 차량 두 대가 길목을 차단하고 레이저 건처럼 생긴 약간 요상한 총기를 이용해 가게 주인과 두 좀비 경찰들을 차례대로 제압하지. 레이놀즈 대령이 둘 중의 한 차에서 내리더니 부하들에게 자기 아들을 봤느냐고 물어. 부하들은 못 봤다고 답해. 그때 또 다른 차가 길목에 나타나서 란도프스키 대령이라는 여자가 차에서 내리더니, 이제부터는 자신이 작전을 지휘하겠다고 레이놀즈 대령에게 알리지. 레이놀즈 대령은 누가 지휘를 맡건 무슨 상관이냐고 대꾸하면서 자신이 원하는 건 그저 아들을 무사히 찾는 거라고 말해. 당신 아들은 이미 전염된 상태일 거예요, 하고 란도프스키 대령이 말하지. 이 장면에는 참 묘한 구석이 있어. 란도프스키 대령이 10대 소년을 희생할 준비가 되어 있는 〈아버지〉의 역할을 맡고 있는 반면에, 레이놀즈 대령은 자기 아들을 구하기 위해서라면 무슨 일이라도 할 준비가 되어 있는 〈어머니〉의 역할을 맡고 있으니까. 다섯 번째인가 여섯 번째 차가 골목에 와서 서는데, 아무도 차에서 내리지 않아. 바로 멕시코 친구들이 타고 있는 차지.

그들은 젊은 연인들이 타고 도망친 식료품 가게의 밴을 알아봐. 줄리에게 물린 멕시코 친구는 상당히 심각한 상태야. 신열에 시달리며 헛소리를 중얼대고 있지. 그는 허기를 느끼고 있어. 자기 친구들에게 계속 배가 고프다고 말하거든. 그리고 그들에게 자기를 병원에 데려가 달라고 부탁하지. 멕시코 여자가 그의 말을 거들고 나서. 이 친구를 병원에 데려가야 해, 하고 지극히 합리적인 의견을 표하지. 나머지 두 친구도 이에 대해 동의하지만 그들은 먼저 추초를 물어뜯은 쌍년을 찾아 평생 잊지 못할 본때를 보여 주고 싶어 해.

결국 다 시간이 지나면 잊어버리기 마련이라 그저 추측을 해보건대, 아마도 그들이 그녀를 죽이겠다고 말했던 것 같아. 두 사람은 복수를 하겠다고 이를 갈지. 명예, 존중, 체면, 의리 같은 단어들을 입에 올리면서 말이야. 그러다 차에 시동을 걸고 자리를 떠. 마치 이 을씨년스러운 거리가 번화가라도 된다는 듯이 군인들은 아예 그들의 존재를 눈치채지도 못해.

이어지는 장면에서 줄리와 아들 레이놀즈는 어느 다리 위를 걷고 있어. 어디서 택시를 잡을 수 있을까? 하고 아들 레이놀즈는 속으로 생각해. 줄리는 그에게 더 이상 걸을 수가 없다고 말해. 다리 건너편에는 공중전화 부스가 있어. 여기서 기다려, 하고 아들 레이놀즈는 줄리에게 말하고 부스 쪽으로 달려가. 하지만 막상 가서 보니 실망스럽게도 전화번호부도 없고 수화기도 뽑혀 있어. 그

자리에서 뒤를 돌아보는 순간 다리 난간에 올라가 있는 줄리의 모습이 눈에 보여. 그는, 줄리, 안 돼! 하고 외치며 뛰어가기 시작해. 하지만 줄리는 아래로 뛰어내리고 그녀의 몸은 물속으로 가라앉았다가 잠시 후 수면 위로 떠올라 엎어진 자세로 물살에 휩쓸려서 사라지지. 대령의 아들은 계단을 따라 강으로 내려가. 물은 별로 깊지 않아서 기껏해야 30센티미터, 수심이 깊은 곳은 50센티미터 정도야. 인공적으로 조성한 강이라 하상에도 포장이 깔려 있어. 어떤 흑인 부랑자가 하류 쪽에 있는 콘크리트 기둥 아래에 몸을 숨긴 채 아들 레이놀즈를 지켜보지. 청년이 줄리를 찾다가 자기 근처까지 오자 그는 포기하라고, 여자아이는 이미 죽었다고 말해. 대령의 아들은, 그럴 리 없어요, 하고 대꾸하며 계속해서 줄리의 흔적을 찾고 흑인은 청년의 뒤를 바짝 쫓아가지.

아들 레이놀즈는 마침내 웅덩이 위에 둥둥 떠 있는 여자아이를 발견해. 줄리, 줄리, 하고 젊은 애인이 그녀를 부르자, 대체 몇 분이나 엎어진 자세로 물에 잠겨 있던 건지 모를 여자아이가 기침을 토해 내며 그의 이름을 부르지. 제길, 내 살다 살다 이런 기막힌 광경은 처음이구면, 하고 흑인이 말해.

바로 그때 거기서부터 50미터쯤 떨어진 곳에 멕시코 친구들이 등장해(이 이야기에서는 **등장하다**라는 단어가 여러 번 등장할 거야). 차 밖으로 나와서 한 남자는 덮개에 앉고 다른 남자는 흙받이에 기대고 여자는 지붕에 올라가 위에서 그들을 지켜보지. 부상당한 남자만 차 안에 남아 차창을 통해 그들을 바라보거나 바라보려고 애쓰고 있어. 멕시코 친구들은 위협적인 동작을 취하지. 그들을 단단히 혼내 주고 형언할 수 없는 고통과 치욕을 안겨 주겠다고 박박 이를 갈아. 이거 어째 일이 험악하게 돌아가는데, 하고 흑인이 말해. 나를 따라오게. 그들은 도시의 하수구 속으로 들어가. 멕시코 친구들이 그들을 뒤쫓아 가지. 하지만 터널이 미로와 같이 복잡하게 얽혀 있어서 흑인과 젊은이들은 곧 쉽게 추적자들을 따돌려. 마침내 그들은 거의 나이트클럽처럼 아늑한 은신처에 도착해. 여기가 내 집이오, 하고 흑인이 말하지. 그리고 이어서 두 사람에게 자기의 인생사를 들려줘. 온갖 직업을 전전하던 이야기. 늘 경찰과 엮이던 이야기. 산전수전 다 겪은 20세기 또는 21세기 미국 노동자의 삶. 이제는 몸에 있는 근육에 힘이 하나도 없다오, 하고 흑인이 말해.

  그의 집은 지내기 나쁘지 않아. 거기에는 두 사람이 줄리를 눕혀 놓은 침대 하나랑 그의 말에 따르면 그동안 하수구에 살면서 주워 모은 책들이 있지. 자기 계발서, 혁명에 관한 책, 잔디 깎는 기계 고치는 법과 같은 전문적인 주제를 다룬 책들. 원시적인 형태의 샤워기가 달려 있는 욕실 같은 것도 있어. 여기로는 깨끗한 물만 흘러 내려온다네, 하고 흑인이 말해. 천장에 있는 틈에서 수정처럼 맑은 물이 줄줄 떨어지고 있어. 우리는 손에 잡히는 물건들로다가 이렇게 은신처를 만든다네, 하고 그가 설명하지. 그리고 그는 쇠막대기를 하나 집어 들더니

45

자기가 나가서 보초를 서겠다며 그들에게 맘 놓고 쉬고 있으라고 말해.

하수구 속은 항상 밤이지만 그날 밤, 그 마지막 평화의 밤은 유난히 이상한 밤이야. 청년은 줄리와 사랑을 나눈 다음에 삐걱거리는 팔걸이의자 위에서 잠이 들어. 흑인도 알아들을 수 없는 말들을 웅얼거리다 잠이 들지. 유일하게 여자아이만 눈을 말똥말똥 뜬 채 다른 방들을 들락거려. 다시 식욕이 동한 거야. 그렇지만 아까와는 다른 점이 하나 있어. 이제 줄리는 자해로 인한 고통이 먹을 걸 대체할 수 있다는 걸 깨달아. 그래서 우리는 그녀가 바늘로 얼굴을 찌르고 철사로 젖꼭지를 뚫는 모습을 보게 되지.

그때 멕시코 친구들이 다시 등장하더니 흑인과 레이놀즈 대령의 아들을 차례대로 손쉽게 제압해. 그들은 여자아이를 찾아 나서지. 만약 그녀가 숨어 있는 곳에서 밖으로 나오지 않는다면 흑인과 그녀의 남자 친구를 죽이겠다고 협박하면서 말이야. 그 순간 문이 열리면서 줄리가 등장해. 이전과는 사뭇 달라진 모습이야. 영락없는 피어싱의 여왕이 되어 나타난 거지. 멕시코 친구들 중에 우두머리(제일 힘이 센 놈) 격인 놈이 그녀의 그런 모습에 매력을 느껴. 부상당한 멕시코 친구는 바닥에 드러누운 채 자기를 병원으로 데려가 달라고 애원하지. 멕시코 여자는 그를 달래면서도 방금 등장한 줄리에게서 시선을 떼지 못하고 있어. 다른 멕시코 남자는 대령의 아들을 옴짝달싹 못하도록 붙들고 있지. 대령의 아들은

신들린 사람처럼 비명을 내질러. 줄리가 강간을 당할지도 모른다는 (매우 확실한) 가능성을 도저히 견뎌 내기 힘들다는 것처럼 말이야. 그 와중에 흑인은 의식이 없는 상태로 바닥에 쓰러져 있어.

줄리와 멕시코 남자는 방으로 들어가 문을 걸어 잠가. 안 돼, 줄리, 안 돼, 안 돼, 안 돼, 하고 아들 레이놀즈가 흐느끼지. 문틈으로 멕시코 남자의 목소리가 들려. 좋아, 자기. 그거 벗어, 자기. 맙소사! 자기, 그 갈고리들은 좀 심한 거 아니야? 무릎 꿇어, 자기, 그래, 착하지, 아주 좋아. 엉덩이 좀 들어 봐, 딱 좋아, 아, 좋아. 한동안 그런 식의 말들이 이어지는가 싶더니 갑자기 남자가 비명을 지르기 시작하고, 마치 누군가가 발길질을 당하거나 벽에 내동댕이쳐졌다가 다시 공중으로 들려서 반대편 벽에 내동댕이쳐지기라도 한 듯이 세게 얻어맞는 소리가 들리고, 어느 순간 비명이 그치면서 무언가를 씹어 먹는 소리만 들리더니, 문이 열리고 줄리가 입술(사실은 얼굴 전체)에 피 칠갑을 한 채 한 손에 멕시코 사내의 머리를 들고 다시 등장해.

이 광경에 다른 멕시코 남자는 혼비백산해서 권총을 꺼내 쥐고 줄리에게 다가가 탄창이 비워질 때까지 쏘아 대지. 하지만 그녀는 그 많은 총알을 맞고도 끄떡없이 흐뭇한 미소를 지으며 사내의 셔츠를 붙들고 자기 쪽으로 끌어당겨 한입에 그의 목을 찢어발겨. 아들 레이놀즈와 의식을 되찾은 흑인은 입을 쩍 벌린 채 그 광경을 지켜보지. 그 와중에 멕시코 여자는 이성을 잃지 않고 도망치려 시도하지만 위쪽 하수구 입구로 통하는 철제 계단을 오르다가 줄리에게 붙잡혀. 여자는 발버둥을 치며 격한 욕설을 쏟아 내지만 결국 줄리의 완력을 당해 내지 못한 채 쓰러지고 말지. 그러지 마, 줄리, 하고 대령의 아들이 소리를 지르기가 무섭게 그의 애인은 한입에 멕시코 여자의 얼굴을 작살내 버려. 그러더니 여자의 심장을 꺼내 먹어.

바로 그 순간 누군가의 목소리가 들려. 네가 이긴 줄 알았지, 이 창녀야? 줄리가 몸을 돌리자 마지막 남은 멕시코 남자가 이제 완전히 좀비로 변한 모습이 화면에 보여. 두 사람은 격투를 벌이지. 처음에는 흑인과 남자 친구의 도움을 받은 줄리 쪽으로 승산이 기우는 것처럼 보여. 하지만 줄리가 죽인 자들이 일어나 싸움에 끼어들면서 평범한 인간보다 좀비가 열 배는 힘이 강한 모양인지 어쩔 수 없이 멕시코 친구들 쪽으로 승산이 기울지. 결국 우리의 세 주인공은 도망치기 시작해. 흑인이 그들을 어떤 방으로 데려가. 그들은 방어벽을 쳐서 문을 막아 버려. 흑인이 자기가 어떻게든 놈들을 막아 볼 테니어서 떠나라고 두 사람에게 말해. 줄리와 아들 레이놀즈는 사양하지 않고 다른 방으로 이동해. 도망치는 와중에 줄리가 자기 애인의 눈을 보면서 눈빛으로 그랬는지 말로 그랬는지는 기억이 나지 않지만 어떻게 아직도 자기를 사랑할 수 있느냐고 물어. 아들 레이놀즈는 그녀의 볼에 입을 맞추는 것으로서 답을 대신하고 입술을 닦은 다음에 그녀의 입에 키스를 하지. 사랑해, 어느 때보다 더 너를 사랑해, 하고 그가 말해.

　이어서 비명 소리가 들리자 그들은 흑인이 당했다는 걸 알게 돼. 그들이 몸을 피해 있는 방에서는 빠져나갈 길이 보이지 않아. 난장판으로 쌓여 있는 낡은 가구들 사이로 좁은 통로가 나 있을 뿐이지. 그곳은 마치 오래 머물 의지가 없는 사물들이 잠깐 있다 떠나는 미로와도 같아. 너를 두고 떠나야만 해, 하고 줄리가 말하지. 아들 레이놀즈는 그녀가 무슨 뜻으로 그런 말을 하는지 이해하지 못해. 팔걸이의자와 망가진 세탁기, 고장 난 혹은 사용하지 않는 텔레비전이 쌓여 있는 곳 아래로 줄리가 엄청난 힘을 이용해 그를 내던진 다음에야 여자아이가 자기를 위해 희생할 작정이라는 걸 깨닫지. 순식간에 벌어진 일이라 그는 아무런 대응도 하지 못해. 줄리는 밖으로 나가 싸우다가 패하고 이제 멕시코 좀비들이 그의 뒤를 쫓아오기 시작해. 아들 레이놀즈는 눈물에 젖은 얼굴로 고철 더미 아래에 웅크린 채 최대한 적들의 눈에 띄지 않도록 몸피를 줄이려고 시도하지.

　하지만 멕시코 좀비들은 기어코 그를 찾아내서 밖으로 끌어내려고 안간힘을 써. 아들 레이놀즈는 그들의 굶주린 얼굴에 이어서 흑인의 굶주린 얼굴과 무표정하게 그를 바라보고 있는 줄리의 얼굴을 차례대로 보게 되지. 바로 그 순간에 레이놀즈 대령이 세 명의 부하를 대동하고 나타나 발로 문을 때려 부수고 모든 좀비들에게 특수화기를 발사하기 시작해. 그는 총을 쏘는 내내 아들의 이름을 목 놓아 부르지. 저 여기 있어요, 아빠, 하고 아들 레이놀즈가 말해.

그렇게 악몽은 끝을 맺게 되지.

이어지는 장면에서는 대령이 자기 집무실에 편안히 앉아 아들에게 알래스카로 함께 휴가를 떠나자고 제안하는 모습이 보여. 아들 레이놀즈는 한번 생각해 보겠다고 답하지. 차근히 생각해 보려무나, 아들아, 하고 대령이 말해. 곧이어 홀로 남은 대령은 혼자서 방긋이 미소를 지어. 자기가 얼마나 운이 좋은 사람인지 도저히 믿을 수 없다는 듯이 말이야. 그의 아들이 살아 있으니까. 그사이에 아버지의 집무실에서 나온 아들 레이놀즈는 군부대의 지하 통로를 따라 걷기 시작해. 청년은 수심에 가득 잠긴 얼굴이야. 하지만 멀리서 들려오는 정체불명의 소음 때문에 점차 자기만의 세계에서 빠져나오지. 그는 고통에 완전히 사로잡힌 사람들의 울부짖는 비명 소리를 들어. 의식하지 못하는 찰나에 소리가 들리는 쪽으로 저절로 발길이 향하지. 멀리까지 갈 필요도 없어. 모퉁이를 돌자마자 문이 하나 보이거든. 문을 열자 안에 있는 거대한 실험실이 눈앞에 펼쳐지지.

어릴 때부터 그와 알고 지낸 군 과학자들이 그를 따뜻하게 반겨 줘. 그는 계속 걸음을 옮기다 유리 상자들을 발견해. 각각의 유리 상자 안에 멕시코 친구들이 갇혀 있어. 그는 계속 걸어가. 그러다 줄리가 갇혀 있는 상자를 발견하지. 줄리는 그를 보더니 그가 누구인지 알아봐. 대령의 아들이 유리에 손을 올리자 줄리는 그의 손을 만지려는 듯이 자기 손을 맞대지. 다른 것들보다 크기가 큰 상자 안에서 과학자들 몇 명이 흑인을 조작하고 있어. 이놈을 특출한 전사로 만들 수도 있겠어, 하고 그들이 말해. 그들은 흑인의 머리에 전기 충격을 가하고 있어. 흑인은 분노와 원한으로 가득한 상태야. 짐승처럼 울부짖고 있지. 대령의 아들은 구석에 몸을 숨겨. 과학자들이 커피나 마시자며 휴식을 취하러 간 사이에 그는 자리에서 일어나 흑인에게 자기를 알아보겠느냐고 물어. 어렴풋이 알 것도 같군, 하고 흑인이 말해. 내 기억은 다 어렴풋하거든. 그리고 지긋지긋할 정도로 낯설기도 하지.

우리는 친구였어요, 하고 대령의 아들이 말해. 강가에서 만났죠. 나는 30번가에 있던 아파트가 기억나, 하고 흑인이 말해. 어떤 여자가 웃고 있던 것도 기억하지. 하지만 내가 거기에서 무얼 하고 있었는지는 모르겠어. 청년은 흑인을 묶고 있던 사슬을 풀어 줘. 흑인이 걷는 모습은 마치 로보캅 같아. 좀비 로보캅인 셈이지. 나를 해치지 말아요, 하고 대령의 아들이 말해. 나는 당신 친구예요. 알았어, 하고 흑인이 말하더니 어떤 선반 쪽으로 다가가서 살상용 화기를 꺼내. 과학자들이 돌아오자 흑인은 그들을 총알 세례로 맞이하지. 그사이에 청년은 줄리를 풀어 주고 그들이 다시 도망쳐야 한다고 말해. 두 사람은 키스를 하지. 군인들은 흑인을 제압하려고 시도해. 줄리는 실험실을 빠져나오면서 멕시코 친구들을 풀어 줘. 더 많은 군인들이 도착하지. 비처럼 쏟아지는 총알에 신체 부위를 보관해 놓은 용기들이 부서지며 내장과 척추가 실험실 바닥에 쏟아져. 경보기가 요란하게 울리기 시작해. 이 난투극에서는 어느 쪽이 승산이 있는지, 심지어 피아 식별이 과연 가능한 일인지, 각자 제 목숨을 지키려고 싸우고 있는 건지, 아니면 상대방을 죽이려고 싸우고 있는 건지 명확히 알 수가 없어. 확성기를 통해 반복되는 목소리가 들려. 레벨 5 통로 폐쇄. 내 아들, 하고 레이놀즈 대령이 외치며 미친 사람처럼 레벨 5로 황급히 내려가지.

란도프스키 대령은 흑인을 총으로 산산조각 낸 다음에 멕시코 여자한테 잡아먹혀. 군인들은 갈기갈기 찢긴 살점만 남은 형체들의 거센 공격을 막아 내지. 하지만 두 번째 공격에서 방어선이 무너지고 날고기가 너덜거리는 누더기들한테 잡아먹히고 말아. 점점 좀비의 수가 늘어나지. 누가 누구랑 싸우는 건지 알 수 없는 혼란의 도가니가 펼쳐져. 그때 대령이 레벨 5에 도착해. 그는 창문 사이로 자신의 아들과 줄리를 발견하고, 그들에게 손짓을 보내서 어느 쪽 통로와 비상구가 아직 열려 있는지 알려 줘. 대령의 아들은 줄리의 손을 잡아끌고 아버지가 지시하는 방향으로 이동해. 온몸이 부서질 것 같아, 하고 줄리가 말해. 그런 소리는 집어치워, 하고 청년이 답하지. 여기서 벗어나면 괜찮아질 거야. 내 말 믿지? 그래, 믿어, 하고 줄리가 말해.

아직 폐쇄되지 않은 통로에 레이놀즈 대령이 아무런 무기 없이 맨몸으로 등장해. 쉬지 않고 뛰어온 데다가 레벨 5의 온도가 급격하게 높아진 탓에 셔츠가 땀으로 흠뻑 젖어 있어. 레이놀즈 대령의 얼굴은 다른 사람의 얼굴처럼 변해 있어. 마치 그가 아브라함 같은 표정을 짓고 있다고 할 수도 있을 거야. 그는 온몸의 세포에 혼을 실어서 계속 아들의 이름을 부르며 자기가 그를 얼마나 사랑하는지 아느냐고 묻지. 그의 군인으로서의 경력과 과학적 탐구, 의무, 명예, 조국은 아들을 향한 절박한 사랑 앞에서 한갓 휴지 조각일 뿐이야. 이쪽으로 나오렴. 나를 따라와. 어서. 곧 문이 저절로 닫힐 거야. 나랑 함께 가면 빠져나갈 수 있어. 이에 대한 답으로 돌아온 것은 아들의 슬픈 눈빛뿐이야. 어쩌면 바로 그 순간에야 아들은 처음으로 자기 아버지보다 더 많은 걸 깨닫게 된 거지. 통로 끝에 있는 아버지. 맞은편 통로 끝에 있는 아들. 그러다 순식간에 문이 닫히면서 두 사람은 영영 갈라지고 말아.

아들의 등 뒤로 불가마처럼 생긴 게 보여. 그게 원래부터 거기에 있던 건지 좀비들의 반란 때문에 생겨난 불이 퍼져서 만들어진 건지는 확실치 않아. 식겁할 만한 광경이지. 줄리와 청년은 서로의 손을 꽉 붙잡아. 가자, 줄리, 두려워하지 마, 어떤 것도 우리를 갈라놓지 못할 거야, 하고 젊은이가 말해. 반대편에서는 대령이 문을 때려 부수려고 하지만 아무 소용이 없어. 대령의 아들과 줄리는 불길을 향해 걸어가. 반대편에서 대령은 주먹으로 문을 두드려. 손마디가 피로 흥건하지. 나는 두렵지 않아, 하고 줄리가 말해. 사랑해, 하고 아들 레이놀즈가 말해. 반대편에서 대령은 문을 때려 부수려 하지만 아무

소용이 없어. 두 젊은이는 불속으로 걸어 들어가 모습을 감추지. 화면이 진홍색으로 물들어. 탕탕거리는 기관총 소리만 들려올 뿐이지. 이어서 폭발음, 비명과 신음, 그리고 탁탁거리며 전기가 튀는 소리가 들려. 이 모든 상황을 알지 못하는 대령은 반대편에서 문을 때려 부수려 하지만 아무런 소용이 없어.

---

1 Celina Manzoni. 아르헨티나 연구자. 볼라뇨에 관한 비평집 『로베르토 볼라뇨: 투우술로서의 글쓰기*Roberto Bolaño: la escritura como tauromaquia*』를 편찬했다.

2 Vidiadhar Surajprasad Naipaul(1932~2018). 트리니다드 토바고에서 태어난 영국 작가. 『미겔 스트리트*Miguel Street*』, 『비스와스 씨를 위한 집*A House for Mr Biswas*』 등의 소설과 인도, 콩고, 아르헨티나 등 제3세계를 다룬 다수의 르포를 썼다.

소돔의 현자들

셸리나 만소니[1]에게

I

때는 1972년이고 부에노스아이레스의 거리를 돌아
다니는 V. S. 나이폴[2]의 모습이 보인다. 사실 그는 단순
히 돌아다니기만 하는 게 아니라 미리 잡힌 일정이나 약
속과 관련된 자리에 가기도 하고, 그럴 때면 빠른 걸음
으로 별 탈 없이 목적지에 도착하는 데 필요한 것들에만
시선을 집중하는데, 만남의 장소가 개인 주택인 경우도
있지만 식당이나 카페일 때가 더 많은 까닭은, 그와 환
담을 나누기로 한 사람들의 대다수가 이 특이한 영국인
한테 잔뜩 겁이라도 먹었거나, 『미겔 스트리트』와 『비스
와스 씨를 위한 집』의 작가를 실물로 접하곤 당혹감을
감추지 못하면서, 음, 이런 식의 만남을 기대했던 게 아
닌데, 혹은 내가 상상했던 사람이랑 딴판이네, 혹은 왜
아무도 나한테 미리 알려 주지 않은 거야, 하는 식의 생
각이라도 했던 탓인지 공공장소에서 만나는 편을 더 선
호했기 때문이다. 아무튼 나이폴은 거기에 있고, 거기에

서 기껏해야 표면의 움직임들만 포착하는 것처럼 보이지만, 실제로는 이면의 움직임들까지 하나하나 놓치지 않으면서, 때로는 자의적이다 싶을 정도로 그것들을 자기만의 방식대로 해석하면서, 1972년의 부에노스아이레스를 돌아다니고, 돌아다니는 와중에 글을 쓰고, 혹은 어쩌면 그저 그의 두 다리가 그 낯선 도시를 돌아다니는 동안 글을 쓰고 싶다는 생각만 하고 있는지도 모르고, 그는 아직 젊고, 마흔 살이고, 그러나 이미 어깨에 상당한 작품들을 짊어지고 있고, 그렇다 하더라도 약속 장소로 가야 할 때 부에노스아이레스를 급히 이동하는데 그것들이 걸림돌이 되는 것은 아니고, 작품에 대한 짐에 대해서는 나중에 다시 이야기할 기회가 있을 테지만, 작품에 대한 짐과 자부심 혹은 작품에 대한 짐과 책임

3 María Eva Duarte de Perón(1919~1952). 아르헨티나의 대통령 후안 페론의 두 번째 부인. 빈민가 태생의 배우 출신으로, 남편의 선거 유세 자리에 동행하며 대중으로부터 폭발적인 인기를 얻었다. 약자들을 위한 파격적인 복지 정책을 내놓아 국민들의 추앙을 받았으나, 정권 유지를 위한 선심성 정책으로 아르헨티나의 경제를 망친 장본인이라는 평가도 받고 있다. 〈에비타〉라는 별명으로 유명하다.

4 『에바 페론의 귀환*The Return of Eva Perón*』에 수록된 르포로, 나이폴이 1972년에서 1979년 사이에 『뉴욕 리뷰 오브 북스』에 기고했던 다섯 편의 글을 수정·보완한 것이다. 1972년 스페인에서 17년째 망명 생활을 보내고 있던 페론이 방부 처리된 에바 페론의 시신과 함께 아르헨티나로의 귀환을 준비하고 있는 장면으로부터 시작해, 1977년 군부 쿠데타로 인해 페론 사후에 대통령직을 역임하던 그의 세 번째 부인 이사벨 페론이 쫓겨나고 에바 페론의 시신이 부에노스아이레스의 레콜레타 묘지에 안치되는 장면으로 끝난다. 나이폴은 페론의 귀환과 대통령 당선, 페론의 사망, 군부 쿠데타로 이어지는 혼란스러운 정국을 배경으로 장기적인 경제 침체 속에서 도박과 복권에 열광하고, 역사에 대한 반성 없이 신앙과 미신에 의존하며, 사창가에서 여성들을 희생양 삼아 마초적인 정복욕을 만족시키는 아르헨티나 사람들을 비난에 가까운 어조로 묘사한다.

감은, 약속 시간을 정확히 지키는 사람이라는 자신의 역할을 충실히 연기하기 위해 날렵하게 다리를 움직이거나 손을 들어 택시를 잡을 때 전혀 방해가 되지 않지만, 영국인답게 시간을 엄수해야 할 약속이나 급한 용무 때문에 가는 게 아니라 부에노스아이레스를 그냥 돌아다닐 때, 북반구의 도시들과 꽤 비슷하면서도 전혀 비슷하지 않으며, 갑자기 누군가에 의해 부풀어 오른 구멍이나 현지인들에게나 통하는 공연과 같은, 이 남반구에 위치한 도시의 낯선 대로와 거리를 그저 걸어다닐 때면, 어깨에 짊어진 작품의 무게가 느껴지고, 그 무게를 짊어진 채 걷기가 벅차고, 지치고, 짜증 나고, 부끄럽다.

II

한참 지난 일이지만 나는 나이폴이 노벨상을 수상하기 전에 내가 개인적으로도 높이 평가하는 그 작가를 주인공으로 삼아 「소돔의 현자들」이라는 제목의 단편을 쓰려 한 적이 있었다. 스페인에서는 1983년에 세익스 바랄 출판사가 펴낸 책에 수록된 에바 페론[3]에 관한 장문의 르포[4]를 쓰기 위해 나이폴이 부에노스아이레스에 도착하는 것으로 이야기가 시작된다. 내 기억에 따르면 그가 이전에도 한 번 방문한 적이 있는 부에노스아이레스에 도착해 택시를 타는 장면까지가 단편의 전부인데, 그것만 봐도 내가 얼마나 형편없는 상상력의 소유자인지 짐작이 가리라. 물론 머릿속으로 구상한 다른 장면들이 있었지만 글로 옮기는 데는 실패했다. 주로 사교적인 만남과 관계된 것들이었다. 나이폴이 어떤 신문사 사무실을 방문하는 장면. 나이폴이 또 다른 신문사 사무실을 방문하는 장면. 나이폴이 참여적 지식인인 작가의 집을 방문하는 장면. 나이폴이 상류층 귀부인 작가의 집을 방문하는 장면. 나이폴이 여러 건의 전화 통화를 끝내고 밤늦게 호텔로 돌아와 뜬눈을 지새우며 부지런하게 메모를 작성하는 장면. 나이폴이 사람들을 관찰하는 장면. 나이폴이 유명한 카페의 탁자에 있는 의자에 앉아 말 한마디라도 놓칠 새라 귀를 기울이는 장면. 나이폴이 보르헤스의 집을 방문하는 장면. 나이폴이 영국으로 돌아가 메모를 검토하는 장면. 간략하지만 나름 흥미로운 다음과 같은 사건들의 전개. 페론 측 후보자의 당선, 페론의 귀환, 페론의 당선, 페론 지지자들 내부 알력의 초

5 페론을 지지하는 입장에서 납치, 테러 등의 수단을 동원해 군부에 압력을 가한 아르헨티나의 좌파 게릴라 단체. 1973년 페론이 귀환해서 대통령에 당선된 후에 페론 우파와 충돌을 일으키며 당에서 축출되었다. 1974년 페론 사후에는 반정부 단체로 규정되었고 1976년 군부 쿠데타 이후에 와해되었다.

6 José López Rega(1916~1989). 아르헨티나의 정치가. 신비주의와 점성술에 대한 지식을 무기로 그런 주제에 관심이 많았던 이사벨 페론과 친분을 쌓고 페론의 망명 생활 동안 그의 개인 비서를 담당했다. 이후 페론 정부에서 사회복지부 장관을 맡았으며 우파 무장 조직인 아르헨티나 반공주의자 동맹을 만들어 페론 좌파와 공산주의자들을 암살했다. 1976년 군부 쿠데타 이후 스페인으로 도피했지만 1986년 체포되어 재판을 받았고 판결 직전에 사망했다.

7 Ernesto Sabato(1911~2011). 아르헨티나 작가. 『말살자 아바돈 *Abaddón el exterminado*』은 사바토가 1974년에 발표한 실험적인 소설로, 여러 인물들의 관점으로 진행되는 서사를 통해 1970년대 아르헨티나의 현실에 대한 묘사와 함께 제2차 세계 대전, 베트남 전쟁과 같은 역사적 사건들을 환기하며 묵시록적 어조로 선과 악의 대결을 다루는 작품이다.

기 징후, 우파의 무장 조직, 몬토네로,[5] 페론의 죽음, 페론의 미망인의 대통령직 승계, 언어도단의 인물 로페스 레가,[6] 군대의 동태, 페론 우파와 좌파의 충돌 재발, 쿠데타, 추악한 전쟁, 대량 학살. 어쩌면 내가 순서를 혼동하고 있는 건지도 모른다. 아마 나이폴의 르포는 쿠데타 이전까지의 내용만 다루었을 것이다. 그 르포가 출간된 건 실종자들의 숫자가 파악되고 잔혹한 탄압의 전모가 드러나기 전이었을 테니 말이다. 내가 쓴 단편에서 나이폴은 그저 부에노스아이레스의 거리를 돌아다니다가 엉겁결에 도시를 향해 닥쳐오는 지옥을 예감할 뿐이다. 그런 점에서 그의 르포는 사바토[7]의 『말살자 아바돈』과 비교조차 안 되는 평범한 선견지명을 담고 있는 글이지만, 좋게 보자면 사바토의 소설과 마찬가지로 공포로 마비된 허무주의적인 작품군(群)에 속한다. 여기서 내가 말하는 〈공포로 마비된〉이라는 표현은 비난이 아니라 문자 그대로의 의미를 뜻한다. 요컨대 예기치 못한 공포와 맞닥뜨려서 눈을 감지도 못한 채 얼어붙은 소년들이나 강간범들이 일을 끝내기도 전에 심장 발작을 일으켜 죽는 소녀들을 염두에 둔 표현인 것이다. 어떤 문인들은 그런 소년 소녀들과 비슷하다. 내가 쓴 단편에서 나이폴은 부지불식중에 그런 모습으로 등장한다. 그는 두 눈을 부릅뜬 채 그를 특징짓는 예의 그 명석함을 유지한다. 스페인 사람들이 성깔머리라고 부르는 걸 갖고 있는 그는 저열한 감상주의의 유혹에도 끄떡없다. 그럼에도 그 또는 그의 안테나는 부에노스아이레스의 밤거리를 배회하며 지옥의 정전기를 감지한다. 문제는 그가 그것을 해독할 방법을 모른다는 것인데, 그런 상황에 처하면 쩔쩔매는 작가와 문인들이 있기 마련이다. 아르헨티나에 대한 나이폴의 시각은 호의적인 것과 전혀 거리가 멀다. 날이 갈수록 도시뿐만 아니라 나라 전체가 더 이상 참고 견디기 힘든 곳으로 느껴진다. 누군가를 방문해 새로운 사람을 만날 때마다 그곳에 대한 불쾌한 감정이 걷잡을 데 없이 커진다. 내가 기억하기로 나이폴은 내가 쓴 단편에서 비오이 카사레스[8]와 테니스 클럽에서 만나기로 약속을 잡는다. 비오이는 더 이상 테니스를 치지 않지만 베르무트를 마시고 지인들과 한담을 나누고 햇볕을 쬐기 위해 그곳을 찾는다. 나이폴이 느끼기에 비오이를 위시한 그의 지인들과 테니스 클럽은 인류의 어리석음과 한 나라 전체가 얼마나 우매한 수준으로 떨어질 수 있는가를 여실히 보여 주는 생생한 실례이다. 기자나 정치인, 조합 지도자들과의 만남에서도 그는 비슷한 인상을 받는다. 고단한 하루를 끝내고 밤에 잠을 자는 동안 나이폴은 부에노스아이레스와 팜파,[9] 더 나아가 아

8 Adolfo Bioy Casares(1914~1999). 아르헨티나의 소설가. 『모렐의 발명La invención de Morel』, 『영웅들의 꿈El sueño de los héroes』 등의 대표작이 있다. 실제로 그는 〈부에노스아이레스 론 테니스 클럽〉에 회원으로 가입해 꾸준히 테니스를 쳤으며, 짧은 기간 동안 클럽의 부회장을 역임하는가 하면 1992년에는 클럽 1백 주년 기념 회보에 글을 싣기도 했다.

9 아르헨티나의 중앙을 차지하는 넓은 초원.

10 Rodrigo Fresán(1963~). 아르헨티나 작가로 볼라뇨와 막역한 친구 사이였다. 대표작으로 『켄싱턴 공원Jardines de Kensington』 등이 있다.

르헨티나 전체가 등장하면서 어김없이 매번 악몽으로 변하는 꿈을 꾼다. 다른 라틴 아메리카 국가들에서 아르헨티나 사람들이 딱히 평판이 좋은 건 아니지만, 나는 어떤 라틴 아메리카 작가도 나이폴처럼 혹평 일색의 글을 쓰지는 않았으리라 확신한다. 심지어는 칠레 사람이 쓴 글이라고 해도 말이다. 한번은 로드리고 프레산[10]이랑 대화를 나누다가 나이폴의 르포에 대해 어떻게 생각하느냐고 물은 적이 있다. 영어권 소설이라면 백과사전처럼 줄줄 꿰고 있는 프레산은 그가 가장 좋아하는 작가 중 하나인 나이폴이 그런 르포를 썼다는 걸 거의 기억하지 못했다. 아무튼 귀 기울여 들으며 자기의 감상을 옮겨 적기도 하지만, 나이폴이 주로 하는 일은 부에노스아이레스를 돌아다니는 것이다. 그러다 르포를 읽는 독자 입장에서는 뜬금없다 싶을 만큼 다짜고짜 항문 성교 이야기가 등장한다. 항문 성교가 아르헨티나의 관습이라는 것이다. 동성애자들끼리만 하는 게 아니라는 뜻인데, 지금 생각해 보니 동성애는 아예 언급조차 없었던 것으로 기억한다. 그러니까 이성애자들 사이에서 그런 일이 일어난다는 말이었다. 카페(구멍가게라고 해도 상관은 없다)의 눈에 띄지 않는 구석 자리에 앉아 기자들의 대화에 귀를 기울이는 나이폴의 모습이 익히 상상이 갈 것이다. 기자들은 정치에 대한 주제로 시작해 나라 전체가 뱃속에 바람만 잔뜩 들어서 희희낙락거리며 나락으로 향하고 있다는 식의 대화를 나누다가, 무거워진 분위기를 띄우려는 요량에서인지 사랑의 불장난과 따먹은 여자와 정부에 관해 가벼운 잡담을 나눈다. 나이폴이 기억하기로 그들의 얼굴 없는 정부들은 한 명도 빠짐없이 언젠가 항문 성교를 당한 적이 있었다. 그가 쓴 표현을 그대로 옮기자면 후장을 따먹힌 것이다. 나이폴이 생각하기에 유럽에서라면 남 부끄러운 짓으로 여겨지거나 적어도 남한테 함부로 발설하면 안 되는 일이 부에노스 아이레스의 카페들에서 남성성과 궁극적인 소유의 증거로 무용담처럼 떠벌려지는 까닭은, 그곳에서는 자기 정부나 애인이나 아내의 후장을 따먹어야만 진정으로 여자를 소유한 것이 되기 때문이다. 그리고 정치에 있어서의 폭력과 몰지각함에 경악을 금치 못했듯이, 그가 볼 때 강간이나 다름없는 〈후장을 따먹는〉 성적 관습은 그에게 역겨움과 경멸감만을 불러일으킨다. 아르헨티나 사람들을 향한 이 경멸감은 르포가 진행될수록 극에 치닫는다. 이 혐오스러운 관습으로부터 예외라고 주장할 수 있는 사람은 없는 것처럼 보인다. 사실 르포에 인용되는 한 사람이 있기는 한데, 그는 나이폴처럼 완강히 항문 성교에 반대하는 입장은 아니다. 나머지 사람들은 정도는 다를지언정 그 짓을 용인하고 **실천으로 옮기고 있거나** 언젠가 실천으로 옮긴 적이 있다는 사실을 바탕으로, 나이폴은 아르헨티나가 철면피한 마초(피와 죽음의 연출을 통해 얄팍하게 위장한 남성 우월 의식) 국가이며 페론은 이 고삐 풀린 사내들의 지옥에 있는 슈퍼마초이고 에비타는 **철저하게 남성의 소유물로 전락한 암컷**이라고 결론짓는다. 나이폴이 생각하기에 이러한 성적 관습은 여느 문명화된 사회에서라면 모욕적인 변태 행위로 지탄받겠지만 아르헨티나에서는 아니었다. 르포에서 혹은 어쩌면 내 단편 속에서 나이폴은 갈수록 심한 현기증에 시달린다. 그의 산책은 몽유병자의 끝없는 표류로 변한다. 그는 속이 메스꺼워지는 것을 느낀다. 그가 찾아가서 대화를 나누는 아르헨티나 사람들의 존재 자체가 도저히 참을 수 없는 구역질을 유발하는 것만 같다. 그는 합당한 설명을 찾아보려고 한다. 스페인과 이탈리아의 궁핍한 농부들의 후예들로 이루어진 이민자들의 땅 아르헨티나와 아르헨티나 사람들의 기원 자체에서 그 이유를 찾는 게 가장 논리적인 것으로 여겨진다. 야만적인 풍습을 지닌 이 스페인과 이탈리아 출신의 농부들이 가난과 함께 그들의 성적 관습을 팜파에 가져왔다는 것이다. 나이폴은 이러한 설명에 흡족해하는 것처럼 보인다. 너무도 명백해 보이는 탓에 더 이상의 깊은 고찰 없이 이를 타당한 것으로 받아들인다. 나는 나이폴이 아르헨티나 사람들의 성적 관습인 항문 성교가 어디에서 비롯되었는가를 설명하는 부분을 읽고 다소 충격을 받았던 기억이 난다. 논리적으로 허점투성이였을 뿐 아니라 역사적이고 사회적인 근거가 결여되어 있었기 때문이다. 과연 나이폴이 1850년에서부터 1925년까지에 이르는 시기의 스페인과 이탈리아 시골 농부들의 성적 관습에 대해 알기나 했을까? 어쩌면 그가 야심한 밤에 코리엔테스 거리의 카페들을 한 바퀴 돌다가 시칠리아나 아스투리아스에 살던 자기 할아버지나 증조할아버지가 밤을 틈타 양들을 찾아가서 공이질을 하며 성적인 모험을 즐겼다는 어느 스포츠 기자의 이야기를 들었을 수도 있다. 아예 불가능한 일은 아니다. 아닌 게 아니라 내가 쓴 단편에서 나이폴은 눈을 감고 양이나 염소에게 성욕을 푸는 지중해의 양치기 소년을 상상한다. 일을 마친 양치기 소년은 염소를 어루만지다가 잠이 든다. 달빛 아래서 그는 꿈을 꾼다. 꿈속에서 그는 오랜 세월이 지나 부쩍 살이 찌고 키가 훌쩍 자라서, 길게 기른 콧수염을 뽐내며, 결혼해서 여러 자식들을 얻어, 늘어난(혹은 줄어든) 가축을 돌보며 농장에서 일하는 아들들과, 그나 자신들의 오라비들에게 성적 학대를 당하며 집이나 텃밭에서 일하는 딸들과, 왕비인 동시에 노예로서 밤마다 항문 섹스를 당하고 후장을 따먹히는 아내를 거느리고 있는 자신의 모습을 본다. 이는 거세된 개의 낯짝을 하고 있는 모진 현실이 아니라 19세기 프랑스 포르노 작가의 목가적이고 에로틱한 욕망이 빚어냈을 법한 기상천외한 삽화의 한 장면이다. 내가 말하려는 바는 시칠리아와 발렌시아의 선한 농부 부부들 사이에서 항문

11 후안 페론의 성 페론을 그리스식으로 바꾼 것.
12 그리스 남부에 있는 그리스 최대의 항구 도시.
13 그리스 동북부의 항구 도시로, 고대의 종교·문화 중심지이다.
14 아르헨티나 문학의 인물 중 하나인 가우초 마르틴 피에로의 성 피에로를 그리스식으로 바꾼 것.
15 그리스 신화에 나오는 포악한 거인. 사람을 붙잡아서 자신의 집에 있는 침대에 누이고는 키가 침대보다 크면 발을 자르고, 키가 침대보다 작으면 침대 길이에 맞춰 다리를 억지로 잡아 늘였다고 한다.
16 아르헨티나 작가 마세도니오 페르난데스의 성 페르난데스를 그리스식으로 바꾼 것.

섹스가 행해진 적이 없다는 게 아니라, 그것이 바다를 건너서까지 관습적으로 지속될 만큼 빈번한 일은 아니었을 거라는 것이다. 만약 나이폴의 이민자들이 그리스 출신이었다면 전혀 다른 이야기가 전개되었을 수도 있다. 페로니디스 장군[11]과 함께했더라면 아르헨티나는 형편이 더 나아졌을지도 모른다. 그리 큰 차이는 없었겠지만 조금이라도 나아졌다면 그게 어디랴. 아, 아르헨티나 사람들이 민중 그리스어를 사용했다면 어땠을까. 피레에프스[12]와 테살로니키[13]의 은어가 섞인 부에노스아이레스식의 민중 그리스어. 오디세우스를 쏙 빼닮은 가우초 피에레스코풀로스[14]와 깔끔한 망치질로 프로크루스테스[15]의 침대를 수선하는 마세도니오 에르난디키스[16]가 있었더라면. 하지만 좋든 싫든 간에 그렇게 만들어져서 그렇게 생겨 먹은 나라가 아르헨티나인 것을 어쩌겠는가. 그런데 여기서 꼭 알아 두어야 할 점은 아르헨티나의 기원이 파리를 제외한 전 세계라는 사실이다.

옆방

내 기억이 틀리지 않다면, 언젠가 나는 미치광이들의 모임에 참석한 적이 있었다. 거기에는 환청에 시달리는 사람들이 대다수였다. 어떤 남자가 내게 다가오더니 잠시 단둘이서 이야기를 나눌 수 있겠느냐고 물었다. 우리는 다른 방으로 이동했다. 남자는 약을 복용한 이후로 정신이 점점 이상해지는 것 같다고 말했다. 어째 날이 갈수록 신경이 날카로워지고, 터무니없는 생각이 떠오를 때도 있다니까요. 나는 그이에게 흔히 있는 증상일 뿐이라고 이야기했다. 남자는 자기는 그런 경우가 처음이라고 말했다. 그리고 스웨터를 걷어 올리더니 배꼽을 벅벅 긁기 시작했다. 남자의 바지춤에 권총을 찔러 넣은 게 보였다. 그건 뭡니까? 하고 내가 물었다. 이 빌어먹을 배꼽 때문에 말썽입니다, 하고 남자가 답했다. 자꾸 가려우니까 하루 종일 긁을 수밖에 없어요. 아닌 게 아니라 배꼽 주변으로 살갗이 벌겋게 부르터 있었다. 나는 남자에게 배꼽이 아니라 그 아래에 있는 걸 말한 것이라고 했다. 권총인가요? 하고 내가 물었다. 네, 맞습니다, 하고 남자가 대답하더니 권총을 거머잡고 하나밖에 없는 방 안의 창문을 겨냥했다. 나는 그게 장난감 권총인지 물어볼까 하다가 그만두었다. 내가 보기에는 진짜 권총 같았다. 나는 남자에게 권총을 좀 구경해 봐도 괜찮겠느냐고 물었다. 무기라는 것은 남한테 함부로 빌려주는 게 아닙니다, 하고 남자가 말했다. 그런 점에서는 자동차나 여자랑 마찬가지라고 할 수 있죠. 훔친 차라면 남에게 빌려줄 수도 있겠지요. 개인적으로 권하는 바는 아니지만 그렇게 해도 무방합니다. 만약 당신이 만나고 있는 여자가 갈보라면 그때도 마찬가지입니다. 저라면 그렇게 안 할 거고 어떤 여자건 내 여자를 남한테 빌려주는 일은 절대로 없겠지만, 충분히 가능한 일이지요. 그러나 무기는 무슨 일이 있어도 남한테 빌려주는 게 아니에요. 그게 장물이나 장난감인 경우라도요? 하고 내가 물었다. 그래도 안 되지요, 하고 남자가 답했다. 무기에 내 지문이 닿는 순간부터는 절대 그걸 남한테 빌려줄 수 없는 겁니다. 무슨 말인지 아시겠어요? 대충 짐작이 갑니다, 하고 내가 말했다. 무기와 가약을 맺은 셈이니까요, 하고 남자가 말을 이었다. 그러니까 평생 보살펴야 한다는 뜻이군요, 하고 내가 말했다. 바로 그겁니다, 하고 남자가 말했다. 결혼을 했으니 이제 빼도 박도 못 하는 거죠. 그 빌어먹을 지문으로 임신을 시켰으니 이제 빼도 박도 못 하는 겁니다. 그런 게 바로 책임이라는 거죠. 그러더니 남자가 팔을 올리고 내 머리를 정
통으로 조준했다. 그때였는지 나중이었는지 모르겠지

만, 나는 모로[1]의 **아름다운 무기력**에 대해 생각했다. 어쩌면 공연히 들뜬 마음으로 예전에 그것에 대해 생각했던 일을 떠올렸던 건지도 모른다. 모로는 이 아름다운 무기력이라는 화법을 통해 아무리 요란스러운 장면이라도 순간적으로 정지시켜 화폭에 포착할 수 있었다. 이어서 나는 눈을 감았다. 대체 왜 눈을 감고 있느냐고 묻는 목소리가 들렸다. 어떤 비평가들은 그것을 모로의 평온함이라고 부른다. 그의 작품에 별다른 매력을 못 느끼는 이들은 그것을 모로의 두려움이라고 부르기도 한다. 보석으로 치장한 공포. 나는 그의 투명한 밑그림들과 〈미완성〉 작품들, 윤곽이 흐릿한 거구의 남자들, 그리고 남성 인물들에 비해 체구가 작으며 이루 말할 수 없이 아름다운 여성들을 떠올렸다. 위스망스는 모로의 어떤 그림에 대해 이런 평을 남긴 바 있다. 〈우리는 각기 다른 장면들을 보면서도 항상 비슷한 인상을 받게 된다. 그것은 바로 순결한 육체의 형태를 빌어 반복적으로 표현되는 정신적 자위이다.〉[2] 정신적 자위? 순수한 자위 그 자체. 모로의 모든 거인들과 여자들, 보석들, 기하학적 균형(혹은 기하학적 광채)은 무장한 상태로 순결한 육체 또는 책임의 영토에 착지한다. 내가 예민한 20대 청년이었을 때의 일인데, 과테말라에 있는 여인숙에서 하룻밤을 묵다가 옆방에서 두 사내가 주고받는 대화를 들은 적

---

1 Gustave Moreau(1826~1898). 프랑스의 화가로, 상징주의적 작풍과 공예적인 기법이 특색을 이룬다.
2 프랑스 작가 위스망스Joris-Karl Huysmans의 미술 비평서 『어떤 이들Certains』에 수록된 글.

이 있다. 한 사내는 그윽한 목소리였고, 다른 사내는 보통 걸걸하다고 표현하는 그런 류의 목소리였다. 처음에는 당연히 그네들이 하는 말에 딱히 귀를 기울이지 않았다. 두 사내는 모두 중앙아메리카 사람이었는데 말씨나 가락으로 보아 같은 나라 출신은 아닌 듯했다. 걸걸한 목소리의 사내가 어떤 여자에 대해 이야기하기 시작했다. 여자의 외모, 옷차림, 몸가짐, 음식 솜씨를 놓고 입에 침이 마르도록 칭찬을 늘어놓았다. 그윽한 목소리의 사내는 연신 맞장구를 쳤다. 그이가 침대에 누워 담배를 피우는 모습이 머릿속에 그려졌다. 다른 사내는 신발은 벗었어도 셔츠와 바지는 그대로 입은 채 자기의 침대 발치나 어쩌면 한복판에 앉아 있었으리라. 두 사람이 친구인 것처럼 느껴지지는 않았다. 별다른 선택지가 없었거나 돈을 아끼기 위해 한 방에 묵게 되었을 것이다. 어쩌면 함께 저녁을 먹고 술을 마시며 안면을 튼 정도였을 수도 있다. 그렇지만 당시 중앙아메리카에서는 그쯤이면 이미 허물없는 사이나 마찬가지였다. 나는 그네들의 대화를 듣다가 여러 번 잠이 들었다. 왜 이튿날 아침까지 푹 잠들지 못했을까? 모르겠다. 어쩌면 신경이 곤두서 있었던 탓일 수도 있다. 옆방에서 가끔씩 언성이 높아질 때도 있었는데 그것 때문에 금방 잠에서 깼는지도 모른다. 그윽한 목소리의 사내가 어느 순간 웃음을 터뜨렸다. 걸걸한 목소리의 사내가 자기는 아내를 죽였노라고 털어놓았다. 어쩌면 이전에 했던 말을 반복하는 중이었던 것일 수도 있다. 내가 잠들기 전에 한껏 치켜세

우던 그 여자를 일컫는 것 같았다. 나는 아내를 죽였어, 하고 그이가 말하더니 상대방의 반응을 기다렸다. 10년 묵은 체증이 씻겨 내려가는 기분이더군. 내 손으로 직접 심판을 내린 셈이지. 아무도 나를 우습게 보지 못할 거야. 그윽한 목소리의 사내는 침대에서 몸을 뒤척이며 아무 말도 하지 않았다. 흑인의 피가 많이 섞인 인디오와 흑인의 혼혈로 피부가 가무잡잡한 사내의 모습이 머릿속에 그려졌다. 아마도 자신의 고국으로 돌아가는 중이거나 멕시코 또는 미국 국경에 가기 위해 북쪽으로 이동 중인 파나마 사람이었으리라. 정체 모를 소음만 들려오던 기나긴 침묵을 깨고 그이가 다른 사내한테 진지하게 정말 아내를 죽였는지 물었다. 걸걸한 목소리의 사내 쪽에서는 아무 대답이 없었는데 어쩌면 그저 고개를 주억거리고 있었는지도 모른다. 조금 있다가 흑인 사내가 그에게 담배를 태우겠느냐고 물었다. 듣던 중 반가운 소리요, 하고 걸걸한 목소리의 사내가 운을 떼더니, 마지막으로 딱 한 대만 태우고 이제 잠자리에 듭시다, 하고 말했다. 이후로 더 이상 그네들의 목소리를 들을 수 없었다. 침대에 누운 흑인 사내가 지켜보는 가운데 걸걸한 목소리의 사내가 자리에서 일어나 불을 켰을 수도 있다. 나는 재떨이가 놓여 있는 침대 옆 탁자를 상상했다. 그곳은 내 방과 마찬가지로 흙길로 향해 있는 자그마한 창문 하나가 달려 있는 어두운 방이었다. 걸걸한 목소리의 사내는 보나마나 마른 체구의 백인이었을 것이다. 신경질적인 유형의 사내였으리라. 다른 사내는 덩치가 큰 흑인으로 쉽게 흥분하지 않는 성격이었다. 한동안 나는 눈을 붙이지 못했다. 이쯤이면 그네들이 잠들었겠다 싶었을 때 나는 자리에서 일어나 소리가 나지 않도록 주의하며 불을 켰다. 그리고 담배를 피운 다음에 책을 읽었다. 동이 트려면 아직 까마득했다. 마침내 다시 졸음이 밀려오기 시작해 불을 끄고 침대에 몸을 누이는 순간 옆방에서 무슨 소리가 들려왔다. 어떤 여자의 목소리가 마치 벽에 입술을 붙이고 말하듯이 잘 자라는 인사를 건넸다. 그 순간 나는 옆방과 마찬가지로 침대 세 개가 놓여 있는 내 방을 둘러보았다. 무서워서 소리를 지르고 싶었지만 목구멍까지 올라온 비명을 간신히 집어삼켰다. 그래야만 한다는 걸 알았기에.

미로

그들은 자리에 앉아 있다. 그들은 카메라를 보고 있다. 그들은 왼쪽부터 차례대로 다음과 같은 사람들이다. J. 앙리크, J.-J. 구, Ph. 솔레르스, J. 크리스테바, M.-Th. 레베이예, P. 기요타, C. 드바드, 그리고 M. 드바드.

사진에 사진가의 서명은 적혀 있지 않다.

그들은 어떤 탁자에 둘러앉아 있다. 그것은 나무나 플라스틱, 어쩌면 철제 다리에 대리석을 올려서 만들었을 법한 평범한 탁자이다. 하지만 여기서 탁자에 대해 상세히 묘사하는 것은 우리의 취지를 한참 벗어나는 일이다. 위에 언급된 사람들이 다 앉고도 남을 만큼 커다란 이 탁자는 카페에 놓여 있다. 얼핏 보기에 그런 것 같다. 우선은 이 탁자가 카페에 있다고 가정하자.

사진 속에서 **포즈를 취하고 있는** 여덟 사람은 부채꼴이나 반달 혹은 좌우로 심하게 벌어진 편자처럼 둘러앉아 있어서, 한 명도 빠짐없이 모든 이의 모습이 선명하고 온전하게 눈에 들어온다. 한마디로 그중에는 카메라를 등지고 있는 사람도 없고, 옆으로 고개를 돌리고 있는 사람도 없다. 그들의 앞쪽으로, 그러니까 사진가와 그들 사이에 (이 부분이 살짝 이상한 점인데) 세 개의 식물이 불쑥 튀어나와 있다. 화단에 심겨져 있는 철쭉, 무화과, 그리고 천일홍. 추측컨대 이 화단은 뚜렷하게 구분되는 카페의 두 구역을 갈라놓는 용도인 것 같다.

사진이 찍힌 날짜는 대략 1977년 정도인 듯하다.

하지만 다시 사진 속 인물들로 돌아가자. 맨 왼쪽 끝에 있는 사람은 앞에서도 밝혔듯 J. 앙리크, 즉 1938년 태생으로 『원리』, 『중국으로 횡단한 아르토』, 『사냥』을 쓴 작가 자크 앙리크이다. 앙리크는 떡 벌어진 어깨에 근육이 돋보이는 건장한 체격이고 키는 그리 크지 않은 편 같다. 그는 체크 셔츠 차림에 소매를 팔뚝 한가운데까지 걷어붙이고 있다. 흔히 말하는 미남형은 아니다. 농부나 공사판 막일꾼처럼 각진 얼굴에 눈썹은 숯검정처럼 짙고 턱에는 수염이 거뭇거뭇하다. (어떤 이들의 주장에 따르자면) 하루에 두 번씩 면도를 해줘야 하는 그런 턱이다. 그는 다리를 꼰 채 깍지 낀 두 손을 무릎 위에 올려놓고 있다.

그의 오른쪽에 앉아 있는 사람은 J.-J. 구이다. J.-J. 구에 대해서는 딱히 알려진 바가 없다. 아마 장자크가 이름이겠지만 이 이야기에서는 편의상 계속 머리글자를 쓰자. J.-J. 구는 젊고 금발에 안경을 쓰고 있다. 이목구비로 볼 때 딱히 호감이 가는 구석은 없다(그러나 앙리크에 비하면 훨씬 잘생겼을뿐더러 심지어 더 지적으로 보인다). 턱선은 대칭이고 입술은 두툼한데 아랫입술이

윗입술보다 살짝 두껍다. 그는 터틀넥 스웨터와 검은 가죽 재킷을 입고 있다.

J.-J. 옆에 있는 사람은 Ph. 솔레르스, 1936년 태생으로 『텔 켈』[1]의 창간인이며 『극(劇)』, 『수(數)』, 『낙원』의 저자이자 누구다 다 아는 공인인 필리프 솔레르스이다. 솔레르스는 탁자 위에 왼팔을 올려놓고 오른팔은 왼팔에 올린 채(그리고 왼팔 팔꿈치를 오른손으로 살포시 감싸며) 팔짱을 끼고 있다. 그의 얼굴은 둥근 편이다. 뚱뚱한 사람의 얼굴이라고 하기에는 무리가 있지만 몇 년 안에 그렇게 될 가능성이 농후해 보인다. 한마디로 식도락을 즐기는 남자의 얼굴이다. 그는 냉소적이고 지적인 미소를 입술에 머금고 있다. 앙리크나 J.-J.의 눈보다 더 또렷하고 작은 그의 눈은 자신을 찍는 카메라에 시선을 고정하고 있다. 눈 밑에 드리운 짙은 기미 탓에 초조함과 발랄함과 장난기가 동시에 엿보이는 표정이 타원형의 얼굴에 더해진다. J.-J.와 마찬가지로 그는 터틀넥 스웨터를 입고 있다. 그렇지만 솔레르스의 스웨터는 눈부실 정도로 환한 하얀색이고, J.-J.의 스웨터는 아마 노란색이나 옅은 녹색인 것 같다. 솔레르스는 언뜻 보기에 짙은 가죽 재킷처럼 생긴 옷을 스웨터 위에 입고 있는데, 어쩌면 스웨이드처럼 더 가벼운 재질로 만든 옷인지도 모른다. 그는 사진 속의 사람들 중에 유일하게 담배를

---

1 *Tel Quel*. 1960부터 1982년까지 프랑스에서 발행된 전위적인 문학 잡지. 롤랑 바르트, 미셸 푸코, 자크 데리다, 제라르 주네트, 움베르토 에코 등의 글을 실어 후기 구조주의 사상의 전개에 기여한 것으로 평가받았다.

피우고 있다.

솔레르스의 오른쪽에 있는 사람은 J. 크리스테바, 불가리아 출신의 기호학자이자 솔레르스의 아내인 줄리아 크리스테바이다. 그녀는『기호의 횡단』,『공포의 권력』,『언어, 그 미지의 것』등의 책을 쓴 저자이다. 호리호리한 몸에 광대뼈가 살짝 튀어나왔고 검은 머리는 정수리 가운데에서 가르마를 타 뒤로 넘겨 리본으로 묶었다. 그녀의 짙은 눈은 솔레르스의 눈처럼 초롱초롱하지만 분명한 차이가 있다. 크리스테바의 눈은 솔레르스의 눈보다 더 클 뿐만 아니라 남편의 눈에서는 찾아볼 수 없는 어떤 가정적인 온화함(그러니까 어떤 평온함)이 전해진다. 그녀는 전체적으로 몸에 딱 붙지만 목 부분은 헐렁한 터틀넥 스웨터 하나만 입고 있는데, 목 언저리를 따라 늘어져 있는 포도 모양의 긴 목걸이 때문에 가슴 선이 도드라져 보인다. 언뜻 보기에 줄리아 크리스테바는 베트남 여자 같다. 그러나 그녀의 가슴은 평균적인 베트남 여성보다 훨씬 풍만한 듯 보인다. 사진 속 사람들 중에 이를 드러내고 미소를 짓고 있는 건 그녀가 유일하다.

크리스테바 옆에 있는 사람은 M.-Th. 레베이예다. 그녀에 대해서도 딱히 알려진 바가 없다. 아마 그녀의 이름은 마리테레즈일 것이다. 우선 그렇다고 가정하자. 어쨌든 마리테레즈는 지금까지 언급된 이들만 놓고 보면 처음으로 터틀넥 스웨터를 입고 있지 않은 사람이다. 엄밀히 말하자면 앙리크도 터틀넥 스웨터를 입고 있지 않지만 그의 목은 아예 없다시피 할 정도로 짧은데 반해 마리테레즈의 목은 길고 그녀가 입고 있는 칙칙한 색깔의 옷 위로 훤히 드러나 있다. 그녀는 긴 생머리에 가운데 가르마를 타고 있으며 머리 색깔은 옅은 갈색이나 허니 블론드인 것 같다. 왼쪽으로 살짝 고개를 돌리고 있는 자세 덕분에 궤도를 이탈한 위성처럼 그녀의 귀에 매달려 있는 진주가 보인다.

마리테레즈 레베이예 옆에 있는 사람은 P. 기요타, 즉 1940년 태생으로 『50만 명의 병사들을 위한 무덤』, 『에덴, 에덴, 에덴』, 『매춘』을 쓴 작가 피에르 기요타이다. 기요타는 대머리다. 그것이 제일 먼저 눈에 띄는 신체적 특징이다. 또한 그는 사진 속의 남자들 중에서 가장 매력적으로 생긴 사람이다. 민머리는 반짝거리고 두상은 큼지막하며 관자놀이를 덮고 있는 검은 머리카락은 로마 개선장군들의 머리에 장식하던 월계수 잎사귀를 똑 빼닮았다. 점잔을 빼거나 건방을 떨지도 않는 그의 얼굴은 전형적인 야행성 인간의 표정을 하고 있다. 그는 가죽 재킷과 셔츠, 그리고 티셔츠를 입고 있다. 티셔츠(틀림없이 실수로 잘못 입은 듯하다)는 흰색에 가로로 검은색 줄무늬가 그려져 있고 목 주변에는 그보다 더 두꺼운 검은색 줄무늬가 새겨져 있는데, 꼭 어린아이나 소련 낙하산 부대원이 입는 옷 같다. 눈썹은 양쪽 다 가늘고 또렷하다. 사실 그의 눈썹은 집중과 무관심 사이에서 망설이는 얼굴과 광활한 이마를 가르는 경계선 역할을 한다. 두 눈은 꼬치꼬치 캐묻는 듯한 느낌이지만 어쩌면 그건 잘못된 인상일 수도 있다. 입술은 꽉 다물고 있는데, 일부러 그러는 건 아닌 것처럼 보인다.

기요타 옆에 있는 사람은 C. 드바드이다. 카롤린? 카롤? 카를라? 콜레트? 클로딘? 결코 알 턱이 없다. 편의상 그녀의 이름이 카를라 드바드라고 가정하자. 그녀는 사진 속의 인물들 중에서 가장 나이가 어린 사람으로 보인다. 앞머리를 올려 친 짧은 헤어스타일에 흑백 사진이기는 하지만 피부가 올리브 색조이며 따라서 지중해 출신임을 익히 짐작할 수 있다. 카를라 드바드는 아마 프랑스 남부나 카탈루냐 혹은 이탈리아 태생일 것이다. 그녀처럼 피부색이 짙은 사람은 크리스테바뿐이지만 크리스테바의 피부는 조명 탓인지 청동 같은 금속성의 특징이 있는 반면에 카를라 드바드의 피부는 매끈하고 탄력이 있어 보인다. 그녀는 목이 둥글게 파인 어두운 색의 스웨터와 블라우스를 입고 있다. 입술과 눈에는 단순한 미소를 넘어서서 아는 사람을 본 것 같은 낌새가 느껴진다.

카를라 드바드 옆에 있는 사람은 M. 드바드이다. 짐작컨대 1972년 당시에 아직 『텔 켈』의 편집 위원이던 작가 마르크 드바드일 것이다. 그와 카를라 드바드의 관계는 명백하다. 당연히 남편과 아내이다. 두 사람이 오누이일 수도 있을까? 그럴 가능성도 없지는 않겠지만 외양상 다른 점이 너무 많다. 마르크(그를 마르크라고 부르는 게 내키지 않는다. 마음 같아서는 M이라는 머리글자를 마르셀이나 막스로 옮겼으면 좋겠다) 드바드는 금발에 볼이 통통하고 눈이 청아하다. 따라서 두 사람을 부부 사이라고 보는 편이 더 합당할 것이다. 아니나 다를까 드바드는 J.-J. 구, 솔레르스, 그리고 크리스테바처럼 터틀넥 스웨터를 입고 있으며 그 위에 짙은 색깔의 재킷을 걸치고 있다. 커다란 눈이 아름답고 입매가 야무지다. 이미 말했듯이 그는 금발이고 긴(다른 남자들보다 더 긴) 머리를 우아하게 뒤로 넘기고 있다. 이마는 넓고 살짝 돌출된 감이 있다. 그리고 사진의 거친 입자 탓인지 턱에 보조개가 보인다.

그들 중에 사진가를 정면으로 보고 있는 사람은 몇 명일까? 앙리크, J.-J. 구, 솔레르스, 그리고 마르크 드바드. 딱 절반이다. 마리테레즈 레베이예와 카를라 드바드의 시선은 앙리크를 지나 왼쪽에 위치한 어느 장소를 향하고 있다. 살짝 오른쪽으로 치우친 기요타의 시선은 사진가의 위치에서 1~2미터쯤 떨어진 지점을 보고 있다. 그리고 크리스테바의 경우가 가장 독특한데, 그녀의 시선은 사진기를 정면으로 향하는 듯하지만 실제로는 사진가의 배, 혹은 더 정확히 말하자면 사진가의 엉덩이 옆으로 펼쳐진 빈 공간을 보고 있다.

사진을 찍은 계절은 겨울이나 가을, 어쩌면 초봄일 수도 있겠지만 분명히 여름은 아니다. 누가 제일 따뜻하게 옷을 챙겨 입었을까? 당연히 J.-J. 구, 솔레르스, 그리고 마르크 드바드이다. 세 사람 모두 터틀넥 스웨터 위에 재킷을 입고 있는데, 특히 J.-J.와 드바드의 경우에는 매우 두꺼운 재킷으로 보인다. 크리스테바의 경우는 유별나다. 기능성보다 멋을 더 중요시한 상당히 얇은 터틀넥 스웨터 외에는 아무것도 위에 걸치지 않고 있다. 다음으로 기요타는 어떨까. 그는 앞에서 언급된 사람들보다 더 따뜻하게 옷을 입고 있는 것 같다. 겉으로는 그렇게 보이지 않지만 어쨌든 옷을 세 겹이나 껴입은 사람은 그가 유일하다. 검은 가죽 재킷과 셔츠, 그리고 줄무늬 티셔츠. 사진을 찍은 계절이 여름이라 해도 그가 이 옷들을 그대로 입고 있으리라 상상할 수 있을 것이다. 아예 개연성이 없는 일은 아니다. 한 가지 확실한 점은 기요타가 잠깐 머물다 떠날 사람 같은 옷차림을 하고 있다는 것이다. 카를라 드바드로 말하자면 딱 중간이다. 스웨터 위로 삐져나온 칼라로 보아 안에 입은 블라우스는 부드럽고 따뜻한 재질인 것 같다. 스웨터 자체는 평상시에 막 입는 옷처럼 보이지만 특별히 무겁지도 가볍지도 않은 좋은 재질이다. 마지막으로 자크 앙리크와 마리테레즈 레베이예. 앙리크는 분명 추위를 잘 타는 사람이 아닐 테지만 그가 입고 있는 캐나다 벌목꾼 스타일의 셔츠는 꽤 따뜻해 보인다. 옷을 가장 얇게 입고 있는 사람은 마리테레즈 레베이예다. 목이 파인 얇은 니트 스웨터 아래에는 흰색 또는 검은색 브래지어로 감싸인 가슴밖에 없다.

그럭저럭 따뜻하게 옷을 차려입고 1977년 무렵 한 장의 사진에 담긴 이들은 모두 친구 사이이며 그중에 몇 명은 연인 사이이기도 하다. 우선 명백하게 보이는 두 쌍은 솔레르스와 크리스테바 부부, 그리고 부부 사이인

게 분명한 카를라 드바드와 마르크 드바드다. 이들 두 쌍은 안정적인 관계를 유지하는 연인들이라고 할 수 있다. 그러나 사진에 드러난 몇몇 상징들(구름들 안에 겹쳐진 구름들처럼 무화과 속으로 파고드는 자지러지게 음악적인 철쭉의 잎사귀 두 개, 풀이라기보다 불처럼 보이는 화단에 자라고 있는 풀, 생뚱맞게 왼쪽을 바라보며 기울어져 있는 천일홍, 크리스테바의 것을 제외하면 혹시나 바닥에 떨어질까 걱정된다는 듯 모서리가 아닌 탁자 한가운데에 모아 놓은 유리잔들)은 이들이 더 복잡하고 미묘한 관계로 얼키설키 엮여 있음을 암시한다.

이를테면 두꺼운 잠수용 수경 너머로 우리를 바라보고 있는 J.-J. 구의 경우를 상상해 보자.

사진 속에서 그가 차지하고 있던 공간이 잠시 비워지고, 우리는 그가 당연하다는 듯이 한 권도 아닌 두 권의 책을 팔 사이에 낀 채, 에콜 드 메드신 거리를 지나 생제르맹 대로까지 걸어가는 모습을 본다. 거기서 그는 마비용 지하철 역 쪽으로 발길을 돌리더니 역에 도착하기에 앞서 어떤 카페 입구에서 걸음을 멈추고 시간을 확인한 다음 안으로 들어가 코냑을 주문한다. 잠시 후에 J.-J. 는 바에서 내려와 창가에 위치한 탁자에 앉는다. 무얼 하려는 걸까? 그는 책을 펼친다. 무슨 책을 읽고 있는지 알 수 없지만 그가 좀처럼 독서에 집중하지 못하고 있다는 건 분명하다. 대략 20초마다 그는 고개를 들어 생제르맹 대로 쪽을 바라보는데 회가 거듭될수록 점점 우울한 눈빛이 된다. 밖에는 비가 내리고 우산을 쓴 사람들이 황급히 걸어간다. J.-J.의 금발이 젖어 있지 않은 것으로 보아 그가 카페에 들어온 이후에 비가 내리기 시작했음을 추측할 수 있다. 땅거미가 내린다. J.-J.는 똑같은 자리에 계속 앉아 있고 어느새 코냑 두 잔과 커피 두 잔이 계산서에 올라 있다. 가까이 가서 보면 그의 눈 아래 거뭇한 기미가 교전 지역처럼 퍼져 있음을 확인할 수 있다. 그는 한 번도 중간에 안경을 벗지 않는다. 안쓰러운 광경이다. 한참을 기다린 뒤에야 그는 다시 밖으로 나가고 추위 때문인지 몸서리를 친다. 그는 잠시 인도에 서서 발을 멈춘 채 번갈아 가며 앞뒤를 돌아본다. 그런 다음에 다시 마비용 지하철 역 쪽으로 걸어가기 시작한다. 역 입구에 이르자 문득 머리가 헝클어졌다는 것을 의식한 듯이 여러 번 손으로 매만지지만 사실 그의 머리는 아무렇지도 않다. 이어서 그는 계단을 따라 내려가고, 사물의 윤곽들이 점점 흐릿해지는 빈 공간에서 이야기가 끝나거나 정지한다. J.-J.가 기다린 사람은 누구일까? 그가 사랑하는 사람일까? 그날 밤 몸을 섞으려 했던 사람일까? 그 사람이 나타나지 않은 게 그의 섬세한 감수성에 어떤 영향을 미쳤을까?

그와의 약속을 어긴 사람이 자크 앙리크라고 가정해 보자. J.-J.가 그를 기다리고 있는 사이 앙리크는 250cc 혼다 오토바이를 몰고 드바드 부부가 살고 있는 건물의 입구로 향하는 중이었다. 하지만 이건 아니다. 그럴 리가 없다. 앙리크는 그저 자기 혼다를 타고 특별한 목적지 없이 모호하게 문학적이며 모호하게 불안정한 파리를 달렸을 뿐이고, 그가 약속 장소에 가지 않은 것은 연인들 사이에서 흔히 있는 다분히 전략적인 계산의 결과였다고 상상하자.

　그럼 이제 짝을 재구성하자. 카를라 드바드와 마르크 드바드. 솔레르스와 크리스테바. J.-J. 구와 자크 앙리크. 마리테레즈 레베이예와 피에르 기요타. 그리고 밤 동안의 일을 재구성하자. 때는 밤이고 J.-J. 구는 생제르맹 대로에 있는 카페에 앉아 제목은 굳이 알 필요 없는 어떤 책을 읽으며 기다린다. 터틀넥 스웨터 때문에 숨쉬기가 갑갑할 텐데도 그는 딱히 불편하다고 느끼지 않는다. 앙리크는 옷을 입다 만 채로 침대에 누워 담배를 입에 물고 천장을 바라본다. 솔레르스는 자기 서재에 틀어박혀 글을 쓴다(솔레르스의 터틀넥 스웨터는 그의 발그레하고 따스한 피부에 꼭 맞는다). 줄리아 크리스테바는 대학에 있다. 마리테레즈 레베이예는 발자크가와 맞닿는 지점에서 멀지 않은 프리들란드 거리를 따라 걷고 있고 자동차들의 전조등 불빛이 그녀의 얼굴을 비춘다. 기요타는 파리 식물원 부근의 라세페드가에 있는 카페에서 지인들과 술을 마시고 있다. 카를라 드바드는 자기 집 주방에 있는 의자에 앉아 멍을 때리고 있다. 마르크 드바드는 『텔 켈』 사무실에서 그가 가장 존경하는 동시에 증오하는 시인들 중 한 사람과 공손한 목소리로 전화 통화를 한다. 곧 솔레르스와 크리스테바는 함께 있다가 저녁을 먹은 뒤에 책을 읽을 것이다. 그들은 그날 밤 사랑을 나누지 않을 것이다. 곧 마리테레즈 레베이예와 기요타는 함께 있다가 한 침대에 누울 것이고, 그가 그녀의 항문에 삽입을 할 것이다. 두 사람은 욕실에서 몇 마디 말을 나누다가 새벽 5시에 잠들 것이다. 곧 카를라 드바드와 마르크 드바드는 함께 있다가 둘 다 서로에게 소리를 지를 것이고, 그녀는 방으로 가서 침대 옆 탁자에 놓여 있는 소설들 가운데 한 권을 집어 들 것이고, 그는 자기 책상에 앉아 글을 써보려 하지만 결국 한 줄도 못 쓸 것이다. 카를라는 새벽 1시, 마르크는 새벽 2시 반에 잠들 것이고, 두 사람은 서로의 몸을 건들지 않으려고 애쓸 것이다. 곧 자크 앙리크는 지하 주차장으로 내려가 자신의 혼다에 올라타고 차가운 파리의 거리로 나설 것이다. 자신의 손으로 운명의 실을 조종하면서 스스로가 행운아라는 것을 알거나 혹은 그렇게 믿고 있는 차가운 남자로 변해서 말이다. 사진 속의 인물들 가운데 앙리크만이, 마지막까지 밤을 배회하던 사람들이 제각각 가상의 알파벳을 구성하는 수수께끼 같은 철자가 되어 처참하게 후퇴하는 광경과 함께 아침이 밝아 오는 것을 볼 것이다. 곧 가장 먼저 잠든 J.-J. 구는 한 장의 사진이 등장하는 꿈속에서 악마의 존재와 불운한 죽음을 경고하는 목소리를 듣게 될 것이다. 꿈 혹은 환청이 들리는 악몽 때문에 그는 소스라치듯 잠에서 깨어나 남은 밤 동안 다시 잠들지 못할 것이다.

날이 밝고 빛과 함께 다시 사진이 환해진다. 마리테레즈와 카를라 드바드는 앙리크의 우락부락한 어깨 너머에 있는 대상을 향해 왼쪽으로 시선을 돌리고 있다. 카를라의 눈빛은 아는 사람이나 반가운 사람을 본 듯한 인상이다. 희미한 웃음과 다정한 눈길로 미루어 보아 확실히 그런 것 같다. 그러나 마리테레즈는 예리하게 시선을 훑는다. 숨쉬기가 버겁다는 듯 입을 살짝 벌린 채, 움직이고 있는 것으로 짐작되는 관심의 대상에 시선을 박으려고 시도한다(**꽂으려고** 시도하지만 실패한다). 두 여자의 시선은 같은 곳을 향해 있지만 그들이 보고 있는 게 무엇이건 간에 상당히 다른 감정적인 반응을 보인다. 카를라의 다정함은 어쩌면 무지에서 비롯한 것일 수도 있다. 마리테레즈의 불안함과 방어적인 동시에 캐묻는 듯한 시선은 여러 겹의 경험이 갑자기 벗겨진 데서 비롯한 것일 수도 있다.

J.-J. 구는 당장이라도 울음을 터뜨릴 것만 같다. 악마의 존재를 경고했던 목소리가 희미하게나마 계속 귀에서 울린다. 하지만 그는 여자들의 시선을 끈 대상이 있는 왼쪽이 아니라 카메라를 정면으로 바라보고 있고, 짐짓 냉소적인 것으로 보이고 싶은 마음과 달리 당장은 위험 부담이 적은 차분함의 영역에 얽매여 있는 보일 듯 말 듯한 미소를 입술에 머금고 있다.

다시 사진 위에 어둠이 내리면, J.-J. 구는 곧장 자기 집으로 가서 샌드위치를 만들고 더도 덜도 말고 딱 15분간 텔레비전을 시청한 뒤에 거실에 놓인 팔걸이의자에

2 Jacques Rivette(1928~2016). 프랑스의 영화감독, 영화 평론가. 1950년대 말부터 1960년대까지 프랑스 영화계를 주도한 누벨바그의 중심 인물이다.

앉아 필리프 솔레르스에게 전화를 걸 것이다. 벨이 다섯
번 울린 다음에 J.-J.는 자신이 아직 그 자리에 있으며
딱히 크지도 작지도 않고 사방이 책으로 가득한 어두운
거실에 있는 사람이 바로 자신이라는 것을 확인하려는
듯이 왼손의 두 손가락을 입술에 갖다 대면서 오른손으
로 천천히 수화기를 내려놓을 것이다.

카를라 드바드는 순종적인 미소가 싹 사라진 얼굴로
마리테레즈 레베이예에게 전화를 걸 것이고, 마리테레
즈 레베이예는 벨이 세 번 울린 다음에야 수화기를 들
것이다. 두 사람은 괜히 말을 빙빙 돌리며 관심도 없는
온갖 이야기들을 주워섬기다가 사흘 후에 갈랑드가에
있는 카페에서 만나기로 약속을 잡을 것이다. 그날 밤
마리테레즈는 특별히 정해진 목적지 없이 혼자 외출할
것이고, 카를라는 마르크 드바드가 열쇠로 자물쇠 돌리
는 소리를 듣자마자 자기 방에 틀어박힐 것이다. 그렇지
만 당장은 비극적인 장면이 벌어지지 않을 것이다. 마르
크 드바드는 어떤 불가리아 언어학자의 에세이를 읽을
것이고, 기요타는 자크 리베트[2]의 영화를 보러 갈 것이
고, 줄리아 크리스테바는 밤늦게까지 책을 읽을 것이고,
필리프 솔레르스는 밤늦게까지 글을 쓸 것이고, 그들 부
부는 각자 서재에 틀어박힌 채 서로 거의 말을 섞지 않
을 것이고, 자크 앙리크는 타자기 앞에 앉지만 딱히 쓸
만한 내용이 떠오르지 않자 20분 후에 가죽 재킷과 부
츠 차림으로 지하 주차장에 내려갈 것이고, 무슨 까닭에
서인지 하필이면 그날 밤에 조명이 나간 탓에 암흑 속에

서 자기 혼다를 찾을 것이고, 그러나 오토바이가 주차된 장소를 기억하고 있기에 아무런 두려움이나 걱정 없이 고래의 뱃속 같은 어둠 속을 걸어갈 것이고, 하지만 중간쯤 못 미쳐서 이상한 소리(파이프에서 나는 소리도 아니고 차 문이 닫히거나 열리는 소리도 아니다)가 들리자 자기도 모르게 걸음을 멈춘 채 귀를 기울일 것이고, 그렇지만 그 소리는 한 번만 울리더니 다시 들리지 않고 이내 사위는 적막에 휩싸일 것이다.

이윽고 밤(또는 밤의 아주 작은 부분, 밤의 만만한 일부분)이 끝나고 불붙은 반창고처럼 사진에 빛이 감돌면서, 어느덧 친숙한 인물로 느껴지는 피에르 기요타가 무정부주의자나 스페인 내전 때의 경찰 같은 가죽 재킷 차림에 강인한 인상의 대머리를 반짝이며 다시 등장하는데, 사진가의 뒤쪽에 있는 공간을 향해 오른쪽으로 비스듬히 쏠려 있는 그의 시선을 볼 때, 아마도 바 근처나 바에 기대거나 앉아 그에게 등을 돌린 채 술을 마시고 있으며, 아예 가능성이 없지는 않지만 바 뒤에 거울이 있는 경우라야 정면을 확인할 수 있는 누군가를 보고 있는 듯하다. 어쩌면 그가 보고 있는 사람은 여자일 수도 있다. 아마도 젊은 여성일 것이다. 기요타는 거울에 비친 그녀의 모습과 그녀의 목덜미를 본다. 그렇지만 기요타의 시선은 심연을 훑고 있는 그의 연인의 시선에 비하면 그리 강렬하지 않다. 여기에서 우리는 하나의 분명한 결론을 이끌어 낼 수 있다. 즉, 마리테레즈 레베이예와 카를라 드바드는 남자를 보고 있고, 기요타는 여자를 보고 있다는 것이다. 그리고 이러한 결론을 바탕으로 다음과 같은 사실을 확인할 수 있다. 마리테레즈와 카를라는 그들이 동시에 **알고 있는** 어떤 남자를 보고 있지만, 이런 경우에 흔히(그리고 필연적으로) 그렇듯 동일한 인물에 대해 전혀 다른 생각을 갖고 있다고 말이다. 기요타는 의심의 여지 없이 낯선 여자를 보고 있다.

이 정체불명의 두 사람을 X와 Z라 부르도록 하자. X는 바에 있는 여자다. Z는 마리테레즈와 카를라가 알고 있는 남자다. 물론 그들은 Z를 잘 알고 있는 것은 아니다. 카를라의 시선(다정하면서도 방어적인)으로 보아 그는 젊은 남자인 것으로 추정되지만, 마리테레즈의 시선으로 보아 잠재적으로 위험한 인물인 것으로도 추정된다. 또 누가 Z를 알고 있을까? 여러 정황으로 볼 때 더 이상 없는 것 같다. 어쨌든 그의 존재를 신경 쓰고 있는 사람은 아무도 없다. 어쩌면 그는 언젠가 『텔 켈』에 자신의 글을 실으려 했던 젊은 작가이거나, 언젠가 사진 속 인물들에 대한 문학 르포를 쓰려 했던 남아메리카, 아니 중앙아메리카 출신의 젊은 기자일 수도 있다. 아마도 그는 야심에 넘치는 젊은이일 가능성이 높다. 만약 그가 파리에 사는 중앙아메리카 사람이라면 야심에 넘치는 동시에 원한에 가득한 젊은이일 공산이 크다. 탁자에 둘러앉은 사람들 가운데 그가 아는 사람은 마리테레즈, 카를라, 솔레르스, 그리고 마르크 드바드뿐이다. 이를테면 그가 어느 날 『텔 켈』 사무실에 찾아갔다가 이 네 사람과 통성명을 했다고(또한 그는 언젠가 마르슬랭 플레

네[3]와 악수를 나눈 적이 있지만 플레네는 사진에 없다) 가정하자. 나머지 사람들은 이제껏 한 번도 본 적이 없거나 그들이 쓴 책의 책날개에서만 보았을 뿐이다(기요타와 앙리크의 경우에 말이다). 따라서 우리는 굶주리고 원한에 찬 중앙아메리카 출신의 젊은이가 『텔 켈』 사무실에 있는 모습을 상상할 수 있고, 필리프 솔레르스와 마르크 드바드가 무관심과 당황함을 오가며 그의 이야기를 듣는 모습을 상상할 수 있으며, 카를라 드바드가 우연히 그 자리에 있는 모습까지도 상상할 수 있다. 카를라 드바드가 남편을 찾아왔다거나, 마르크가 서재에 놓고 간 서류를 전해 주기 위해 사무실을 방문했다거나, 갑자기 집에 혼자 있는 게 1분 1초도 견디기 힘들어서 거기에 왔다는 식으로 말이다. 그렇지만 마리테레즈가 사무실에 있는 모습은 도저히 상상(혹은 설명)이 불가능하다. 그녀는 기요타의 연인이고 『텔 켈』에서 일하는 것도 아니니 딱히 사무실에 있을 이유가 없다. 그렇지만 그녀는 그 자리에 있었고 바로 거기에서 중앙아메리카 출신의 젊은이를 만난 것이다. 그녀는 그날 카를라 드바드의 요청 때문에 거기 찾아갔던 걸까? 남편이 자기와 함께 집에 가지 않을 걸 알고 카를라가 마리테레즈에게 사무실에서 만나자고 했던 걸까? 아니면 다른 사람과 약속이 있어서 사무실에 들른 걸까? 중앙아메리카 출신의 청년이 경의를 표하기 위해 자코브가에 위치한

---

3 Marcelin Pleynet(1933~). 프랑스의 시인이자 비평가. 솔레르스 등과 함께 『텔 켈』의 편집 위원을 맡았다.

사무실에 찾아갔던 그날 오후로 살금살금 돌아가자.

때는 퇴근 시간. 여비서가 이미 사무실을 떠난 터라 초인종이 울리자 마르크 드바드가 직접 문을 열고 손님과 눈을 마주치지 않은 채 그를 안으로 들인다. 중앙아메리카 출신의 청년은 문턱을 넘어서 마르크 드바드의 뒤를 따라 복도 끝에 위치한 사무실로 향한다. 바깥에서는 비가 그친 지 오래지만 그가 지나간 마루 위에는 물방울 자국이 남는다. 물론 드바드는 이 사실을 전혀 눈치채지 못한 채 소수의 프랑스 사람들만 지닌 우아한 태도로 날씨나 돈, 잡무 등을 화제로 삼아 말을 걸며 길을 앞장선다. 책상 하나와 여러 개의 의자와 두 개의 팔걸이의자와 책과 잡지가 가득한 책장이 있는 널찍한 사무실에서 솔레르스가 기다리고 있는 중이고, 중앙아메리카 출신의 청년은 그를 보자마자 인사를 건네며 금세기의 가장 위대한 천재 중 한 분이시라고 추켜세우는데, 대서양 저편의 열대 국가들에서는 흔하게 있는 이 칭찬의 표현이 『텔 켈』 사무실에서나 솔레르스의 귀에는 뚱딴지 같은 소리로 들린다. 아닌 게 아니라 중앙아메리카 청년의 그 같은 고백이 끝나자마자 솔레르스와 드바드는 서로 시선을 마주치고 혹시 미친 사람을 안에 들인 건 아닐까 의심한다. 그렇지만 솔레르스는 내심 중앙아메리카 청년에게서 나온 칭찬의 말에 80퍼센트 정도 동의하는 터라, 손님이 그를 조롱하는 걸 수도 있다는 생각을 접은 뒤에는, 적어도 처음에는 우호적인 분위기로 인터뷰가 진행된다. 손님은 줄리아 크리스테바(그는 이 저명한 불가리아 여성의 이름을 언급하면서 솔레르스에게 눈을 찡긋한다)와 마르슬랭 플레네(그는 이미 그를 만난 적이 있다고 말한다), 그리고 드니 로슈[4](그는 자기가 그의 작품을 번역하고 있다고 주장한다)에 대해 이야기한다. 드바드는 살짝 일그러진 미소를 지으며 손님의 말에 귀를 기울인다. 솔레르스는 중간중간 고개를 끄덕이며 경청하지만 시간이 지날수록 지루함을 느낀다. 갑자기 복도에서 발소리가 들리더니 문이 열린다. 세 남자는 뒤를 돌아본다. 꽉 끼는 코듀로이 바지에 플랫 슈즈를 신고 아름다운 지중해인의 얼굴에 서글픈 미소를 머금고 있는 카를라 드바드가 등장한다. 마르크 드바드는 자리에서 일어난다. 잠시 부부는 소곤거리며 문답을 주고받는다. 중앙아메리카 출신의 청년은 입을 다문 채 가만히 있고, 솔레르스는 기계적으로 어떤 영국 잡지를 뒤적인다. 이어서 카를라와 마르크가 방을 가로질러 걸어오자(카를라는 남편의 팔을 붙든 채 불안하게 발을 내딛는다) 중앙아메리카 출신의 청년은 자리에서 일어나 통성명을 하더니 방금 도착한 여자에게 극진한 인사를 건넨다. 금세 대화가 재개되지만 안타깝게도 청년의 이야기는 딴 길로 새고(그는 문학에 대한 이야기를 접고 프랑스 여성의 독보적인 아름다움과 우아함을 화제로 삼는다) 솔레르스는 완전히 흥미를 잃어버린다. 잠시 뒤에 손님의 방문이 끝난다. 솔레르스가 시계를 보

4 Denis Roche(1937~2015). 프랑스의 시인이자 사진가. 『텔 켈』의 편집 위원을 맡았다.

더니 시간이 늦었다고 말하고, 드바드는 중앙아메리카 출신의 청년을 문 앞까지 배웅하며 악수를 나누고, 중앙 아메리카 출신의 청년은 엘리베이터를 기다리는 대신에 계단을 뛰어 내려간다. 2층 층계참에서 그는 마리테레즈 레베이예와 마주친다. 중앙아메리카 출신의 청년은 스페인어로 고래고래 혼잣말을 하며 내려가는 중이다. 청년과 마주치는 순간 마리테레즈는 그의 눈에서 표독스러운 시선을 감지한다. 그들의 몸이 부딪힌다. 두 사람은 서로에게 사과를 건넨다. 그들은 다시 서로를 바라보는데(그런데 사과를 건넨 다음에 이렇게 다시 눈을 마주치는 건 놀라운 일이다) 그 순간 그녀는 그의 눈 속에서 편리한 원한의 가면 뒤에 숨어 있는 견딜 수 없는 공포와 두려움의 우물을 발견한다.

그러니까 중앙아메리카 출신의 청년 Z는 사진이 찍힐 때 카페 안에 있었고, 카를라와 마리테레즈는 그를 알아보고 누구인지 기억했던 것이다. 어쩌면 그가 방금 막 카페에 도착해 그들이 둘러앉아 있는 탁자를 지나치며 인사를 건넸지만 두 여자를 제외한 나머지 사람들은 그를 몰라봤을 수도 있다. 청년의 입장에서는 비일비재하게 겪으면서도 아직까지 쉽게 적응이 안 되는 일이다. 이제 그는 그들의 왼쪽에 있는 자리에서 다른 중앙아메리카 친구들과 함께 앉아 있거나 혹은 아마도 그들이 도착하기를 기다리면서, 모욕당한 것에 대한 원한과 빛의 도시의 냉담함에 대한 앙심이 마음속에서 들끓는 걸 느낀다. 하지만 그러한 그의 모습은 양가적인 반응을 불러일으킨다. 카를라 드바드에게는 누나나 아프리카 선교 수녀와 같은 마음을 느끼게 하는 반면에, 마리테레즈에게는 철조망에 걸린 듯한 기분과 함께 모호한 성적 욕구를 자극하는 것이다.

이윽고 다시 어둠이 내리는 것과 동시에 사진이 텅 비워지거나 온전히 밤의 메커니즘에 따라 그려진 낙서 같은 선으로 지워지고, 솔레르스는 자기 집 서재에서 글을 쓰고, 크리스테바는 그 옆에 있는 서재에서 글을 쓰고, 철저히 방음 처리된 두 사람의 서재에서는 상대방이 타자기를 치는 소리나 참고 도서를 찾으러 일어나는 소리나 기침하는 소리나 혼잣말하는 소리가 전혀 들리지 않고, 카를라와 마르크 드바드 부부는 서로 아무런 대화도 없이 극장(리베트의 영화를 보러 간 것이다)에서 나오고, 하지만 마르크에 이어서 마르크보다 훨씬 정신이 산만한 카를라는 중간에 몇 번 지인들에게 인사를 건네고, J.-J. 구는 빵, 파테, 치즈, 그리고 와인 한 잔으로 이루어진 검소한 저녁 식사를 준비하고, 기요타는 마리테레즈 레베이예의 옷을 벗긴 다음 거친 동작과 함께 그녀를 소파 위로 내던지고, 마리테레즈는 마치 광명의 그물로 광명의 나비를 잡듯이 공중에서 이 거친 동작을 낚아채고, 앙리크는 집에서 나와 주차장으로 내려가 조명이 꺼지는 순간 또다시 걸음을 멈추고, 바깥으로 이어지는 철문 근처에 위치한 조명을 시작으로 하나둘씩 조명이 꺼지기 시작하고, 마지막으로 그의 울긋불긋한 혼다가 있는

---

5 Robert Pinget(1919~1997). 프랑스의 누보로망 작가.

구석 자리의 조명이 힘없이 깜빡이다 꺼지면서 사방이 암흑 속에 잠긴다. 그리고 그 순간 앙리크는 문득 자기 오토바이가 아시리아 신 같다고 생각하면서 이러한 생각에 혼자 흐뭇해하지만 차마 어둠 속으로 발길이 떨어지지 않고, 마리테레즈는 눈을 감으면서 다리를 양옆으로 벌려 한쪽은 소파 위에 걸치고 다른 쪽은 카펫 위에 대고, 그사이에 기요타는 그녀의 팬티를 벗기지 않은 채 삽입을 하면서 그녀를 이 귀여운 창녀, 걸레라고 부르며 하루 종일 무얼 했는지, 무슨 일이 있었는지, 어디를 빨빨거리고 돌아다녔는지 그녀에게 묻고, J.-J. 구는 식탁에 앉아서 로베르 팽제[5]의 책 2페이지를 옆에 펼쳐 놓고 빵 조각에 파테를 발라 입에 넣은 다음 처음에는 오른쪽으로 그다음에는 왼쪽으로 느긋하게 음식을 씹고, 그 와중에 꺼져 있는 텔레비전 화면 위에는 멀뚱멀뚱 생각에 잠긴 얼굴로 입을 다문 채 볼이 미어지도록 무언가를 먹고 있는 외로운 사내인 그의 모습이 비치고, 카를라와 마르크는 보통 끄지 않고 켜두는 복도의 조명이 은은히 스며드는 가운데 여성 상위 자세로 사랑을 나누고, 카를라는 신음을 내뱉으면서 남편의 얼굴과 헝클어진 금발과 맑은 눈과 넓적하고 평온한 얼굴과 그녀가 갈망하는 흥분이 전혀 느껴지지 않는 섬세한 두 손을 보지 않으려고 애쓰고, 그는 그녀를 자기 곁에 붙잡아 두려는 듯이 두 손으로 그녀의 엉덩이를 부질없이 감싸고 있지만 정작 그녀가 무엇으로부터 도망치고 있는지 고문처럼 끝없이 지연되는 그녀의 탈주가 무엇을 의미하는지 모르

고 있고, 이튿날 이른 시간에 강의가 있는 크리스테바는
잠을 자러 가고, 이어서 솔레르스도 잠을 자러 가고, 두
사람은 각자 책을 들고 가서 잠자리에 누웠다가 졸음
이 쏟아져 눈이 감기면 침대 옆 탁자에 책을 놓을 것이
고, 필리프 솔레르스는 꿈속에서 세상을 파괴할 비결을
알고 있는 과학자와 함께 브르타뉴 지방의 해변을 산책
할 것이고, 그들은 바위와 검은 절벽이 늘어선 인적 없는
긴 해변을 따라 동에서 서로 걸어갈 것이고, 불현듯 솔
레르스는 그 과학자(말하고 설명하는 사람)가 바로 자
신이며 자기 옆에서 걷고 있는 사람이 살인자라는 사실
을 알게 될 것이고, 축축한 모래(죽처럼 걸쭉한)와 잽싸
게 숨을 곳을 찾는 게와 두 사람이 해변 위에 남긴 발자
국(족적으로 살인자를 확인하는 꽤 논리적인 방법이다)
을 보는 순간 이를 깨달을 것이고, 줄리아 크리스테바는
몇 년 전에 세미나 참가차 방문한 독일의 작은 마을이
등장하는 꿈속에서 그 마을의 깨끗하고 인적 없는 거리
를 볼 것이고, 작지만 초목이 우거진 광장에 앉을 것이
고, 눈을 감은 채 한 마리 새가 지저귀는 소리를 들으면
서 이 새가 새장 안에 있는 새일지 아니면 야생에 사는
새인지 궁금해할 것이고, 차갑지도 뜨겁지도 않으며 라
벤더와 오렌지 꽃 향이 나는 완벽한 미풍이 목과 얼굴에
스치는 것을 느낄 것이고, 그 순간 세미나가 있다는 사

6 Pol Pot(1925~1998). 캄보디아 정치인. 공산당 무장 군사 조직인
크메르 루주를 통해 캄보디아 국민 1백만 명 이상을 학살했다.
7 중앙아메리카에 있는 국가인 온두라스의 수도.
8 중앙아메리카에 있는 국가인 엘살바도르의 수도.

실을 떠올리고 시계를 확인하지만 시계는 멈추어 있을 것이다.

아무튼 중앙아메리카 청년은 사진의 프레임 바깥에 있고, 기요타가 바라보는 낯선 여인은 당분간 자신의 아름다움을 유일한 무기로 휘두르며 그와 함께 이 무결하고 현혹적인 영역을 공유한다. 그들 사이에 서로 시선이 오가는 일은 없을 것이다. 그들은 파리의 유랑 극장이라는 위험천만한 땅 위에서 두 개의 그림자처럼 잠시 서로를 스쳐 지나갈 것이다. 중앙아메리카 청년은 십중팔구 살인자가 될 수도 있을 것이다. 어쩌면 중앙아메리카의 고국으로 돌아가 살인을 저지를 수도 있을 테지만 여기에서 그가 자신의 손에 피를 묻힐 수 있는 방법은 자살밖에 없을 것이다. 이 폴 포트[6]는 파리에서 아무도 죽이지 못할 것이다. 그렇지만 테구시갈파[7]나 산살바도르[8]에 돌아가면 그는 분명히 대학에서 교편을 잡게 될 것이다. 낯선 여자의 경우, 그녀는 피에르 기요타의 석면 그물망에 걸려들지 않을 것이다. 그녀는 바에서 애인을 기다리는 중이고 얼마 지나지 않아 그 애인이나 그 다음번 애인과 함께 안락한 순간도 없지는 않겠지만 대체로 비참한 결혼 생활을 시작할 것이다. 문학은 이 문학적인 피조물들을 스치고 지나가면서 그들이 눈치채지 못하는 사이에 그들의 입술에 키스를 한다.

사진 속에서 연기의 소굴이 자리 잡은 식당 혹은 카페의 한 구역은 빈 공간을 가로지르며 태연하게 전진한다. 이를테면, 솔레르스의 뒤편에서 우리는 세 남자의 단편적인 모습을 어렴풋하게 볼 수 있다. 얼굴이 온전히 보이는 사람은 없다. 맨 왼쪽에 있는 남자는 옆얼굴 쪽으로 이마, 눈썹, 귀 뒤와 머리카락이 보인다. 맨 오른쪽 남자의 경우에는 이마의 일부분과 광대뼈, 그리고 검정색 머리카락 몇 가닥이 보인다. 가운데에 있는 남자는 모임의 좌장인 듯한데 두 개의 주름살과 눈썹과 콧마루와 수줍게 삐져나온 앞머리가 선명하게 두드러지는 이마가 거의 다 보인다. 그네들 뒤편으로는 창유리가 있고, 창유리 뒤편으로는 여러 사람이 호기심 어린 표정으로 어쩌면 책 진열대일 수도 있는 가판대나 전시대 주위를 서성이고 있다. 대다수는 우리의 주인공들에게서 등을 돌리고 있지만(물론 우리의 주인공들 또한 그들에게서 등을 돌리고 있다) 예외적으로 둥근 얼굴에 바가지 머리를 하고 지나치게 몸에 꽉 끼는 재킷을 입은 아이 하나가 카페 쪽을 곁눈질하고 있다. 마치 그 거리에서도 카페 안에서 일어나는 모든 일을 관찰할 수 있다는 듯한 모습인데, 애초에 그건 거의 불가능한 일이다.

그리고 오른쪽 구석에 누군가를 기다리는 남자 혹은 무언가를 듣고 있는 남자가 있다. 마르크 드바드의 금발 바로 위에 그의 얼굴이 불쑥 튀어나와 있다. 숱이 많은 검은 머리에 눈썹은 짙고 호리호리한 몸매다. 그는 한 손(관자놀이 오른편에 힘없이 기댄 손)에 담배를 쥐고 있다. 나선을 그리며 천장으로 올라가는 담배 연기가 마치 심령사진처럼 카메라에 포착되어 있다. 텔레키네시스. 담배에 일가견이 있는 사람이라면 이 고체처럼 굳어 있는 연기를 보자마자 그가 피우고 있는 담배의 상표를 알아낼 수 있을 것이다. 골루아즈가 틀림없다. 사진의 오른쪽 방향으로 시선이 향해 있는 것으로 보아 그는 카메라의 존재에 신경을 쓰지 않는 듯 보이지만 어떤 면에서는 다른 이들과 마찬가지로 포즈를 취하고 있다.

그런데 아직 한 사람이 더 남아 있다. 자세히 살펴보면 기요타의 목덜미에 종양처럼 튀어나온 무언가가 눈에 띄는데, 코와 쭈글쭈글한 이마와 윗입술의 윤곽으로 이루어진 그것은 어떤 남자의 옆얼굴로, 그이는 꽤 심각한 표정을 한 채 담배를 피우는 남자와 사뭇 다른 눈빛으로 같은 방향을 바라보고 있다.

이어서 카메라가 우연의 블랙홀을 향해 오른쪽으로 기울어진 듯이 사진에 빛이 차단되며 골루아즈 담배 연기만 허공에 감돌고, 솔레르스는 와그람 광장 근처의 어느 길에서 갑자기 걸음을 멈추더니 주소록을 놓고 왔거나 잃어버린 듯이 주머니를 손으로 더듬고, 마리테레즈 레베이예는 와그람 광장 근처의 말제르브 대로에서 차를 운전하고, J.-J. 구는 마르크 드바드와 전화 통화(J.-J.의 목소리는 불안정하게 커졌다 작아지고, 드바드는 한마디도 말을 하지 않는다)를 하고, 기요타와 앙리크는 도핀가로 가기 위해 생탕드레데자르가를 지나다가 우연히 카를라 드바드와 마주치고, 그녀는 그들에게 인사를 건넨 뒤에 일행에 합류하고, 줄리아 크리스테바는 외국인들이 몇 명 섞여 있는(스페인인 두 명, 멕시코인 한 명, 이탈리아인 한 명, 독일인 두 명) 학생들의 무리에 둘러싸여 강의실에서 나오고, 다시 한번 사진은 빈 공간 속으로 사라진다.

북극광. 개 같은 새벽. 그들은 모두 거의 투명에 가까운 모습으로 눈을 뜬다. 마르크 드바드는 회색 잠옷을 꽁꽁 싸맨 채 아카데미 공쿠르 회원이 되기를 꿈꾸며 홀로 침대에 누워 있다. J.-J. 구는 자기 집 창가에서 파리의 하늘 위로 지나가는 구름들을 바라보며 그것들이 피사로[9]의 그림에서 보았던 어떤 구름들이나 악몽 속에서 보았던 구름들에 비할 바가 못 된다고 생각한다. 줄리아 크리스테바는 아시리아 가면 같은 평온한 얼굴로 자고 있다가 어디 불편한 데가 있는지 살짝 몸을 움찔하며 잠에서 깨어난다. 필리프 솔레르스는 주방의 싱크대에 기대어 있고 그의 오른손 검지에서는 피가 뚝뚝 떨어진다. 카를라 드바드는 기요타와 밤을 보낸 후 자기 집 계단을 올라간다. 마리테레즈 레베이예는 커피를 올리고 책을 읽는다. 자크 앙리크는 컴컴한 주차장을 걸어가고 시멘트 바닥에 그의 부츠가 닿는 소리가 울려 퍼진다.

어렴풋한 소리와 함께 차츰 세상이 윤곽을 드러내며 그의 눈앞에 펼쳐진다. 지방의 주도에 불어오는 바람처럼 공포의 조짐이 육박해 온다. 앙리크는 걸음을 멈추고 심장이 두방망이질 치는 가운데 방향을 가늠해 보려 애쓰지만, 이전에는 주차장 구석의 흐릿한 그림자들과 형체들이라도 희미하게 보였다면, 이제는 지하 묘지 깊숙한 곳에 위치한 빈 관 속에 있는 것과 같은 밀폐된 어둠

9 Camille Pissarro(1830~1903). 프랑스의 인상주의 화가.

만이 느껴질 뿐이다. 그래서 그는 제자리에 멈춘 채 움직이지 않기로 마음먹는다. 그렇게 멈추어 있는 사이에 심장 박동이 차차 안정되고 그날의 이미지들이 기억 속에 되살아난다. 그는 그가 남몰래 흠모하는 기요타가 자기 딸뻘인 카를라에게 대놓고 집적대던 장면을 떠올린다. 또다시 그들이 웃는 모습이 보이고 이어서 그들이 어떤 거리를 따라 멀어지는 게 보이는데, 거리를 비추는 노란 조명들은 뚜렷한 순서 없이 불규칙적으로 흩어졌다 모이기를 반복하지만, 앙리크는 모든 것이 정해진 법칙을 따르고 있고 인과 관계로 서로 엮여 있을 뿐만 아니라 인간 본성에 있어서 이유 없는 것은 극히 드물다는 사실을 익히 알고 있다. 그는 바지 앞섶에 한 손을 갖다 댄다. 한참 만에 처음 몸을 움직여서 하는 이 동작에 그는 소스라치게 놀란다. 성기가 잔뜩 발기되어 있지만 어떤 종류의 성적 흥분도 느껴지지 않는다.

파국을 향한 표류

　　호세 에르난데스[1]의 『마르틴 피에로』를 아르헨티나 문학 정전의 중심으로 치켜세운 장본인들이 부르주아 작가들이라는 것은 선뜻 이해가 가지 않는 일입니다. 물론 이 점에 대해서는 논란의 여지가 있겠으나, 아무것도 가진 것 없는 용자(인 동시에 무뢰한)의 전형인 가우초 피에로가 갈수록 기가 막힌 아르헨티나 문학 정전의 중

1　José Hernández(1834~1886). 아르헨티나 작가. 그의 대표작 『마르틴 피에로Martín Fierro』는 가우초라는 인물을 통해 아르헨티나의 민족성을 표현했다고 평가받아 20세기 초 작가들에 의해 국민 서사시로 추앙되었다.

2　보르헤스는 마르가리타 게레로Margarita Guerrero와 함께 『마르틴 피에로El "Martín Fierro"』라는 에세이집을 출간하고 작품의 새로운 판본이 나올 때마다 서문을 쓰는 등 지속적으로 『마르틴 피에로』에 관한 글을 남겼다. 보르헤스의 단편 중에 『마르틴 피에로』와 직접적인 연관이 있는 것으로는 『픽션들Ficciones』에 포함된 「끝El fin」(『마르틴 피에로』 2부의 마지막에 등장하는 마르틴 피에로와 흑인 소리꾼과의 노래 대결을 놓고 원작과 다른 결말을 묘사하는 단편)과 『알레프El Aleph』에 포함된 「타데오 이시도로 크루스의 전기(1829~1874)Biografía de Tadeo Isidoro Cruz(1829~1874)」(마르틴 피에로의 동반자로 등장하는 인물인 이시도로 크루스의 삶을 묘사하는 단편)가 있다.

3　Ricardo Güiraldes(1886~1927). 아르헨티나 작가. 대표작으로 가우초 소설의 걸작으로 평가받는 『돈 세군도 솜브라Don Segundo Sombra』 등이 있다.

심을 당당히 차지하고 있다는 사실만은 분명합니다. 한 편의 시로 평가하자면, 『마르틴 피에로』는 수작으로 보기 어렵습니다. 그러나 한 편의 소설로 평가하자면, 살아 숨 쉬는 풍부한 의미의 광맥으로 여전히 질풍 같은 바람이 대기를 휘젓고 대자연의 냄새가 등천하는 가운데 운명의 일격을 기꺼이 받아들일 준비가 되어 있는 작품입니다. 하지만 그것은 자유와 땟국에 관한 소설이지 교양과 예절에 관한 소설이 아닙니다. 그것은 용기에 관한 소설이지 지성에 관한 소설이 아니며 하물며 도덕에 관한 소설은 더더욱 아닙니다.

『마르틴 피에로』가 정전의 중심에 떡하니 자리를 잡고 아르헨티나 문학을 좌지우지하고 있다고 한다면, 라틴 아메리카 출신의 가장 위대한 작가라 할 수 있는 보르헤스의 작품은 그저 곁다리에 불과합니다.

보르헤스가 『마르틴 피에로』에 대해 꽤 여러 번 호평 일색의 글을 썼다는 것은 일견 납득이 가지 않습니다. 문자의 형태를 넘어서지 않는 범위 내에서 이따금 민족주의적인 색채를 드러내는 청년기의 보르헤스라면 모를까, 장년기의 보르헤스마저도 에르난데스의 작품에서 추려 낸 가장 인상적인 네 장면에 (마치 스핑크스의 손짓을 응시하듯이 기괴한 모습으로) 열광한다거나 심지어는 에르난데스의 작품에 나온 줄거리를 모방해 무미건조하고 완벽한 단편들을 쓰기도 했으니 말입니다.[2] 에르난데스에 대한 보르헤스의 논평에는 구이랄데스[3]를 언급할 때와 같은 애정과 존경이나 친숙한 괴물인 에바리스토

카리에고[4]를 떠올릴 때와 같은 경이와 체념이 담겨 있지 않습니다. 에르난데스나 『마르틴 피에로』를 대하는 보르헤스의 태도는 연기, 그것도 완벽한 연기인 것처럼 보이는데, 그는 자신이 참여하고 있는 그 연극이 애초에 끔찍한 수준을 넘어서서 잘못된 것이라고 느낍니다. 하지만 끔찍한 것이건 잘못된 것이건 간에 그가 보기에 그것은 불가피한 연극입니다. 이런 의미에서 그가 제네바에

---

4 Evaristo Carriego(1883~1912). 아르헨티나 시인. 보르헤스가 쓴 평전 형식의 에세이집 『에바리스토 카리에고*Evaristo Carriego*』를 통해 더 잘 알려져 있다.

5 Macedonio Fernández(1874~1952). 아르헨티나 작가. 『방금 도착한 이의 기록 그리고 계속되는 무(無)*Papeles de Recienvenido. Continuación de la nada*』, 『영원한 여인의 소설 박물관*Museo de la Novela de la Eterna*』 등의 작품이 있다.

6 Ezequiel Martínez Estrada(1895~1964). 아르헨티나 작가. 『팜파 엑스레이 사진*Radiografía de la Pampa*』 등 아르헨티나 역사와 문학에 관한 다양한 에세이들을 썼다.

7 Leopoldo Marechal(1900~1970). 아르헨티나 소설가. 대표작으로 『아단 부에노스아이레스*Adán Buenosayres*』 등이 있다.

8 Manuel Mujica Láinez(1910~1984). 아르헨티나 소설가. 대표작으로 『보마르소*Bomarzo*』 등이 있다.

9 『모렐의 발명』을 가리킨다.

10 José Bianco(1908~1986). 아르헨티나의 작가이자 번역가. 『쥐새끼들*Las Ratas*』 등의 작품이 있다.

11 Eduardo Mallea(1903~1982). 아르헨티나 작가. 『침묵의 만*La bahía del silencio*』 등의 작품이 있다.

12 Silvina Ocampo(1903~1993). 아르헨티나 작가. 『천국과 지옥에 관한 보고서*Informe del cielo y del infierno*』 등의 작품이 있다.

13 Julio Cortázar(1914~1984). 아르헨티나 작가. 『팔방놀이*Rayuela*』, 『놀이의 끝*Final del juego*』 등의 작품이 있다.

14 Roberto Arlt(1900~1942). 아르헨티나 작가. 하층민의 은어인 룬파르도와 러시아 소설의 번역투가 뒤섞인 거친 문체로 부에노스아이레스가 근대적인 도시로 변모해 가는 과정에서 나타난 혼란스러운 인물상들을 그려 냈다. 대표작으로 『미친 장난감*El juguete rabioso*』, 『7인의 미치광이*Los siete locos*』 등이 있다.

서 조용한 죽음을 맞이한 것은 더할 나위 없이 웅변적인 일입니다. 아니, 웅변적인 정도가 아니죠. 제네바에서 그가 죽음을 맞이한 것은 쓸데없는 사족이나 마찬가지입니다.

아르헨티나 문학이 현재 대다수의 독자들이 알고 있는 것과 같은 모습이 된 것은 보르헤스가 살아 있던 동안의 일입니다. 때로는 부에노스아이레스의 발레리처럼 보이는 마세도니오 페르난데스[5]를 위시해서 골골대는 갑부 구이랄데스, 에세키엘 마르티네스 에스트라다,[6] 나중에 페론을 지지하는 마레찰,[7] 무히카 라이네스,[8] 모든 라틴 아메리카 작가들이 앞다투어 부정하는 사실이지만 라틴 아메리카 최초이자 최고의 환상 소설[9]을 쓴 비오이 카사레스, 비앙코,[10] 현학자 마예아,[11] 실비나 오캄포,[12] 사바토, 단연 최고인 코르타사르,[13] 누구보다 괄시당한 로베르토 아를트[14] 등이 이 시기에 활동한 작가들입니다. 보르헤스가 세상을 떠나자 순식간에 모든 게 끝납니다. 마치 마법사 멀린이 죽기라도 한 것처럼 말입니다. 부에노스아이레스 문학계를 카멜롯과 비교하기에는 무리가 있겠지만요. 다른 걸 다 떠나서 균형의 치세가 끝납니다. 아폴론적 지성이 디오니소스적 절망에 자리를 내줍니다. 꿈, 위선적이고 기만적이며 타협적이고 비겁하기 일쑤인 꿈이 악몽, 솔직하고 충직하고 용감하기 일쑤인 악몽, 안전망 없이 작동하지만 어쨌든 악몽일 수밖에 없는 악몽, 더군다나 문학적인 악몽, 문학적인 자살, 문학적인 사로(死路)로 변합니다.

하지만 작금의 상황에 이르러서는 그 악몽 혹은 악몽의 표피가 그것의 주창자들이 단언하는 것만큼 그렇게 급진적인지 묻는 게 온당하리라 생각합니다. 그들의 대다수는 저보다 훨씬 잘 살고 있습니다. 이런 점에서 저는 아폴론적인 쥐새끼고 그네들은 벼룩 하나 없이 깔끔한 앙고라나 샴 고양이를 점점 닮아 가고 있다고 단언해도 어폐가 아닐 것입니다. 그네들의 목줄에 붙어 있는 상표가 아크메[15]냐 디오니소스냐 따지는 것은 이제 와서 무의미한 일이겠지요.

안타깝게도 오늘날의 아르헨티나 문학에는 세 개의 거점이 있습니다. 그중 둘은 공공연하게 드러나 있죠. 세 번째 것은 비밀스럽게 존재합니다. 셋 다 어떤 식으로든 보르헤스에 대한 반작용에서 생겨난 것들입니다. 셋 다 본질적으로는 퇴보를 의미하며 혁명적이기보다는 보수적입니다. 그렇지만 셋 다, 혹은 적어도 그중 둘은, 스스로를 좌파적인 사유의 대안으로 내세우고 있지요.

첫 번째 거점에서는 꽤 괜찮은 2류 작가 오스발도 소리아노[16]가 위세를 떨치고 있습니다. 소리아노가 하나의 문예 사조를 창시할 수 있다고 믿는 사람은 머리에

---

15 그리스 신화의 디오니소스를 추종하는 님프.

16 Osvaldo Soriano(1943~1997). 아르헨티나 소설가. 1970년대 아르헨티나를 배경으로 어두운 시대 상황을 속도감 있는 문체와 함께 유머러스하게 그려 내는 소설들을 썼다. 『더 이상 고통과 망각도 없으리라No habra más penas ni olvido』, 『곧 하나의 그림자가 될 거야Una sombra ya pronto serás』 등의 작품이 있다.

17 미국의 하드보일드 추리 소설 작가 레이먼드 챈들러가 창조해 낸 사립 탐정 필립 말로를 뜻하는 것으로, 소리아노의 첫 소설 『슬프고, 외롭고, 끝장난Triste, solitario y final』에 등장인물로 나온다.

똥통이 든 게 틀림없을 겁니다. 그가 형편없는 글쟁이라는 뜻은 아닙니다. 앞에서도 말했듯이 소리아노는 추리 소설이나 막연하게 그런 느낌이 나는 소설을 유쾌하게 잘 쓰는 작가입니다. 언제나 뛰어난 통찰력을 자랑하시는 스페인 비평계가 아낌없는 찬사와 함께 그가 지닌 최대의 미덕으로 꼽는 게 있습니다. 그건 바로 형용사를 남발하지 않는다는 점인데, 네 번째인가 다섯 번째 책부터는 그러한 절제력마저 잃어버린 듯 보입니다. 그 정도로는 하나의 유파를 이루기에 턱없이 부족하지요. 저는 소리아노의 영향력이 (누구에게나 아낌없이 베푼다고들 하는 그의 친절과 아량을 제외하면) 판매량과 대중성에 기인한 게 아닌가 하는 의심이 듭니다. 겨우 20만 명 정도의 독자를 놓고 대중성을 논하는 건 어불성설이겠지만요. 아르헨티나 작가들은 소리아노를 보면서 자신들도 돈을 벌 수 있다는 걸 깨닫습니다. 코르타사르나 비오이처럼 독창적인 책을 쓸 필요도 없고, 코르타사르나 마레찰처럼 총체적인 소설을 쓸 필요도 없고, 코르타사르나 비오이처럼 완벽한 단편을 쓸 필요도 없으며, 무엇보다 노벨상을 수상할 가망도 없는 마당에 굳이 누추한 도서관에서 시간을 허비하며 건강을 해칠 필요도 없는 것이지요. 그저 소리아노처럼 쓰기만 하면 되는 겁니다. 약간의 유머와 부에노스아이레스의 넘쳐 나는 인정과 우정, 한두 곡의 탱고, 퇴물로 전락한 권투 선수와 늙었어도 당당한 말로.[17] 하지만 대체 어디에서 당당하다는 말입니까? 이 연사 이렇게 무릎을 꿇고 흐느끼며 묻습니다. 천국에서? 에이전시의 화장실 안에서? 그런데 그쪽은 대체 어디서 굴러먹다 온 개뼈다귀입니까? 에이전시는 있습니까? 아르헨티나 에이전시는 아니겠지요, 설마?

만약 아르헨티나 작가가 마지막 질문에 대해 그렇다고 답한다면 우리는 그가 소리아노가 아니라 토마스 만, 『파우스트 박사』의 토마스 만과 같은 글을 쓸 것이라 확신할 수 있습니다. 아니면 끝없이 펼쳐진 팜파에 현기증을 느낀 나머지 곧바로 괴테와 같은 글을 쓸 거라고 말입니다.

두 번째 계보는 좀 더 복잡합니다. 그것은 로베르토 아를트로부터 시작하지만 정작 아를트 자신은 이러한 난장판과 전혀 무관한 듯이 보입니다. 이를테면 조심스럽게 아를트가 예수 그리스도라고 칩시다. 당연히 아르헨티나는 이스라엘이고 부에노스아이레스는 예루살렘이 되겠지요. 아를트는 세상에 태어나 그리 길지 않은 생을 보냈습니다. 제 기억이 틀리지 않다면 마흔두 살까지 살았습니다. 그는 보르헤스와 동시대의 인물이었습니다. 보르헤스가 1899년생, 아를트가 1900년생이죠. 그렇지만 보르헤스와 다르게 아를트는 가난한 집안에

18 아르헨티나에서 1920년대 중반에 잡지 『프로아Proa』와 『마르틴 피에로Martín Fierro』를 중심으로 아방가르드 문학을 추구하던 플로리다 그룹과 잡지 『클라리다드Claridad』를 중심으로 리얼리즘 문학을 추구하던 좌파 성향의 보에도 그룹 사이에 벌어졌던 문학 논쟁. 그렇지만 실제로 두 그룹이 서로를 적대할 만큼 격렬한 논쟁이 벌어진 건 아니었고 양쪽 그룹의 작가들 사이에 꾸준한 교류가 있었으며 아를트의 경우에도 두 그룹의 일원들과 두루두루 친분을 유지했다.

서 태어났고, 청소년기에는 제네바에 가는 대신 밥벌이
를 시작했습니다. 아를트가 가장 오래 종사했던 직종은
저널리즘인데 바로 이 저널리즘의 특수성을 감안해 볼
때 그의 장점뿐 아니라 단점이 여실히 드러납니다. 아를
트는 순발력이 뛰어나고 매사에 저돌적이고 융통성이
있으며 생존에 능할 뿐만 아니라 보르헤스와는 다른 의
미에서 독학자이기도 합니다. 무질서와 혼돈 속에서 조
악한 번역서들을 읽으며 도서관이 아닌 시궁창을 전전
하며 습작 기간을 보내지요. 아를트는 도스토옙스키의
작품에 나올 법한 러시아 사람인 반면에 보르헤스는 체
스터턴 이나 쇼, 스티븐슨의 작품에 나올 법한 영국 사
람입니다. 때때로 본인의 의도와는 상관없이 보르헤스
는 키플링의 작품에 나올 법한 인물처럼 보이기도 합니
다. 보에도와 플로리다의 문단 파쟁[18]에서 아를트는 보
에도 편에 서지만 제가 느끼기에는 딱히 싸움에 열을 올
렸던 것 같지는 않습니다. 그가 남긴 작품은 두 권의 단
편집과 세 권의 장편소설이 전부입니다. 그러나 실제로
아를트는 네 권의 장편소설을 썼고, 그가 신문사 동료들
과 여자 애기를 하는 와중에 써서 신문과 잡지에 발표한
미간행 단편들만 모아도 책 두 권은 거뜬히 나올 겁니
다. 그는 또한 프랑스 인상주의 전통의 정수를 보여 주
는 『부에노스아이레스 에칭』과 1930년대 스페인의 일
상을 담은 소묘로서 수많은 집시와 빈자, 인자(仁者)가
등장하는 『스페인 에칭』의 저자이기도 합니다. 그는 당
시의 아르헨티나 문학과는 아무런 상관도 없으며 오히

려 SF 소설과 밀접한 관련이 있는 사업들을 통해 부자
가 되고자 했으나 번번이 쫄딱 망했습니다. 그러다 마
흔두 살의 나이에 세상을 떠났고, 그가 했을 법한 표현
을 빌리자면 완전히 파투가 나버렸지요.

그렇지만 완전히 파투가 난 건 아니었으니, 예수 그리
스도와 마찬가지로 아를트에게는 성 베드로가 있었던
것입니다. 아를트의 성 베드로로서 그의 교회를 설립한
자는 리카르도 피글리아[19]입니다. 저는 종종 스스로에게
이런 질문을 던집니다. 만약 피글리아가 아를트가 아니
라 곰브로비치[20]와 사랑에 빠졌다면 어땠을까? 대체 왜
피글리아는 곰브로비치가 아닌 아를트와 사랑에 빠졌
을까? 왜 피글리아는 곰브로비치의 복음을 전파하거나
무명용사 기념비와 다름없는 칠레 작가 후안 에마르[21]를
전공하지 않았을까? 불가사의한 일입니다. 그렇지만 어

19 Ricardo Piglia(1941~2017). 아르헨티나 작가. 아를트와 마세도
니오 페르난데스 등 보르헤스에 비해 상대적으로 저평가되던 작가들을
잘못된 인용, 위조, 유토피아, 음모, 돈 등을 주제로 삼아 새로운 각도로
읽어 내는 작업을 했다. 이를테면 1975년에 출간된 『가명Nombre falso』
은 아를트의 미간행 원고의 발견과 출간에 관한 거짓 일화를 통해 표절
과 위작의 문제를 다룬 작품이다.
20 Witold Gombrowicz(1904~1069). 폴란드 작가. 1939년에 배
를 타고 남아메리카에 도착했다가 제2차 세계 대전 발발로 고국에 돌아
가지 못하고 1963년까지 아르헨티나에 머무르며 아르헨티나 문학에 적
지 않은 흔적을 남겼다. 『페르디두르케Ferdydurke』, 『포르노그라피아
Pornografia』등의 작품이 있다.
21 Juan Emar(1893~1964). 칠레의 아방가르드 작가이자 미술 비평
가. 『어제Ayer』, 『1년Un año』등의 실험적인 소설을 썼다.
22 Edmund Wilson(1895~1972). 미국의 작가이자 비평가. 러시아
에서 망명한 나보코프가 미국에서 작가로 정착하는 데 도움을 주고 친밀
한 관계를 유지했다. 하지만 나보코프가 영어로 번역한 푸시킨의 『예브
게니 오네긴』을 격렬하게 비판하며 번역 논쟁을 벌이기도 했다.

쨌든 피글리아 덕분에 아를트는 관 속에 누운 채로 부에노스아이레스의 상공을 날아오르고 있습니다. 지극히 피글리아나 아를트다운 장면이지만, 엄밀히 말하자면 그것은 현실이 아니라 피글리아의 상상 속에서만 일어나는 일이죠. 아를트의 관을 내린 것은 기중기가 아니었습니다. 관을 들어 옮길 수 있을 만큼 계단은 충분히 넓었고, 그 안에 들어 있던 건 헤비급 챔피언의 시신이 아니었으니까요.

그렇다고 해서 아를트가 형편없는 작가라는 뜻은 아닙니다. 사실 그는 매우 훌륭한 작가입니다. 또한 피글리아가 형편없는 작가라는 뜻도 아닙니다. 제 생각에 그는 오늘날 활동하는 라틴 아메리카 최고의 소설가 중에 한 명입니다. 문제는 제가 이 난리 법석과 무관한 유일한 사람처럼 보이는 아를트와 관련해서 피글리아가 늘어놓는 개소리 — 양아치 같은 개소리, 막가파식 파국 — 를 도저히 참을 수 없다는 것입니다. 나보코프가 세 잔째 마티니를 섞으면서 에드먼드 윌슨[22]에게 말했듯이 저는 조악한 러시아어 번역자들을 결코 용납할 수 없으며, 표절을 예술의 한 분과로서 절대 인정할 수 없습니다. 아를트의 문학은 옷장이나 지하실로 친다면 나쁘지 않습니다. 집의 거실로 친다면 악취미에 가까운 농담이죠. 주방으로 친다면 십중팔구 우리는 식중독에 걸릴 겁니다. 화장실로 친다면 우리 몸에 옴이 옮겨 붙겠죠. 도서관으로 친다면 문학의 파멸을 담보하는 보증 수표입니다.

다른 식으로 말하자면 막가파식 문학은 있어야 하지

만 그런 문학밖에 없는 상황은 곧 문학의 종언을 의미합니다.

요즘 젊은 헨리 제임스가 다시 마음껏 활보하고 다닌다고 할 정도로 유럽에서 엄청나게 유행하는 유아론적인 문학의 예처럼 말입니다. 극단적인 주관성을 추구하는 자아의 문학은 물론 당연히 있어야 합니다. 그렇지만 유아론적인 글쟁이들만 있다면 문학은 전부 소자아의 병역 의무나 하수구로 직행할 자서전과 회고록, 일기의 홍수로 변할 테고 어김없이 종언을 맞이하게 될 겁니다. 어떤 교수의 오락가락하는 감정 상태를 궁금해할 사람이 누가 있겠습니까? 입에 침도 안 바른 새빨간 거짓말이 아니라면, 아무리 그이가 세련되었다고 해도 따분한 마드리드 교수의 일상이 그 유명한 괴짜 카를로스 아르헨티노 다네리[23]의 악몽과 꿈과 야망보다 더 흥미롭다고 말할 수 있는 사람이 누가 있겠습니까? 조금이라도 제정신이 박힌 사람이라면 그럴 리가 없습니다. 하지만 오해는 금물입니다. 저는 무턱대고 자서전에 반대하는 입장이 아닙니다. 발기 상태로 자지가 30센티미터 되는 남자가 쓴 자서전이라면 언제든지 환영입니다. 젊었을 때 창녀였다가 말년에 그럭저럭 돈방석에 앉은 여자가 쓴 책이라면 언제든지 환영이죠. 대충 휘갈겨 쓴 졸작을 만

---

23 보르헤스의 단편집 『알레프』에 수록되어 있는 동명의 단편소설의 등장인물.

24 César Aira(1949~). 아르헨티나 작가이자 번역가. 『나는 어떻게 수녀가 되었는가 *Cómo me hice monja*』 등의 대표작이 있다. 오스발도 람보르기니의 사후에 그의 거의 모든 작품을 편집해서 출간했다.

들어 낸 그 작자가 파란만장한 삶을 산 사람이라면 언제든지 환영입니다. 두말할 필요도 없겠지만 유아론자들과 막가파식 문학의 불량아들 사이에서 고르라면 저는 단연 후자 쪽을 택할 것입니다. 하지만 그건 차악의 선택일 뿐이죠.

보르헤스 이후의 현대 아르헨티나 문학에서 영향력을 행사하는 세 번째 계보는 오스발도 람보르기니로부터 시작되는 계보입니다. 이것은 비밀스러운 경향이죠. 다름 아닌, 작가 람보르기니의 삶처럼 말입니다. 제 기억이 틀리지 않다면 그는 1985년에 바르셀로나에서 사망했고, 쥐가 굶주린 고양이를 자신의 유언 집행인으로 지정하는 격으로 그가 가장 아끼던 제자 세사르 아이라[24]를 자신의 유고 집행인으로 택했습니다.

셋 중에 가장 뛰어난 작가인 아를트를 아르헨티나 문학이라는 집의 지하실이라 치고, 소리아노를 손님방에 있는 꽃병이라고 치자면, 람보르기니는 지하실 안의 시렁에 놓여 있는 작은 상자입니다. 먼지가 더께로 쌓인 작은 마분지 상자죠. 상자를 열어 보는 사람은 그 안에서 지옥을 발견하게 될 겁니다. 죄송합니다. 지나치게 호들갑을 떨며 말한 것 같군요. 람보르기니의 작품을 언급할 때면 매번 이런 식입니다. 극단적인 과장을 동원하지 않고서는 그의 작품을 설명할 길이 없으니까요. 그의 작품에 딱 들어맞는 단어는 잔혹함입니다. 가혹함도 어울리는 단어지만 잔혹함만큼은 아닙니다. 어설픈 독자라면 자비로운 영혼들께서 교육자적인 사명감을 발휘해 정신 병원에서 진행하는 창작 교실에서나 있을 법한 사도마조히즘적인 놀이와 비슷한 무언가를 언뜻 볼 수 있을 것입니다. 그럴 수도 있겠지만 그 정도는 겨우 맛보기에 지나지 않죠. 람보르기니는 언제나 그의 추종자들보다 두 발 앞서(혹은 뒤처져) 있으니까요.

이제 와서 람보르기니를 생각하니까 기분이 묘하네요. 그는 마흔다섯에 세상을 떠났으니 지금 제가 그보다 네 살이 더 많은 셈입니다. 이따금씩 저는 아이라가 편집했다고는 하지만 식자공이나 그의 책을 펴낸 바르셀로나의 세르발 출판사 수위가 편집했다고 해도 무방할 두 책 중에 한 권을 펴고 가까스로 독서를 해봅니다. 형편없는 글이라고 생각해서가 아니라 겁이 나기 때문인데, 그중에서도 특히 『타데이스』[25]는 고문이나 다름없는 소설로 각별히 용기가 날 때만 읽습니다(그래 봤자 두 쪽이나 세 쪽 이상은 무리입니다). 그 소설만큼 선혈이 낭자하고 쏟아진 내장과 체액 냄새가 진동하며 극악무도한 만행으로 점철된 책은 거의 없다고 보시면 됩니다.

25 *Tadeys*. 람보르기니 사후에 출간된 미완의 장편소설로, 가상의 국가 라 코마르카를 배경으로 수컷끼리의 항문 성교를 통해 권력의 위계를 정하는 동물 타데이스, 라 코마르카의 언어로 성경을 포르노로 번역하는 사제, 범죄를 저지른 청년들을 배에 태운 다음에 고문해서 항문 성교를 즐기도록 훈련하는 의사 등이 등장한다.

26 Raymond Roussel(1877~1933). 프랑스 작가. 생전에는 인정받지 못했지만 사후에 초현실주의나 아방가르드 그룹에 속한 작가들에게 많은 영향을 미쳤다. 대표작으로 언어유희에 기반한 독특한 창작 기법과 액자 구성을 통해 나열식으로 이어지는 이야기가 특징인 『아프리카의 인상*Impressions d'Afrique*』, 『로쿠스 솔루스*Locus Solus*』 등의 소설이 있다.

허무주의자들에 대한 이야기가 유행처럼 번져 있지만
정작 사람들이 말하는 허무주의자들은 허무주의자들과
전혀 상관없는 이슬람 테러리스트들인 요즘과 같은 시
기에 진정한 허무주의자의 작품을 한번 들여다보는 것
도 나쁘지 않은 생각입니다. 람보르기니의 문제는 직업
을 잘못 택했다는 것입니다. 차라리 살인 청부업자나 남
창이나 산역꾼처럼 문학의 파괴를 도모하는 것보다 덜
복잡한 직업을 선택하는 편이 나았을 겁니다. 문학은 철
통같은 기계입니다. 작가에게 아무런 관심이 없죠. 때로
는 작가라는 게 있다는 것조차 모릅니다. 문학에게는 훨
씬 거대하고 강력한 적이 따로 있고, 결국에는 그 적이
문학을 정복하고야 말 것입니다. 하지만 이는 또 다른
이야기가 되겠죠.

람보르기니의 친구들은 토 나올 때까지 그를 표절해
야 하는 숙명에서 벗어날 수 없습니다. 그들이 토하는
모습을 볼 수 있다면 아마도 람보르기니는 행복에 취하
겠죠. 또한 그들은 형편없고 끔찍한 글을 써야 하는 숙
명에서도 벗어날 수가 없습니다. 여기에서 아이라는 예
외적인 존재인데, 그가 꾸준하게 선보이는 무채색의 균
일한 산문은 람보르기니를 충실히 따를 때면 단편 「세실
테일러」나 중편 「나는 어떻게 수녀가 되었는가」 같은 인
상적인 작품들로 결실을 맺지만 네오 아방가르드적이고
루셀[26]적인(그리고 완전히 무비판적인) 표류로 이어질
때면 대체로 지루할 뿐입니다. 앞으로 나아갈 길을 찾지
못한 채 스스로를 집어삼키는 산문. 상황에 따라 미묘한

차이는 있겠지만 누구든지 요청하는 사람이 있을 경우 언제나 한두 마디 칭찬의 말을 해줄 수 있는 프로페셔널한 라틴 아메리카 작가라는 열대 지역 인물의 역할을 받아들이는 것으로 귀결되는 무비판적인 태도.

이 세 개의 계보, 아르헨티나 문학에서 가장 활발한 세 개의 계보, 막가파식 문학을 대표하는 세 개의 출발점 중에서, 보르헤스의 표현을 빌리자면 감상적인 쓰레기들을 가장 충실히 대변하는 쪽이 결국 승리를 거두지 않을까 우려됩니다. 감상적인 쓰레기들은 더 이상 우파가 아니라(우파는 매스컴이나 코카인 향락, 긴축 재정과 계좌 동결 입안에 힘쓰느라 바쁘다는 게 가장 큰 이유겠지요. 문학과 관련해서 우파는 실질적으로 문맹이나 다름없거나 『마르틴 피에로』의 몇 구절을 암송하는 것으로 만족할 뿐입니다) 좌파이며, 좌파가 그네의 지식인들에게 요구하는 것은 바로 그네가 자신의 주인들로부터 받는 것과 똑같은 소마[27]입니다. 소마, 소마, 소마, 소리아노, 미안하네만, 왕국은 당신 것이오.

아를트와 피글리아는 아예 다른 이야기라 할 수 있겠죠. 그들이 연애를 한다고 치고 그냥 가만히 놔둡시다. 두 작가 모두, 그중에서도 특히 아를트는 의심의 여지 없이 아르헨티나와 라틴 아메리카 문학의 중요한 일원이고, 귀신들이 출몰하는 팜파를 홀로 달리는 것이 그들

---

27 올더스 헉슬리의 『멋진 신세계』에서 사람들로 하여금 슬픔과 괴로움을 잊게 만드는 환각제.

의 운명입니다. 그렇지만 거기에서 하나의 유파가 나오
리라고는 기대하기 힘듭니다.

결론. 보르헤스를 다시 읽어야 합니다.

사건들

　여자는 동시에 두 남자를 만나며 잠자리를 갖고 있다. 예전에는 다른 남자들과 잤지만 지금은 두 남자와 자고 있다. 어쩌다 보니 일이 그렇게 되었다. 두 남자는 아무도 그 사실을 모르고 있다. 한 남자는 여자를 사랑한다고 말한다. 다른 남자는 딱히 특별한 말이 없다. 여자는 남자들이 하는 말에 큰 의미를 두지 않는다. 사랑의 맹세나 증오의 선언이나 그저 허울뿐인 말들에 불과하다. 아무튼 여자는 서로 다른 두 남자와 자고 있다.

　여자는 지금 신문사 사무실 근처의 카페에 책을 펴고 앉아 있는데 글이 눈에 들어오지 않는다. 아무리 집중하려고 해도 소용이 없다. 카페 유리창 바깥에서 일어나는 일에 정신이 팔려 있지만 그렇다고 딱히 특정한 대상을 보고 있는 것은 아니다. 여자는 책을 덮고 자리에서 일어난다. 카운터 뒤에 있는 남자가 여자가 다가오는 것을 보고 미소를 짓는다. 여자는 남자에게 얼마냐고 묻는다. 카운터를 보고 있는 남자가 액수를 말한다. 여자는 지갑을 열고 남자에게 지폐를 건넨다. 잘 지내시죠? 하고 남자가 묻는다. 여자는 남자의 눈을 쳐다보면서 말한다. 그냥 그렇죠 뭐. 남자는 여자에게 혹시 더 드시고 싶은 게 있다면 가게에서 서비스로 드리겠다고 말한다. 여자는 고개를 가로저으며, 아니에요, 말씀은 고맙지만 괜찮아요, 하고 답한다. 그런 다음에 무언가를 기다리며 잠시 가만히 서 있는다. 남자는 흥미로운 눈길로 여자를 쳐다본다. 여자는 들릴락 말락 작별 인사를 건네고 카페에서 나온다.

여자는 느긋하게 사무실로 돌아간다. 엘리베이터를 기다리는 사이에 스물다섯 살쯤 되어 보이는 낡은 양복 차림의 젊은 남자와 마주친다. 남자가 메고 있는 넥타이의 디자인이 여자의 호기심을 자극한다. 청록색 바탕에 놀라서 오그라든 표정의 감청색 얼굴이 반복해서 프린트되어 있다. 남자 옆에는 바닥에 엄청난 크기의 트렁크가 놓여 있다. 두 사람은 가볍게 인사를 나눈다. 엘리베이터 문이 열리자 둘은 안으로 들어간다. 젊은 남자는 여자를 훑어보더니 자기가 양말을 팔고 있다며 관심 있으면 싸게 드리겠다고 말한다. 여자는 괜찮다고 말하고, 회사 건물 안에서 그것도 대다수의 사무실이 문을 닫은 시간에 양말 파는 사람과 마주치는 게 참 이상하다고 생각한다. 양말을 파는 남자가 먼저 내린다. 건축 스튜디오와 법률 사무소가 위치해 있는 건물 3층이다. 남자는 엘리베이터에서 내리는 순간 뒤로 돌아서더니 왼쪽 손가락 끝을 가지런히 모아 이마에 갖다 댄다. 군대식 거수경례로군, 하고 여자는 생각하며 남자에게 미소 짓는다. 양쪽에서 닫히는 엘리베이터 문틈으로 남자도 여자에게 미소를 보낸다.

사무실에 도착해 보니 어떤 여자가 홀로 창가에 있는 의자에 앉아 담배를 피우고 있다. 여자는 우선 자기 책상으로 가서 컴퓨터를 켠 다음에 창문 쪽으로 걸어간다. 그러자 담배를 피우는 여자가 인기척을 느끼고 여자를 쳐다본다. 여자는 창턱에 앉아서 평소와는 다르게 현기증을 느끼며 바깥의 거리를 내려다본다. 한동안 두 사람은 아무 말도 하지 않는다. 담배를 피우는 여자가 무슨 일 있느냐고 묻는다. 아니야, 칼라마[1] 사건에 관한 기사를 마무리하려고 돌아온 거야, 하고 여자는 답한다. 담배를 피우는 여자는 다시 시선을 창문 쪽으로 돌리고 시내를 물밀듯이 빠져나가는 자동차의 행렬을 지켜본다. 그러더니 눈을 지그시 감고 소리 내어 웃는다. 나도 관련 기사들을 좀 읽어 봤어, 하고 담배 피우는 여자가 말한다. 아주 개판이지, 하고 여자가 말한다. 나름 재미있던데, 하고 담배 피우는 여자가 말한다. 그게 무슨 말이야, 하고 여자가 말한다. 담배 피우는 여자는 잠시 생각에 잠기는가 싶더니, 사실 재미있는 구석이라고는 하나도 없지, 하고 말하고는 다시 창문 아래의 차량들을 바라본다. 여자는 창틀에서 몸을 일으켜 자기 책상이 있는 곳으로 향한다. 작성해야 할 기사가 있는데 벌써 마감을 넘긴 상황이다. 여자는 서랍에서 워크맨을 꺼내고 귀에 이어폰을 꽂는다. 그리고 일을 시작한다. 하지만 잠시

1 칠레 북부의 아타카마 사막에 있는 도시.

뒤에 이어폰을 빼고 뒤를 돌아본다. 도저히 이해가 안
되는 부분이 하나 있어, 하고 여자가 말한다. 담배 피우
는 여자는 여자를 쳐다보더니 무슨 이야기냐고 묻는다.
칼라마 사건의 그 여자 말이야, 하고 여자는 말한다. 그
순간 신문사 사무실은 완벽한 정적에 휩싸여 있다. 어쨌
든 겉보기에는 그렇게 느껴진다. 심지어 윙윙거리는 엘
리베이터 소리마저 들리지 않는다.

　피해자는 스물일곱 살이었고 스물일곱 번 칼에 찔렸
어, 하고 여자가 말한다. 우연의 일치라고 하기에는 너
무 이상하지 않아? 그게 왜? 그럴 수도 있지, 하고 담배
피우는 여자가 말한다. 그래도 그렇게 많이 찌를 수 있
을까, 하고 여자는 대꾸하지만 확신이 없는 목소리다.
나는 그보다 더 이상한 일도 많이 봤어, 하고 담배 피우
는 여자가 말한다. 그리고 잠시 동안 침묵하더니 덧붙인
다. 어쩌면 오타일 수도 있어. 그럴 수도 있겠지, 하고 여
자는 생각한다. 특별히 신경 쓰이는 거라도 있는 거야?
하고 담배 피우는 여자가 묻는다. 피해자가 자꾸 신경이
쓰여, 하고 여자가 말한다. 어떤 여자라도 그런 일을 당
할 수 있었을 거야. 담배 피우는 여자는 눈썹을 치켜 올
리며 여자를 쳐다본다. 이를테면 내가 당했을 수도 있지,
하고 여자는 말한다. 절대 그런 일은 없을 거야, 하고 담
배 피우는 여자가 말한다. 나도 두 남자랑 자고 있어, 하
고 여자가 말한다. 담배 피우는 여자는 여자를 보고 미
소 지으며 방금 한 말을 반복한다. 절대 그런 일은 없을
거야. 그런데 다들 곱지 않은 시선으로 보더라고. 누구

를? 피해자 말이야. 담배 피우는 여자는 어깨를 으쓱한다. 이런 종류의 뉴스를 보도하는 기자들은 살인자들이랑 하나도 다를 게 없어. 다 그런 건 아니지, 개중에 정말 훌륭한 기자들도 있잖아, 하고 담배 피우는 여자가 말한다. 대부분 술이나 퍼마시는 인간 말종들이지, 하고 여자가 중얼거린다. 다 그런 건 아니라니까, 하고 담배 피우는 여자가 말한다. 스물일곱 살의 나이와 스물일곱 번의 자상(刺傷), 이 부분이 쉽게 납득이 가지 않아. 아무튼 희생자의 나이와 자상의 횟수를 혼동했을 수도 있으니까. 아홉 살짜리 아들이 하나 있대, 하고 여자가 왼손에 쥔 이어폰을 만지작거리며 말한다. 담배 피우는 여자는 창가에 있는 재떨이에 담배를 비벼 끄고 의자에서 일어난다. 이제 그만 퇴근하자, 하고 말한다. 먼저 가, 나는 조금 더 있어야 할 거 같아, 하고 말한 뒤에 여자는 이어폰을 다시 귀에 꽂는다.

여자는 드랄랑드[2]가 작곡한 음악을 듣는다. 등이 아픈 것만 빼면 전반적인 몸 상태는 나쁘지 않고 일에 의욕이 넘친다. 여자는 담배 피우는 여자가 책상 위로 몸을 숙이고 가방에 무언가를 집어넣는 모습을 곁눈질로 본다. 그리고 잠시 후에 작별 인사의 의미로 지그시 어깨를 누르는 직장 동료의 손길을 느낀다. 여자는 계속 일을 한다. 그러다 30분 뒤에 자리에서 일어나 (이제 거의 이용하는 사람도 없는) 자료실 쪽으로 걸음을 떼는

2 Michel-Richard de Lalande(1657~1726). 프랑스의 바로크 음악 작곡가.

순간, 바로 그 남자를 본다.

남자는 차마 문턱을 넘어오지는 못하고 문 앞에 선 채
어정쩡한 미소를 지으며 여자를 바라보는 중이다. 여자
는 터져 나오는 비명을 삼키고 남자에게 무슨 용건이냐
고 묻는다. 저 아까 그 양말을 판다던 사람입니다, 하고
남자가 말한다. 남자의 다리맡에는 트렁크가 놓여 있다.
네, 알아요, 살 생각 없다고 말씀드렸잖아요, 하고 여자
는 말한다. 그냥 잠깐 구경이나 해볼까 싶어서요, 하고
남자가 말한다. 여자는 몇 초 동안 남자를 자세히 뜯어
본다. 어느덧 두려움이 가시고 화가 치밀어 오르면서 젊
은 잡상인의 존재가 어떤 중요한 징조처럼 느껴지는데,
도무지 그게 무엇인지 짐작이 가지 않는다. 어쨌든 그게
중요한 일(아니면 다른 것보다는 중요한 일)이라는 것
과 자신이 더 이상 두렵지 않다는 것을 알 수 있을 뿐이
다. 신문사는 처음이신가요? 하고 여자가 묻는다. 솔직
히 말씀드리자면 그렇습니다, 하고 남자가 말한다. 이리
들어오세요, 하고 여자가 말한다. 남자는 잠시 머뭇거리
거나 머뭇거리는 척하더니 트렁크를 들고 안으로 들어
온다. 그쪽도 기자이신 거죠? 여자는 고개를 끄덕인다.
어떤 기사를 쓰고 계신가요? 여자는 살인 사건에 관한
기사라고 답한다. 잡상인은 트렁크를 다시 바닥에 내려
놓고 책상을 하나씩 둘러본다. 제가 한 말씀 드려도 될
까요? 여자는 남자를 쳐다보며 머릿속이 멍해진다. 아
까 엘리베이터 안에서 뵈었을 때 그쪽한테 고민이 있는
것처럼 느껴졌어요, 하고 남자가 말한다. 제가요? 하고

121

여자가 말한다. 네, 제 눈에는 그렇게 보였어요, 당연히 무슨 사정인지는 모르겠지만요. 세상에 고민 없는 사람이 어디 있겠어요, 하고 여자가 약간 생뚱맞게 대꾸한다. 두 사람은 모두 의자에 앉아 있지 않다. 남자는 문 쪽으로 등을 돌린 채 서 있고, 여자는 뒤로 물러나 창문 근처에 서 있다. 어느덧 두 사람은 가슴을 졸이며 긴장한 자세로 바싹 굳어 있다. 하지만 서로 말을 주고받을 때는 어색하게 친근한 어조를 꾸며 낸다.

어떤 살인 사건에 관한 기사인가요? 하고 남자가 묻는다. 한 여성이 살해당한 이야기예요, 하고 여자가 말한다. 남자는 미소를 짓는다. 참 멋진 미소야, 그런데 저렇게 미소를 지으면 나이가 들어 보이지만 실제로는 스물다섯보다 어리겠지, 하고 여자는 생각한다. 항상 여성들이 살인 사건의 피해자가 되지요, 하고 남자가 말하면서 오른손으로 무슨 뜻인지 알 수 없는 손짓을 한다. 여자는 불현듯 잠에서 깨어난 듯이 사무실에 낯선 남자랑 단둘이 있다는 것을 깨닫는다. 그것도 건물에 거의 사람이 없는 시각에 말이다. 가벼운 전율이 온몸을 훑고 지나간다. 남자는 여자가 떨고 있음을 눈치채고 상대방을 안심시키려는 요량에서인지 자리를 찾아 앉는다. 앉은 자세로 있으니 실제보다 키가 더 커 보인다. 그 사건에 대해 이야기해 주세요, 하고 남자가 말한다. 여자는 남자의 요구에 짜증이 난다. 다음 호가 나올 때까지 기다리세요. 싫습니다, 지금 이야기해 주세요, 어쩌면 제가 도움이 될 수도 있잖아요, 하고 남자가 말한다. 그쪽이 여성을 대상으로 하는 살인 사건의 전문가라도 된다는 말씀이세요? 하고 여자가 묻는다. 남자는 아무런 대꾸 없이 여자를 쳐다본다. 여자는 말실수를 했다는 걸 깨닫고 표현을 정정하려고 하는데, 여자가 입을 떼기도 전에 남자 쪽에서 먼저 자기는 살인 사건 전문가가 아니라고 답한다. 그럼 제가 왜 그쪽한테 이야기를 해드려야 하죠? 하고 여자가 묻는다. 당신에게 대화를 나눌 만한 사람이 필요할지도 모르니까요, 하고 남자가 말한다. 일리가 있는 말이네요, 하고 여자가 말한다. 남자는 다시 미소를 짓는다. 피해자는 이혼한 여자예요, 하고 여자가 말한다. 그럼 전남편이 죽였나요? 아니요. 전남편은 사건과 전혀 관계가 없어요. 그렇게 확신하시는 특별한 이유가 있나요? 하고 남자가 묻는다. 사건 당일에 범인이 체포되었거든요, 하고 여자가 답한다. 아하, 그렇군요, 하고 남자가 말한다. 피해자의 나이는 스물일곱이에요, 남편과 이혼한 다음에 애인을 사귀고 동거했어요, 여자보다 어린 스물네 살의 남자였지요, 나중에 그 애인과 헤어지고 또 다른 남자와 만났어요. 애인 A랑 애인 B라고 해야겠군요, 하고 남자가 말한다. 좋으실 대로 부르세요, 하고 말하며 여자는 문득 마음이 놓이는 것을 느낀다. 마치 (제대로 규칙도 모르는) 가상의 시합에서 전반전이 끝난 것처럼 혼이 쏙 빠지면서도 마음이 놓이는 기분이다.

제가 하나 맞혀 볼까요, 하고 양말 파는 남자가 말을 잇는다. 피해자가 예쁜 여자였지요? 맞아요, 예쁘고 매우 젊은 여자였지요, 하고 여자가 말한다. 음, 매우 젊은 여자라고 하기에는 무리가 있네요, 하고 남자가 말한다. 그쪽이 생각하기에 스물일곱 살 먹은 여자는 더 이상 젊지 않다는 뜻인가요? 젊은 여자인 건 맞지만 매우 젊은 여자는 아니죠, 상식적으로 보자면요, 하고 남자가 말한다. 그쪽은 나이가 어떻게 되는데요? 스물아홉입니다. 저는 스물다섯쯤 되는 줄 알았어요, 하고 여자가 말한다. 아니에요, 스물아홉입니다. 남자는 여자의 나이를 묻지 않는다. 피해자는 직장이 있었나요, 아니면 남자친구들한테 얹혀살았나요? 비서 일을 했어요. 누구한테 얹혀살거나 한 적은 없어요. 그리고 아홉 살짜리 아들이 하나 있지요. 그럼 애인 A랑 애인 B 중에 누가 범인입니까? 하고 남자가 묻는다. 그쪽 생각은 어떠세요? 당연히 애인 A이지요. 여자는 고개를 끄덕인다. 질투심 때문에 죽인 거죠? 맞아요, 하고 여자가 말한다. 그런데 당신은 그게 단지 질투심 때문이었다고 생각하세요? 아니요, 하고 여자가 말한다. 아하, 이것 보세요, 당신이랑 저랑 의견이 일치하는 부분이 있군요, 하고 남자가 말한다. 여자는 가타부타 아무 말 없이 창문에서 걸음을 떼어 놓는다. 불을 켜는 게 좋겠어요, 하고 남자가 말한다. 아니에요, 그냥 놔두세요, 하고 말하며 여자는 의자를 하나 끌어와 자리에 앉는다. 잠시 뒤에 남자가 말을 잇는다. 그러니까 당신은 제가 이해하기로 벌써 몇 달 전에 벌어진 사건 때문에 우울해하고 있었던 거군요. 여자는 남자를 쳐다보고 아무 말도 하지 않는다. 혹시 피해자한테 감정 이입을 하신 건가요? 실례지만 결혼하셨나요? 아니요, 하지만 자꾸 피해자 생각이 나더라고요, 하고 여자가 말한다. 그쪽은 결혼하셨나요? 아니요. 저도 결혼은 아직 안 했지만 동거를 해본 경험은 있어요, 하고 남자가 말한다. 저희 남자들이 성적으로 문란한 여자들을 싫어한다고 생각하세요? 여자는 시선을 피한다. 창문 너머로 어둠의 장막이 건물들을 에워싸고 있다. 여자는 폐소 공포증 같은 것을 느낀다. 그래서 그 여자를 죽인 거죠, 하고 여자는 남자 쪽으로 눈길을 주지 않은 채 말을 잇는다. 여자의 귀에, 아하, 하는 남자의 목소리가 들리는데 빈정거리는 것도 같고 탄식하는 것도 같다. 피해자는 매일 아침 6시 15분에 새벽같이 일어났어요. 칼라마에 있는 광산업체에서 비서로 근무했지요. 언론에서 전하기를 연애 관계 때문에 하루도 바람 잘 날이 없었다더군요. 하루도 바람 잘 날이 없었다니 참 문학적인 표현이네요, 하고 남자가 말한다. 남자들은 그 여자한테 홀딱 빠져들었어요, 전형적인 미인이라고는 할 수 없는 외모였지만요, 하고 여자가 말한다. 미인의 기준은 상대적인 거지요, 하고 남자가 말한다. 사람마다 다 미인이라고 느끼는 대상이 다른 법입니다. 그렇게 생각하세요? 하고 여자가 물으며 다시 남자를 빤히 쳐다본다. 네, 그럼요, 아주 못생긴 사람이나 조금 못생긴 사람이나 평범하게 생긴 사람이나 예쁘고 잘생긴 사람을 다 포함해서요, 하고 양말 파는 남자가 말한다. 그렇지만 아주 못생긴 사람이 조금 못생긴 사람을 미인으로 느낀다고 해서 그 조금 못생긴 사람이 미인이 되는 건 아니지요. 제가 말씀드리려 하는 바를 정확히 파악하셨네요, 하고 남자가 말한다. 그럼요, 정확히 파악하다마다요, 하고 여자가 비꼬듯이 말한다. 하지만 저는 그런 생각에 동의하지 않아요, 미인의 기준은 모든 이에게 똑같은 거예요, 모든 이에게 정의가 공평한 것처럼요. 정의가 모든 사람에게 공평하다고요? 지금 저더러 웃으라고 하는 말씀이시죠? 하고 남자가 말한다. 적어도 이론상으로는 그렇다는 말이에요. 사실 이론상으로도 공평하지 않아요, 하고 남자가 한숨을 내쉰다. 하지만 쓸데없는 논쟁은 접어두지요, 살해당한 그 비서에 관한 이야기나 더 들려주세요, 피해자의 시신은 직접 확인하셨나요? 시신이요? 아니요, 못 봤어요, 저는 그 사건을 직접 취재한 게 아니에요, 관련 기사를 한 편 썼을 뿐이죠. 그러니까 칼라마의 시체 안치소에 찾아가거나 시신을 직접 확인하지도 못했고 살인범과 대화를 나눈 적도 없다는 뜻이군요. 여자는 남자를 바라보며 수수께끼 같은 미소를 짓는다. 그래도 살인범과는 대화를 나누어 보았어요, 하고 여자가 말한다.

그것만 해도 의미가 있는 일이네요, 하고 남자가 말한다. 그래서요? 딱히 건질 건 없었어요, 하고 여자가 말한다. 어쨌든 대화를 나누기는 했는데, 살인범이 자신은 범행을 심히 뉘우치고 있으며 피해자를 미치도록 사랑했다고 하더군요. 정석 같은 답변이네요, 하고 남자가 말한다. 두 사람은 칼라마 공항에서 만났대요, 남자는 경비원이었고 여자는 한동안 거기에서 카운터 일을 보았죠. 그러니까 광산에서 일자리를 얻기 전까지 말이죠? 하고 남자가 묻는다. 광산이 아니라 광산 업체요, 하고 여자가 말한다. 그게 그거죠, 하고 남자가 말한다. 음, 엄밀히 말하면 다르죠. 그래서 피해자를 어떻게 죽였죠? 하고 남자가 묻는다. 칼로 찔렀어요, 하고 여자가 말한다. 스물일곱 번을 찔렀죠. 뭔가 이상하지 않아요? 남자는 잠시 시선을 떨군 채 신발코를 내려다본다. 그러다 다시 여자 쪽을 바라보며 묻는다. 도대체 어느 부분에서 이상하다고 느껴야 되는 거죠? 설마 여자가 스물일곱 살인데 스물일곱 번 칼에 찔렸다는 걸 말씀하시는 건가요? 그 순간 여자는 격렬한 분노에 휩싸이며 말을 잇는다. 저도 그 여자와 비슷한 상황에 놓여 있어요, 그러니까 언젠가는 저도 살해당할 거예요. 그런 다음, 나를 죽일 그 불쌍한 자식이 바로 너야, 하는 말이 입에서 튀어나오려는 찰나에 간신히 정신을 붙잡고 아무 말도 하지 않는다. 여자는 벌벌 몸을 떤다. 그러나 남자가 앉아 있는 곳에서는 이를 눈치챌 수 없다. 다시 상황을 요약해 보죠. 여자는 이전에 사귀던 애인의 손에 살해당했어요. 사건 당일 밤 여자는 당시에 만나던 애인과 잠을 잤어요. 예전 애인은 모든 사실을 다 알게 되었지요. 여자가 직접 말해 주기도 했고 다른 이들에게 소식을 전해 들었던 거죠. 그리고 죽고 싶을 정도로 질투심에 괴로워합니다. 남자는 여자를 다그치면서 윽박지르지요. 하지만 여자는 남자의 말을 들은 척도 하지 않아요. 자기가 마음 내키는 대로 계속 살기로 작정하지요. 그래서 다른 남자를 만나고 함께 잠자리를 갖습니다. 거기에 이 사건의 열쇠가 있어요. 여자는 아무것도 포기하지 않았다는 이유 때문에 사형 선고를 받은 셈이죠. 맞아요, 이제야 명확히 이해가 되는군요, 하고 양말 파는 남자가 말한다. 천만에요, 당신은 하나도 이해하지 못하고 있어요.

나는 까막눈이다

이 단편은 네 사람에 관한 이야기이다. 라우타로와 파스콸이라는 두 아이, 안드레아라는 한 여자, 그리고 카를로스라는 이름의 또 다른 아이. 한편으로는 칠레에 관한, 어떻게 보면 라틴 아메리카 전체에 관한 이야기이기도 하다.

내 아들 라우타로는 여덟 살 때 당시 네 살이던 파스콸과 친구가 되었다. 나이 차이가 있는 아이들끼리 친구가 되는 건 흔치 않은 일인데, 아마도 녀석들이 1998년 11월에 처음 만났을 때 라우타로가 카롤리나와 나를 따라 마지못해 이리저리 끌려다니느라 여러 날 동안 다른 아이와 만나 놀지 못한 데서 그 이유를 찾을 수 있을 것이다. 카롤리나는 그때가 처음 칠레를 방문하는 것이었고, 나는 1974년 1월에 그곳을 떠난 이후 처음 고국을 찾은 것이었다.

아무튼 그래서 라우타로가 파스콸을 만났을 때 그들은 금세 친구가 되었다.

녀석들이 서로를 처음 만난 것은 파스콸의 부모 집에

저녁 식사를 하러 갔을 때였던 듯하다. 어쩌면 다른 날에 한 번 더 만났을 수도 있다. 그러니까 겨우 두 번, 기껏해야 세 번 만난 게 전부였다. 녀석들이 두 번째 만난 것은 파스콸의 어머니인 알렉산드라가 카롤리나와 라우타로를 수영장에 데려갔던 날이었다. 나는 따라가지 않았다. 수영장은 안데스 산맥 기슭에 있었고, 그날 밤 아내가 내게 말한 바로는 물이 얼음장같이 차가워서 그녀와 알렉산드라는 안에 들어가지 않았다고 한다. 하지만 파스콸과 라우타로는 수영장에 들어가 함께 즐거운 시간을 보냈다.

그런데 거기서 참 이상한 일이 일어났다(그것은 이 이야기에 등장하는 여러 이상한 일들 가운데 하나인데 사실 그것들이야말로 이 이야기를 이끌어 가는 축이자 어쩌면 이 이야기가 궁극적으로 말하자고 하는 바일 수도 있다). 수영장에 도착했을 때 라우타로가 카롤리나에게 오줌을 싸도 되겠느냐고 물었던 것이다. 그녀는 당연히 그래도 된다고 대답했는데, 그러자 라우타로는 수영장 가두리로 다가가더니 수영복을 살짝 내리고는 물 안에다 오줌을 쌌다. 그날 밤 카롤리나는 내게 라우타로 때문이 아니라 알렉산드라가 뭐라고 생각할지 몰라 살짝 부끄러웠노라고 털어놓았다. 사실 라우타로가 그런 행동을 한 것은 그때가 처음이었다. 수영장은 북적거리는 편은 아니었지만 어쨌든 사람들이 있었고, 내 아들은 아무 데서나 내키는 대로 오줌을 싸는 그런 막돼먹은 아이는 아니었다. 참으로 이상한 느낌이었어, 하고 그날 밤 카롤리나가 내게 말했다. 마치 무슨 일이 일어나기를 **기대하는** 듯 수영장 뒤로 솟아오른 거대한 안데스 산맥과 라우타로의 갑작스러운 소변을 아예 눈치도 못 챈 아이들의 웃음소리, 어른들의 수군대는 목소리, 그리고 수영복만 걸친 채 푸른 수면 위에 오줌을 싸고 있는 라우타로까지. 그래서 어떻게 됐는데? 하고 나는 그녀에게 물었다. 음, 아내는 선탠을 하던 장소에서 일어나 우리 아들이 있는 곳으로 가서 그 애를 화장실로 데려갔다고 했다. 마치 아이가 최면에 걸려 있는 것 같았어, 하고 카롤리나가 말했다. 이어서 아이는 창피함을 느꼈는지 파스콸이 물장구를 치며 놀고 있는 수영장에 들어가려 하지 않다가 한동안 시간이 흐른 뒤에야 모든 걸 잊고 다시 물속으로 들어갔다. 하지만 카롤리나는 수영장에 들어가지 않았다. 물이 더러워서 안에 들어가지 않느냐는 알렉산드라의 물음에 카롤리나는 물이 차가워서 그런 것이라고 답했는데, 그건 있는 그대로의 사실을 말한 것이었다.

우리는 비행기에서 내린 지 몇 분 후에 공항에서 알렉산드라를 만났다. 거의 사반세기 만에 칠레를 방문하는 것이었다. 나는 『파울라』라는 잡지사가 주관하는 단편 문학상의 심사 위원 자격으로 초청을 받아 온 것이었고, 당시에 잡지의 편집장이던 알렉산드라는 여권 심사대 출구에서 생판 처음 보는 사람들 몇 명과 함께 나를 기다리고 있었다. 그녀가 알렉산드라 에드와르즈라고 자신을 소개했을 때, 나는 그녀에게 혹시 작가 호르헤 에

드와르즈[1]의 따님이 되시느냐고 물었고, 그러자 그녀는
나를 쳐다보며 어떻게 답해야 할지 모르겠다는 듯 살짝
얼굴을 찌푸리더니 아니라고 답했다. 저는 사진작가의
딸이에요, 하고 나중에 그녀는 사실을 알려 주었다. 그
때쯤에 나는 이미 그녀한테 홀딱 반해 있었다. 사실 그
녀는 엄청난 미인이었기 때문에 누구라도 쉽게 반할 만
한 사람이었다. 하지만 내가 그녀에게서 감탄한 것은 단
순히 아름다운 외모가 아니었다. 그것은 앞으로도 아마
그 정체를 완전히 알지는 못하겠지만 내가 시간이 지나
면서 점차 느끼게 되었으며 우리가 항상 친구로 지낼 수
있으리라 확신을 갖게 해준 다른 무엇이었다. 내가 기
억하기로 바로 그날 오후에(아내와 나는 오전에 칠레에
도착한 터였다) 나는 다른 심사 위원들과 함께 하는 점
심 식사 자리에서 연설을 해야 했는데, 알렉산드라는 거
기에서 식탁 맞은편에 앉아 눈웃음을 짓고 있었다. 칠레
여자들은 흔히 그렇게 눈웃음을 짓는 편이고, 어쨌든 당
시에는 그렇다고 느껴졌는데 너무 오랜만에 고국 땅을
밟은 탓에 내가 착각을 한 것일 수도 있다. 어디에서나
여자들은 항상 눈웃음을 짓고 남자들도 그렇게 종종 눈
웃음을 짓지만, 때로는 그게 실제인 경우도 있는 반면에
때로는 우리의 상상에 불과한 경우도 있으니 말이다. 그
무언의 웃음을 생각하니까 라우타로, 파스칼, 카를리토

---

1 Jorge Edwards(1931~). 칠레의 소설가. 대표작으로 『기피 인물
Persona non grata』, 『초대받은 석상들Los convidados de piedra』 등이 있다.
2 카를로스의 애칭.

스²와 더불어 이 이야기의 네 주인공 중 한 명인 안드레아가 떠오르는데, 사실 그때까지만 해도 나는 아직 안드레아나 파스콸을 만나지 못했고 카를리토스의 경우에는 이름조차 듣지 못했던 터였지만, 1974년 1월 당시의 나 같은 사람이 말했을 법한 표현을 빌리자면 상서로운 그날이 점점 가까이 다가오고 있었다.

아무튼 라우타로와 파스콸은 나이 차이가 있음에도 친구가 되었는데, 어쩌면 안데스 산맥 기슭에 자리 잡은 바로 그 수영장에서 라우타로의 그 유명한 오줌 사건이 벌어진 이후에 두 아이의 우정이 두터워지고 진정한 친구 사이로 발전되기 시작했는지도 모를 일이다. 카롤리나가 전해 주는 이야기를 들으면서 나는 내 귀를 믿을 수 없었다. 라우타로가 거의 모든 아이들이 흔히 그러듯이 물속에서가 아니라 사람들이 다 지켜보는 가운데 수영장 가두리에서 오줌을 쌌다니.

하지만 그날 밤 잠이 들었을 때 나는 내 아들이 한때 나의 삶을 이루었던 20대의 참혹한 풍경에 둘러싸여 있는 꿈을 꾸었고, 그제야 녀석의 행동이 어느 정도 이해가 가기 시작했다. 내가 만약 1973년 말 또는 1974년 초에 칠레에서 살해당했다면 녀석은 태어나지도 못했겠지, 하고 나는 속으로 생각했다. 녀석이 잠결에 혹은 갑자기 꿈에 취한 것처럼 수영장 가두리에서 오줌을 쌌던 일은 바로 그 사실과 그 사실의 그림자를 몸으로 확인하는 행동이었다. 이 세상에 태어나지 않았을 수도 있었지만 결국 이 세상에 태어났다는 사실 말이다. 꿈속에서

나는 라우타로가 수영장에다 오줌을 쌀 때 녀석도 꿈을
꾸고 있었다는 것과 녀석의 꿈에 영영 가까이 다가가지
는 못하더라도 내가 항상 녀석의 곁에 있으리라는 것을
깨달았다. 그리고 잠에서 깨어나는 순간 내가 어린아이
였을 때 어느 날 밤 침대에서 빠져나와 누나의 옷장에다
한바탕 오줌을 쌌던 기억이 났다. 하지만 나는 몽유병에
걸린 아이였고, 라우타로는 다행히 그런 건 아니다.

1998년 11월 거의 한 달간 계속되었던 그 여행 내내
나는 안드레아를 한 번도 보지 못했다. 사실 그녀를 보
긴 했지만 엄밀히 말하자면 실제로 본 게 아니었다.

나는 알렉산드라와 그녀의 배우자인 마르시알을 만
나 친구가 되었는데, 내가 그들에 대해 하는 이야기는
전부 우정이라는 감정에 좌우될 수밖에 없으니 두 사람
에 대해서는 차라리 말을 아끼는 편이 나을 것 같다.

하지만, 어쨌든 나는 안드레아를 보지 못했다. 아무리
기억을 돌이켜 봐도 떠오르는 거라고는 알렉산드라와
마르시알의 집 복도에서 본 체셔 고양이 같은 미소, 어
둠 속에서 피어오르던 목소리, 그리고 매우 그윽하고 짙
은 한 쌍의 눈밖에 없다. 그 두 눈은 내가 칠레에 도착하
자마자 처음 연설을 했을 때 알렉산드라의 두 눈이 그
랬던 것처럼 웃고 있었지만 결정적인 차이가 하나 있었
다. 안드레아는 알렉산드라와 달리 투명 인간과 다름없
는 여자였던 것이다. 그러니까 내 눈에는 결코 보이지
않았다는 뜻이다. 어느 순간 그녀를 보긴 했으나 엄밀히
말하자면 실제로 본 게 아니었다. 그녀의 목소리를 듣긴

했지만 그 목소리가 어디에서 들려오는 건지 구분할 수도 없었다.

그즈음에 라우타로가 골몰하던 일 중에 하나는 자동문이 열리지 않도록 하면서 그것에 접근하는 방법을 발견하는 것이었다. 우리 가족이 처음 칠레를 방문하기 전이었는지 후였는지 모르겠지만(내 생각에는 바로 그 직전이었던 것 같다) 어떤 면에서는 내 아들 또한 투명 인간 놀이를 시작했던 것인데 사실 녀석은 그 일을 꽤 성공적으로 해냈다.

처음으로 녀석이 그런 재주를 부리는 걸 본 것은 칠레를 방문하기 전에 블라네스에 있는 어떤 빵집에서였다. 누군지는 기억나지 않지만 어떤 작가가 만약 신이 어디에나 존재한다면 자동문이 항상 열려 있을 거라고 말한 적이 있다. 그런데 자동문이 항상 열려 있는 건 아니므로 신은 존재하지 않는다는 이야기였다. 내 아들의 방법은 그 자체로도 기막힌 구석이 있었지만 그러한 논리를 단번에 불식시키는 것이었다. 라우타로는 옆쪽으로부터 문에 접근하지 않았다. 때로는 감지 센서를 설치한 방식에 따라 측면에서부터 접근하는 것을 인식하지 못해 문이 그대로 잠겨 있는 경우가 있다. 그 편이 쉬운 길이거나 속임수(그런데 그런 식으로 하는 걸 굳이 속임수라고 불러야 하는지는 잘 모르겠다)를 쓰는 길이었지만 내 아들은 굳이 어려운 길을 택했다. 그러니까 녀석은 자기에게 유리한 점을 애초에 포기하고 정면으로 문을 바라보며 직진했는데, 그러면 센서가 움직임을 감지

할 수밖에 없기 때문에 즉각 반응하여 사람이 들어가거나 나오도록 문이 열리기 마련이었다.

녀석의 독창적인 재주는 자동문으로 접근할 때의 동작에 있었다. 녀석은 센서의 반응 범위를 가늠하려는 요량에서인 듯 천천히 발을 떼기 시작해서 센서가 땅의 진동을 감지하기라도 하는 것처럼 때때로 발을 굴러가며 풍차 날개처럼 천천히 팔을 돌리면서 앞으로 나아갔다. 그러다 문이 열리면 이제 센서의 반응 범위를 측정한 셈이었다. 녀석이 도로 뒤로 물러서고 다시 문이 닫히면 본격적인 접근이 시작되었다. 모든 동작을 최대한 느리게 하는 것이 관건이었다. 이를테면 녀석은 땅에서 발을 떼지 않고 육안으로는 식별이 안 될 정도로 미끄러지듯 움직였다. 그리고 몸통에서 양팔을 떼고 곤충이나 보조함(補助艦)처럼 매우 천천히 움직였는데, 마치 몸에서 팔이 따로 떨어져 나와 하나의 몸이 움직이는 것이 아니라 하나의 그림자와 길잡이 역할을 하는 두 개의 유령 같은 그림자가 함께 접근하는 것처럼 보였다. 심지어 녀석의 얼굴마저 변하면서 흐릿하게 윤곽이 사라지는 것과 동시에 불가시성, 정과 동, 실체와 모순의 문제에 집중하고 있는 듯이 보였다.

한번은 바르셀로나에 있는 어느 대형 마트에서 나도 녀석을 따라 해보았는데 소용이 없었다. 번번이 센서에 걸려 문이 열렸던 것이다. 그러나 라우타로는 감지 센서에 잡히지 않고 강화 유리인지 아닌지는 모르겠지만 아무튼 자동문 유리에 코끝이 닿을 때까지 걸어갈 수 있었다. 사실 내 아들은 여덟 살치고 키가 큰 편이었고 체격이 꽤 좋았기 때문에, 녀석이 그렇게 할 수 있었던 비결은 내가 처음 생각했듯이 키나 몸집에 있는 게 아니라 바로 재능과 의지, 기술에 달려 있는 것이었다.

그 외에 우리 가족의 첫 칠레 여행에서 생생하게 기억나는 것 중의 하나는, 이 이야기의 진행 과정으로 보아 뜬금없이 느껴질 수도 있겠지만, 어떤 새 한 마리다. 이 새는 보이지 않는 투명한 새는 아니었지만, 어느 날 오후에 불쑥 나타난 그 녀석을 본 사람은 나 혼자밖에 없었을 것이라고 확신한다.

우리 가족은 프로비덴시아에 위치한 아파트 호텔 8층인가 9층에 투숙하고 있었는데, 어느 날 오후 할 일 없이 시간을 보내던 중에 나는 옆 건물의 발코니 한 곳에 앉아 있는 새를 발견했다. 한동안 새는 꼼짝 않고 앉아서, 아파트 호텔 발코니에 있던 나처럼 아래쪽에 있는 도시로 시선을 향하고 있었다. 다만 녀석은 도시를 바라보고 있었고, 나는 녀석을 바라보고 있었다. 나는 근시라서 먼 곳에 있는 사물을 잘 보지 못하지만 어느 순간 이 낯설고 고독한 새가 매나 그와 비슷한 종류의 맹금류(나는 앵무새를 제외하면 조류 쪽으로는 문외한이다)라는 결론에 이르렀다. 바로 잠시 뒤에 녀석이 곤두박질치는 순간 나는 의심의 여지없이 녀석이 매라고 확신하게 되었다. 그런데 정말 놀라운 일이 벌어진 건 바로 그다음이었다. 녀석이 내가 있던 발코니를 향해 날아오기 시작했던 것이다. 나는 겁에 질렸지만 옴짝달싹하지 않았다. 매인지 뭔지 모를 그 녀석은 다른 건물의 격자 천장에 내려앉았고 한동안 우리는 서로를 노려보았다. 그러다 나는 더 이상 견디지 못하고 안으로 들어갔다.

이 일이 일어났던 날은 라우타로가 파스콸에게 자동문이 열리지 않게끔 접근하는 기술을 가르쳐 준 날이기도 하고 파스콸이 라우타로에게 비행기를 선물한 날이기도 하다. 라우타로는 비행기를 매우 좋아했기 때문에 아마도 파스콸이 그가 가장 아끼던 장난감 중 하나인 비행기를 자신에게 주었다는 이유로 녀석에게 투명 인간처럼 혹은 파스콸이 서툴게 따라 한 대로 보면 인디언처럼 자동문에 접근하는 방법을 가르쳐 주었으리라.

나는 알렉산드라, 카롤리나, 마르시알과 함께 있던 테라스에서 아이들을 보았다. 다른 이들은 두 아이를 보지 못했다. 우리가 무슨 이야기를 나누고 있었는지는 생각나지 않지만 다만 기억나는 것은, 파스콸과 라우타로가 어느 옷 가게에 접근했다가, 처음에는 몇 번 문이 계속 열리는 바람에 계속 실패했고, 게다가 회색 바지와 검은 재킷 차림에 금발로 염색한 여자가 나와서 녀석들에게 뭐라고 말을 했는데, 나는 아내와 친구들이 하는 이야기를 듣고 있었던 데다 녀석들이 있는 곳이 지붕식 광장 맞은편 끝이라 상당히 멀었기 때문에 여자가 무슨 말을 하고 있는지 전혀 알 수 없었고, 내가 기억하기로는 라우타로와 파스콸이 우선 도망을 쳤다가, 잠시 뒤에 얼굴을 꼿꼿이 든 채 서서 금발로 염색한 빼빼 마른 여자의 꾸중하는 듯한 말을 듣는가 싶더니, 조금 있다가 여자가 다시 가게 안으로 사라지자 파스콸이 미리 지정된 장소에서 지켜보는 사이에 라우타로가 다시 자기만의 방식으로 접근을 시작해서, 내가 줄곧 애들을 보고 있던 게 아니라서 정확히 몇 번째 시도였는지는 모르겠지만, 결국에는 문이 열리지 않은 채로 유리문에 코끝을 갖다 대는 데 성공했는데, 바로 그 순간, 스페인으로 떠나기 이틀 전인 바로 그날에야, 나는 내가 칠레에 도착했고 모든 일이 잘되리라는 것을 깨달았다는 것이었다. 그야말로 종말론적인 생각이었다.

이듬해인 1999년에 나는 도서전에 초청받아 다시 칠레를 방문했다. 내가 막 로물로 가예고스상을 수상한 걸 축하하려는 뜻에서인지, 거의 모든 칠레 작가들이 칠레에서 쓰는 표현을 빌리자면 떼거지로, 그러니까 한통속이 되어서 나를 맹비난했다. 나는 반격에 나섰다. 국가가 예술가들에게 던져 주는 적선에 의존해 평생을 살아온 나이 지긋한 어떤 여자가 나를 알랑쇠라고 불렀다. 나는 한 번도 대사관 문화 담당관을 맡아 녹을 받아먹은 일도 없었기 때문에 그러한 비난이 참 터무니없는 것으로 느껴졌다. 그네들은 나를 따리꾼이라 부르기도 했는데 따리꾼은 떼거지와는 다른 말이다. 무심코 쉽게 착각할 수도 있지만 따리꾼이 반드시 떼거지에 속하는 건 아니다. 그러나 떼거지 안에는 항상 따리꾼이 있는 법이다. 따리꾼은 아첨과 아부와 알랑방귀를 일삼으며 점잖은 스페인어로 표현하자면 남의 똥구멍을 빠는 사람이다. 놀라운 점은 좌파와 우파를 가릴 것 없이 자신들의 보잘것없는 명성을 지키기 위해 쉬지 않고 남의 똥구멍을 빨아 대는 칠레 작가들이 내게 그러한 비난을 가했다는 것이다. 반면에 나로 말하자면 그때까지 내가 이루어 낸 (얼마 안 되는) 업적들은 어느 누구의 손도 빌리지 않고 모두 다 내 힘으로 해낸 것이었다. 그네들은 내 어떤 점이 그렇게 아니꼬웠을까? 글쎄, 누군가 말하기를 그건 나의 이빨이었다고 한다. 참으로 일리 있는 지적이라 하지 않을 수 없다.

해변

나는 헤로인을 끊은 다음에 살던 곳으로 돌아가 외래 진료소에서 메타돈 주사를 맞으며 치환 요법을 시작했고 딱히 하는 일도 없이 매일 아침 일어나 하루 종일 텔레비전을 보면서 밤에는 어떻게든 잠을 청해 보려 했어, 그렇지만 도무지 잠이 오지 않더군, 내가 눈을 감고 쉬지 못하도록 무언가가 방해하는 것 같았어, 그런 식으로 하루하루를 보내다가 어느 날 도저히 안 되겠다 싶어서 시내에 있는 가게에 들러 검은색 수영복을 샀지, 그리고 수건과 잡지를 든 채 수영복 차림으로 해변에 갔어, 바다에서 적당히 떨어진 곳에 수건을 깔고 그 위에 누워 물에 들어갈까 말까 한동안 고민에 빠졌지, 물에 들어가도 괜찮을 것 같은 이유들이 여럿 머릿속에 떠올랐지만 안 들어가는 편이 낫겠다는 이유도 없지 않았어(이를테면 물가에서 물장구를 치며 노는 아이들), 그렇게 어영부영하다 보니 어느덧 시간이 늦어지는 바람에 결국 집으로 돌아갔지, 그리고 이튿날 아침에 선크림을 사서 다시 해변으로 갔어, 정오께 진료소에 가서 메타돈 주사를 맞고 낯익은 얼굴들에게 인사를 건넸지, 남자건 여자건 딱히 친구라고 할 만한 이들은 아니었어, 그저 메타돈 주사 때문에 같이 줄을 서 있다 보니 익숙해진 사람들이 었는데 내가 수영복 차림인 걸 보고는 놀라더라고, 하지 만 나는 그게 무슨 대수냐는 듯이 행동했지, 그리고 다시 해변으로 걸어가 이번에는 물에 몸을 담그고 수영을 해보려고 시도했어, 몸이 영 말을 듣지 않았지만 나한 테는 그 정도도 충분했지, 그리고 이튿날 다시 해변으로 가서 온몸에 선크림을 바른 다음에 모래 위에 누워 잠이 들었어, 잠에서 깨어났더니 이루 말할 데 없이 개운하더 군, 등은 물론이고 어디 몸 한구석에 탄 데도 없었어, 그 런 식으로 1주일인가 2주일인가가 지났던 것 같아, 기억이 가물가물하네, 한 가지 확실한 건 하루가 지날수록 내 몸은 구릿빛으로 변해 갔고 누군가와 대화를 나눈 일은 없었어도 점차 상태가 좋아지고 있다고, 아니 달라지고 있다고 느꼈다는 거야, 달라지고 있다고 해서 꼭 좋아지고 있는 건 아니겠지만 아무튼 내 경우에는 그렇게 여겨졌어, 그러던 어느 날 노부부 한 쌍이 해변에 나타났지, 아직도 그 순간이 눈앞에 생생히 떠올라, 두 노인은 오랜 세월을 동고동락한 부부 같았어, 할머니는 뚱뚱했고, 어쨌든 살집이 포동포동한 편이었고, 나이는 일흔 살쯤 되어 보였지, 할아버지는 마른 체격이었어, 사실 단순히 마른 정도가 아니라 걸어다니는 해골이나 마찬가지였지, 아마 그 점 때문에 두 노인 쪽으로 내 시선이 쏠렸던 것 같아, 나는 보통 해변에 있는 사람들에게 거의 신경을 쓰지 않았거든, 노부부한테 유달리 관심이 갔던 건 바로 할아버지의 삐쩍 마른 몸 때문이었어, 나는 그 할아버지를 보는 순간 간이 떨어지는 줄 알았어, 씨발, 저승사자가 날 잡아가려고 왔구나, 하고 생각했거든, 그렇지만 날 잡아가려고 오기는 누가 왔겠어, 그저 나이가 지긋한 노부부일 뿐이었지, 할아버지는 일흔다섯, 할머니는 일흔 살쯤 되어 보였어, 어쩌면 그 반대였을 수도 있을 거야, 할머니는 겉으로 보기에 아주 정정했어, 할아버지는 당장이라도 골로 가거나 이승에서 마지막 여름을 보내고 있는 사람처럼 보였지, 처음에는 말이야, 그러니까 철렁 내려앉은 가슴이 진정된 다음에는, 할아버지의 얼굴, 피골이 상접한 그 노인의 얼굴에서 눈을 뗄 수가 없었어, 그렇지만 나중에는 재주껏 두 노인을 흘끔흘끔 훔쳐보기 시작했지, 모래 위에 배를 깔고 누워서 두 팔로 얼굴을 가리거나, 산책로에서 해변과 마주 보고 있는 의자에 앉아 몸에서 모래를 털어 내는 척하면서 말이야, 할머니가 매번 파라솔을 가지고 와서 해변에 도착하기가 무섭게 그 밑의 그늘로 파고들어 갔던 게 기억나, 수영복도 입지 않은 채 말이야, 물론 할머니가 수영복 차림인 걸 본 적도 있었어, 그렇지만 보통은 헐렁하게 품이 많이 남아 실제보다 덜 뚱뚱하게 보이는 여름용 드레스를 입고 있었지, 할머니는 그렇게 파라솔 밑에 앉아 몇 시간이고 책을 읽었어, 엄청나게 두꺼운 책을 가지고 다녔지, 그러는 사이 할머니의 남편인 해골 영감은 모래 위에 계속 누워 있었어, 끈 팬티나 다름없는 아주 짧은 수영복 하나만 걸친 채 말이야, 게걸스럽게 햇살을 빨아들이는 할아버지를 보고 있자니 옛 기억이 떠오르더군, 경직 상태로 환희에 젖어 있는 약쟁이들, 자신들이 하고 있는 일, 그러니까 자신들이 할 수 있는 유일한 일에 온통 신경이 팔린 약쟁이들, 그러다 머리가 지끈지끈 아파 와서 해변을 떠났어, 파세오 마리티모에서 안초비 요리와 맥주로 간단히 요기를 했지, 그런 다음에 담배를 태우며 카페 통유리 너머로 해변을 바라보았어, 해변으로 돌아가 보니 할아버지와 할머니는 계속 그대로 있더라고, 할머니는 파라솔 아래에, 할아버지는 햇살에 몸을 맡긴 채 말이야, 그 순간 생뚱맞게 눈물이 나올 것만 같아서 물에 들어가 수영을 했어, 해변에서 한참 멀어진 뒤에야 태양을 올려다보았지, 우리와는 달라도 너무 다른 그 거대한 물체가 거기 있다는 게 낯설게 느껴졌어, 그리고 다시 헤엄을 쳐서 해변으로 돌아가(중간에 두 번 빠져 죽을 뻔했어) 수건 옆에 털썩 주저앉아 한동안 숨을 가쁘게 몰아쉬었지, 하지만 그사이에도 계속 시선은 노부부 쪽을 향해 있었어, 그러다가 아마 모래 위에 누운 채로 잠이 들었던 것 같아, 잠에서 깨어나 보니 사람들이 하나둘 해변을 떠나고 없더군, 그렇지만 노부부는 여전히 그 자리에 있었어, 할머니는 책을 든 채 파라솔 아래에 있었고, 할아버지는 그늘도 없는 곳에 등을 대고 누워 있었지, 할아버지의 해골 같은 얼굴이 눈을 감은 채 기이한 표정을 짓고 있었어, 마치 흐르는 시간의 매 순간을 의식하고 음미하는 것처럼 말이야, 햇살이 약해졌거나 말거나, 태양이 해변에 늘어선 건물들과 구릉 저편으로 넘어갔거나 말거나, 할아버지는 전혀 신경 쓰지 않는 것 같았어, 잠에서 깨어나는 그 순간에 나는 할아버지를 보고 태양을 보았어, 몇 번인가 등이 따끔따끔한 걸 느꼈지, 그날 오후에 몸을 너무 많이 태우기라도 한 것처럼 말이야, 나는 두 노인을 지켜보다가 자리에서 일어났어, 수건을 망토처럼 어깨에 두르고 파세오 마리티모로 걸어가 벤치에 앉았지, 그리고 거기에서 있지도 않은 모래를 다리에서 털어 내는 척했어, 그렇게 높은 곳에서 내려다보니까 노부부가 좀 다르게 보이더라고, 할아버지가 죽음의 문턱에 이른 게 아닐지도 모른다고 혼잣말을 했지, 시간이라는 건 내가 생각했던 것과 같은 방식으로 존재하는 게 아니라고 말이야, 해가 점차 멀어지면서 건물들의 그림자가 길어지는 동안 나는 시간에 대해 생각했어, 그리고 집으로 돌아가 샤워를 하고 벌겋게 달아오른 등을 살펴보았지, 꼭 내가 아니라 다른 사람의 등을 보고 있는 것 같더라고, 오랜 세월이 지난 뒤에야 만나게 될 어떤 다른 사람, 나는 텔레비전을 켜고 여러 방송을 보았는데 도통 무슨 내용인지 알 수가 없더군, 그러다 의자 위에서 잠이 들었어, 그리고 이튿날 똑같은 일상이 반복되었지, 해변, 외래 진료소, 다시 해변, 때로는 해변에 나타난 새로운 얼굴에 의해 이러한 일상이 깨지는 경우도 있었어, 이를테면 어떤 여자가 있었는데, 이 여자는 항상 서 있는 자세였고, 해변에는 아예 눕지도 않았어, 아래에는 비키니 위에는 청색 티셔츠 차림이었는데, 바다에 들어갈 때는 무릎까지만 물을 적셨지, 할머니처럼 책을 읽었지만 서서 독서를 했고, 때때로 아주 요상하게 몸을 구부려서 1.5리터짜리 펩시 페트병을 집어 마셨어, 물론 당연히 서서 말이야, 그런 다음에 페트병을 수건 위에 내려놓았는데, 도대체 그 위에 누울 것도 바다에 들어갈 것도 아니면서 수건은 왜 가져오는지 이해가 되지 않았어, 나는 가끔 이 여자가 무서웠어, 대책 없는 괴짜처럼 보였거든, 그렇지만 대체로는 불쌍한 사람처럼 느껴졌지, 그 외에 다른 이상한 것들도 많이 보았어, 해변에서는 별의별 일이 다 일어나는 법이니까, 사람들이 거의 다 벗고 다니는 데가 거기밖에 없어서 그런 건지도 몰라, 그렇지만 특별히 주목을 끌 만한 일이 일어난 적은 없었어, 한번은 해변을 따라 걷다가 나처럼 과거에 중독자였던 사람을 본 듯했지, 돌도 안 지난 아이를 자기 무릎 위에 앉힌 채 모래 더미에 앉아 있더군, 또 한번은 러시아 여자들을 보기도 했어, 어린 러시아 여자애 세 명이었는데, 아마도 창녀였던 것 같고 셋다 핸드폰으로 수다를 떨며 웃고 있었어, 그렇지만 무엇보다 내 관심을 사로잡았던 것은 역시 노부부였어, 할아버지가 당장 죽을지도 모른다는 느낌 탓에 그랬던 것도 있을 거야, 그리고 그런 생각을 했을 때, 아니 내가 그런 생각을 하고 있다는 걸 깨달았을 때, 머릿속에 허무맹랑한 생각들이 마구 떠올랐어, 할아버지가 죽고 나면 쓰나미가 덮쳐 거대한 해일이 도시를 박살 낼 것이라든가, 아니면 땅을 뒤흔드는 강진이 일어나 도시가 먼지 구름에 휩싸여 송두리째 사라질 것이라든가 하는 것들, 그리고 방금 말한 것 같은 그런 생각을 할 때면 나는 두 손으로 얼굴을 감싼 채 울음을 터뜨렸어, 그리고 눈물이 흐르는 동안 지금이 밤이라고 꿈꾸었지(혹은 상상했지), 이를테면 새벽 3시, 나는 집에서 나와 해변으로 걸어가, 그리고 모래사장 위에 누워 있는 늙은 남자를 발견하지, 하늘 위에 수놓인 별들 사이에, 그렇지만 다른 별들보다는 지구와 더 가까운 곳에, 검은 태양, 침묵에 잠겨 있는 거대한 검은 태양이 빛나고 있어, 나는 해변으로 내려가 역시 모래 위에 드러누워, 해변에는 할아버지와 나 우리 두 사람밖에 없어, 그러다 다시 눈을 떴을 때 나는 러시아 여자애들과 항상 서 있는 여자와 아이를 안고 있는 예전의 중독자가 나를 의아한 눈으로 쳐다보고 있다는 걸 깨달아, 아마도 등과 어깨를 햇볕에 짙게 그을린 저 괴상한 사내가 누굴까 궁금해하는 거겠지, 심지어 시원한 파라솔 그늘 아래에서 영원히 끝나지 않을 것 같은 책을 읽던 할머니마저 독서를 잠시 중단하고 나를 지켜보고 있어, 아마도 말없이 눈물을 흘리고 있는 저 젊은 사내가 누구일까 궁금해하는 거겠지, 세상에 아무것도 가진 게 없지만 삶에의 의지와 용기를 조금씩 되찾고 있으며 앞으로 자기가 조금 더 살아 있을 거라는 걸 알고 있는 저 서른다섯 살의 사내가 누구일까 하고 말이야.

근육

1

나는 우리 오빠가 교양이 있거나 양식이 있는 사람이
었는지 잘 모르겠다. 그렇지만 어떨 때 밤에 곰곰이 생
각을 하노라면 아마도 오빠가 양식이 있었기에 자살을
피할 수 있었던 게 아닌가 싶다.

오빠가 가장 좋아하던 책들은 존 호지의 『카빌리 사
람들의 풍습』과 라미로 리라 교수의 『소크라테스 이전
철학자들의 단편 전집』(전집이라는 이름을 달기에는 그
냥 얄팍한 소책자들을 모아 놓은 것처럼 보였는데, 오빠
는 그게 그 불쌍한 철학자들의 작품이 시간의 구렁텅이
에 빠진 탓이라며 우리 모두가 똑같은 일을 겪게 될 거
라고 설명했다)이었다. 그것들 말고 다른 책도 많았지
만 말이다.

「나는 절대로 구렁텅이 같은 데 빠지지 않을 거야.」 나
는 오빠한테 말버릇처럼 대꾸했다.

「너랑 나도 마찬가지야, 마르타, 그건 불가피한 일이

라고.」 오빠는 전혀 슬퍼하는 기색 없이 말하곤 했다.

하지만 나는 그 말을 들을 때마다 한없이 슬퍼졌다.

보통 우리는 아침 식사 자리에서 소크라테스 이전 철학자들을 화제로 삼아 대화를 나누었다. 오빠가 가장 좋아하던 철학자는 엠페도클레스였다. 이 엠페도클레스라는 사람은 꼭 스파이더맨 같아, 하고 말하기가 일쑤였다. 내 경우에는 헤라클레이토스가 제일 좋았다. 이상하게도 저녁에는 철학자들에 대한 이야기를 거의 하지 않았다. 필경 다른 이야깃거리가 많았거나 각자 직장에서 돌아오면 기진맥진한 상태라 그랬을 것이다. 철학을 논하려면 맑은 정신이 필요한 법이니까 말이다. 그렇지만 확실히 부모님이 돌아가시고 난 다음부터는 그런 상황도 변하기 시작해서 밤저녁에 우리가 나누는 대화는 점점 어른스러운 분위기로 바뀌었다. 든든한 버팀목 역할을 하던 부모님이라는 존재가 사라진 뒤로, 우리가 하는 말들이 무방비로 노출된 불안 지대를 지나가게 되었다는 듯이 점차 심각한 자세로 대화에 임했던 것이다. 하지만 부모님이 돌아가시기 이전이나 이후에나 아침에 우리가 나누는 이야기의 단골 주제는 소크라테스 이전 철학자들이었다. 새로운 하루가 시작되었다(그렇지만 따지고 들면 이건 틀린 말이다. 새로운 하루는 새벽 12시 1분에 시작되는 거니까)는 것만으로도 우리가 어린 시절의 원기를 회복하고 모든 게 한층 나아진 모습으로 새 단장을 했다는 듯이 말이다. 오빠랑 함께 아침을 먹던 게 생각난다. 밀크 커피 한 잔, 토마토와 올리브

유를 곁들인 빵, 비프스테이크, 시리얼 한 공기나 꿀과 뮤즐리를 섞은 요구르트 두 개, 슈퍼 에그(백 퍼센트 계란 단백질), 퓨얼 탱크(1회 섭취량당 3천 칼로리의 고칼로리 단백질), 슈퍼 메가 매스, 빅토리 메가 아미노스(캡슐 형태의 약), 팻 버너(지방 분해를 촉진하는 리포트로핀), 오렌지나 바나나와 사과 같은 제철 과일. 물론 엔리크 오빠가 이렇게 먹었다는 것이다. 내 아침 식사는 간단했다. 블랙커피 한 잔과 오빠가 자주 사 오던 무슨 비타민인가가 첨가된 통밀 가루 비스킷 반 개 정도.

때로는 아침 7시 반이나 8시에 (주방에서) 우리 집 식탁을 보고 있노라면 묘하게 기운이 샘솟는 듯한 느낌이 있었다. 접시와 컵과 공기, 그리고 미국 항공 우주국의 비상식량처럼 생긴 팩들이 꼭 이렇게 말하는 것만 같았다. 〈밖으로 나가거라. 오늘 하루도 좋은 일만 가득할 것이다. 그대는 청춘이요 이 세상도 그러하니.〉 오빠는 바로 그 식탁에 어떤 소크라테스 이전 철학자의 소책자(그러니까 그 철학자의 전집)나 잡지를 펼쳐 놓고 오른손으로 숟가락질이나 포크질을 하면서 왼손으로 책장을 넘기곤 했다.

「이 아폴로니아의 디오게네스라는 작자가 말하는 것 좀 봐, 죽이는데.」

나는 최대한 관심 있는 표정을 지으려고 애쓰며 잠자코 오빠의 말을 기다렸다.

「〈어떤 주제로 이야기를 시작할 때는 간결하고 고상한 문체로 이론의 여지가 없는 원리를 제시해야 한다.〉

바로 이거지.」

「일리가 있는 말이네.」

「존나 일리가 있는 말이지.」

아침 식사가 끝나면 오빠는 주방으로 접시 나르는 일을 도와주고 출근을 했다. 우리 오빠는 열여섯 살 때부터 몰리나 광장 근처에 있는 포노요사 형제 카센터에서 일했는데 그 동네는 수리하기 까다로운 고급차를 소유한 사람들이 많이 사는 곳이었다. 보통 나는 텔레비전을 보거나 소크라테스 이전 철학자들의 책을 읽으면서(설거지는 저녁에 모아서 했다) 조금 더 집에 머물다가 내가 일하는 직장인 말루 아카데미로 출근했다. 말루 아카데미는 이름만 들으면 무슨 학교(갈보들이 다니는 학교지, 하고 오빠는 말하곤 했다)처럼 보이지만 사실은 그저 평범한 미용실이었다.

왜 오빠는 그렇게 말루 아카데미 이야기만 나오면 못 잡아먹어서 안달이었을까? 그에 대한 답은 간단하지만 오빠의 민감한 부분을 건드리는 일이다. 종업원 중에 내 친구 또는 친구였던 몬세 가르시아라는 언니가 있었다. 엔리크 오빠가 그 언니랑 사귀었는데 겨우 한 달인가 두 달이 지나서 몬세 언니가 우리는 짝이 아니라며 이별을 통보했다. 아무튼 둘이 헤어지고 나서 언니가 내게 해명한 바로는 그러했다. 오빠는 알아들을 수 없는 말을 몇 마디 중얼대고 말더니 그 이후로 내 직장을 입에 올릴 때마다 신랄한 것도 모자라 상스러운 표현들까지 서슴지 않고 내뱉었다.

「대체 무슨 일이 있었던 거야?」 어느 날 밤에 내가 오빠한테 물었다.

「특별한 일은 없었어.」 오빠가 답했다. 「서로 맞지 않았을 뿐이야. 나머지는 둘만의 비밀이니까 신경 꺼.」

오빠는 매번 그런 식이었는데 부모님이 돌아가시고 나서 상태가 더욱 심해졌다. 때로는 오빠가 혼잣말을 하는 소리를 내 방에서 들을 수 있었다. 우리는 고아다, 그것은 반박의 여지가 없는 사실이다, 우리는 익숙해져야 한다, 하는 식의 말들. 그런 다음 오빠는 가사를 모르는 노래를 부르는 사람처럼 몇 번이고 강박적으로 똑같은 문장을 되풀이했다. 우리는 고아다, 우리는 고아다, 등등. 그럴 때마다 오빠를 안아 주거나 침대에서 일어나 따뜻한 우유라도 한 잔 타다 주고 싶은 마음이 굴뚝같았지만 그랬다면 불에 기름을 끼얹는 격이 되었을 것이다. 보나마나 오빠는 감정을 주체하지 못한 채 울음을 터뜨렸을 거고 결국에는 나까지 오빠를 따라 울기 시작했을 테니까 말이다. 그래서 나는 절대 침대 밖으로 나가지 않았고, 오빠는 계속 혼잣말을 꿍얼대다가 졸음을 이기지 못하고 잠들기가 십상이었다.

그래도 아침이 되면 이따금 나는 오빠를 타일러 보려고 노력했다.

「세상에 고아가 우리밖에 없는 건 아니잖아. 그리고 내가 알기론 엄밀히 따져서 고아가 되려면 미성년자여야

---

1 Pedro Almodóvar(1949~). 스페인의 영화감독. 대표작으로 「내 어머니의 모든 것Todo sobre mi madre」 등이 있다.

하는데 오빠랑 나는 다 큰 성인이라고.」

「너는 아직 미성년자야, 마르타.」 오빠는 대꾸하곤 했다. 「그리고 너를 돌보는 게 내 의무이고.」

몬세 가르시아 언니에 따르면 우리 오빠는 성숙하지 못한 사람이었다. 그들이 서로 사귀는 동안 딱 두 번인가 모두 오빠의 부탁으로 데이트에 동행한 적이 있는데, 그때마다 나는 내 친구 또는 친구였던 사람의 판단이 정확했음을 두 눈으로 똑똑히 확인할 수 있었다. 그중 첫 번째는 알모도바르[1]의 영화를 보려고 극장에 갔을 때였다. 엔리크 오빠는 반 담이 나오는 영화를 보자고 제안했지만 몬세 언니와 나는 딱 잘라 거절했다. 말싸움을 하다 보니 시간이 늦어져서 우리가 극장에 도착했을 때는 상영관에 조명이 꺼지고 영화가 시작된 다음이었는데, 황당하게도 오빠는 우리와 따로 떨어져 앉겠다고 생떼를 부렸다. 두 번째는 헬스장에 갔을 때였다. 로살레스 헬스장이라고 우리 집에서 멀지 않은 보나벤투라 거리에 있고 오빠가 매일 운동을 하러 가는 곳이었다. 이번에 오빠는 점수를 따려고 애를 쓰기는 했지만 도가 지나친 게 문제였다. 헬스장에 있는 모든 운동 기구를 들어 올리는 모습을 보여 주고 싶어 했는데 그러다가 하마터면 어떤 기계에 목이 끼어 두 동강이 날(어쨌든 그런 비슷한 일이 일어날) 뻔했다. 두말할 것도 없이 로살레스 헬스장 문 앞까지가 오빠에 대한 나의 애정의 한계였다. 나는 보디빌더라면 아주 질색이었다. 오빠 말마따나 내 이상형은 수시로 바뀌어서 종잡을 수가 없었지만 그

런 운동을 하는 근육질 남자는 절대 아니었다. 그런 점
에서 몬세 가르시아 언니는 나와 의견이 같았다고 볼 수
있는데 그럼에도 언니는 당시에 우리 오빠한테 호감을
갖고 있었고, 오빠로 말하자면 열여섯 살에 카센터에서
막 일하기 시작한 때부터 꾸준히 보디빌딩을 하던 남자
였다. 오빠가 보디빌딩에 재미를 붙인 것은 직장 동료였
던 파코 콘트레라스라는 사람 때문이었던 것으로 기억
한다. 그 파코라는 위인은 카탈루냐 지방에서 열린 보디
빌딩 대회에도 여러 번 참가했고 나중에는 안달루시아
지방의 도스 에르마나스라는 곳으로 이사를 갔다가 거
기서 세상을 떠났다. 이따금씩 그 사람에게서 편지가 도
착하면 오빠는 내게 편지의 내용을 한두 구절씩 읽어 주
었다. 그런 다음 그 편지들을 자그마한 상자에 넣어서
침대 밑에 보관했는데 우리 집에서 자물쇠가 채워진 물
건이 있는 곳은 그곳이 유일했다. 몬세는 우리 오빠가
그 파코라는 위인한테서 나쁜 물이 들었다고 말했다. 언
니에게 그 이야기를 들려준 건 바로 나였는데 말을 끝내
자마자 가볍게 입을 놀린 걸 후회하던 참이었다. 사람마
다 보는 관점이 다를 수는 있지만 그래도 오빠는 바보
가 아니었고 다른 걸 다 떠나서 결코 단순한 사람은 아
니었다. 그렇지만 내가 표현이 서툴렀거나 내용을 온전
히 전하지 못한 탓에 그 이야기 속의 오빠는 영락없는
바보처럼 보였다. 나는 파코 콘트레라스라는 사람을 한
번도 본 적이 없다. 오빠 말에 따르면 엄청나게 멋진 사
람이고 인생 최고의 친구이고 그리고 기타 등등인 인물

이었다. 그래서 몬세가 파코라는 남자한테서 오빠가 나쁜 물이 들었다고 말했을 때 나는 언니가 단단히 오해를 하고 있는 거라고 맞받아쳤다. 엔리크 오빠는 책임감이 강하고 매사에 진지할 뿐만 아니라 건전하기 이를 데 없는 사람으로 내 인생 최고의 오빠라고 말이다.

「아이고, 애, 그래 네가 뭘 알겠니, 불쌍한 것.」

어쩔 때는 언니를 확 죽여 버리고 싶다는 생각이 들기도 했다. 하지만 나는 언니가 엔리크 오빠와 좋은 관계를 유지할 수 있도록 내 나름으로 최선을 다했다. 물론 나는 그들이 단둘이 데이트하기를 바랐지만 오빠를 위해서라면 매번 따라 나갔을 수도 있었을 것이다. 둘이 사귀기 시작하고 한 주가 지났을 때 몬세가 말루 아카데미의 화장실로 나를 데려가더니 우리 오빠가 어디 아픈 데가 있느냐고 물어보았다.

「떡갈나무보다도 더 튼튼한걸.」 내가 말했다.

「애, 네 오빠한테 무슨 문제가 있나 봐.」 언니가 허두를 떼더니 뒷말을 삼켰는데 무슨 이야기를 하려는지 대충 짐작이 갔다.

이게 부모님이 돌아가시고 몇 달 지나지 않았을 때의 일이다. 몬세 언니는 우리 오빠가 처음으로 사귄 여자 친구였다. 그 이후로는 다른 여자와 만난 일이 없었다. 어쩔 때는 오빠가 세상에 버림받고 홀로 남겨진 듯한 기분을 느꼈으리라는 생각이 든다. 우리 부모님은 처음으로 단둘이 떠나는 휴가에서 고속버스를 타고 바르셀로나에서 베니도름으로 이동하는 중에 교통사고를 당해 돌아가셨다. 오빠는 부모님에 대한 애착이 남달랐다. 표현하는 방식은 달랐을지언정 그건 나도 마찬가지였다. 베니도름의 시체 안치소에서 우리를 맞이한 공무원(검시관 복장을 하고 있었지만 검시관은 아니었던 것 같다)은 부모님의 시신이 서로 손을 꽉 쥔 채로 발견된 탓에 두 분을 따로 떼어 내느라 한참 애를 먹었다고 알려 주었다.

「그 장면에 저희가 크게 감명을 받았기 때문에 이렇게 말씀드리는 편이 좋겠다고 생각했습니다.」 그가 말했다.

「고속버스가 충돌했을 때 주무시고 계셨을 겁니다.」 오빠가 말했다. 「두 분은 서로 손을 맞잡고 자는 걸 좋아하셨거든요.」

「오빠가 그걸 어떻게 알아?」 내가 물었다.

「장남이라면 그런 걸 알 수도 있지요.」 그 공무원 혹은 검시관이 말했다.

「그러고 계신 모습을 자주 봤어.」 오빠가 눈물이 그렁그렁한 눈으로 말했다.

나중에 우리 둘이 병원 카페에서 부모님을 바르셀로나로 이송할 수 있는 서류가 나오기를 기다리던 중에 오빠는 그게 다 버스가 전소되었기 때문이라고 말했다. 차량이 충돌하면서 폭발이 발생했을 것이고 폭발로 인해 거대한 불덩이가 생겨났을 것인데 불덩이가 타오르는 열기 때문에 돌아가신 양친의 두 손이 붙고도 남았으리라는 것이었다.

「두 분을 떼어 놓으려면 톱을 사용해야만 했을 거야.」

냉정한 어조로 무덤덤하게 내뱉은 말이었지만 나는 오빠가 그 어느 때보다 괴로워하고 있음을 알 수 있었다. 그래서 몇 달 뒤 오빠가 몬세 가르시아 언니와 사귀기 시작했을 때 내 기억으로는 어느 날 밤에 오빠를 위해 기도까지 했다. 제발 오빠가 몬세 언니랑 같이 자서 두 사람이 어떻게든 안정적인 관계를 유지할 수 있도록 해달라고 말이다. 하지만 오빠랑 사귀기 전만 해도 들뜬 기색이었던 몬세 언니는 조금씩 감정이 식어 가는 것 같더니 어느 순간부터 쌀쌀맞은 태도로 돌변해서 결국 60일이 지난 이후에는 마치 내가 실망만 가득했던 그 짧은 연애의 원흉이라도 되는 듯이 무슨 철천지원수마냥 나를 대하기 시작했다. 그러다 언니가 오빠를 차버리기로 결정하고 나서 며칠 만에 다시 관계가 상당히 호전되었기 때문에 나는 우리가 예전처럼 좋은 친구가 될 수 있을 거라는 생각까지 했다. 그렇지만 내가 더 친근하게 언니에게 다가서려고 할 때마다 엔리크 오빠의 유령이 우리 사이에 끼어들었다.

　　「하루 종일 헬스장에 처박혀 있는 건 정상이 아니야. 멀쩡한 남자가 그렇게 근육을 키우려고 하는 건 문제가 있지.」 몬세 언니가 어느 날 내게 말했다.

　　「오빠는 소크라테스 이전 철학자들의 책도 읽어.」 내가 대꾸했다.

　　「내 말이 바로 그거야. 네 오빠는 머리가 어떻게 된 거 같아. 조심해. 그러다가 어느 날 밤 네 오빠가 칼을 들고 방에 쳐들어와서 네 목을 자르려고 할지도 모르니까.」

「우리 오빠는 심성이 고운 사람이라 남을 해칠 만한 짓은 절대 안 해.」

「아이고, 진짜 이 맹추를 어쩌면 좋니.」 언니가 말했다. 그리고 그것으로 우리의 우정은 끝이었다.

그 이후로 언니와 나는 철저히 직업적인 관계로만 서로를 대했다. 머리핀 몇 개만 줄래, 드라이어 가져가도 될까, 그 염색약 좀 가져다줄래, 하는 식의 말을 주고받는 게 전부였다.

안타까운 일이 아닐 수 없다.

2

어느 날 밤에 오빠가 토메랑 플로렌시오를 데리고 나타났다. 부모님이 살아 계시던 동안은 물론이고 두 분이 돌아가시고 몇 달이 지나도록 오빠가 누군가를 집에 데려온 건 그때가 처음이었다. 처음에는 오빠의 헬스장 친구들이려니 생각했는데 조금 더 자세히 뜯어보니 역기를 들어 올릴 만한 위인들은 아닌 듯했다.

「오늘 밤에 친구들이 집에서 자고 갈 거야.」 오빠가 주방에서 말했다. 오빠와 나는 저녁을 준비하는 중이었고, 플로렌시오와 토메는 거실에서 채널을 돌려 가며 텔레비전을 보고 있었다.

「어디서 재우게?」 내가 물었다. 「좁아터진 집구석에 손님 재울 방이 어디 있다고.」

「엄마 아빠가 쓰시던 방이 있잖아.」 오빠가 시선을 피하며 답했다.

오빠는 내가 반대하리라 예상한 눈치였지만 나름 괜찮은 생각으로 보였다. 오히려 내 쪽에서 그걸 미리 생각해 내지 못한 게 놀라울 따름이었다. 아닌 게 아니라 부모님이 쓰시던 빈방이라면 굳이 반대할 이유가 없었다. 나는 오빠에게 그들이 누구이고 어디서 만났으며 무얼 하는 사람들인지 물었다.

「헬스장에서 만났어. 라틴 아메리카에서 온 친구들이야.」

우리는 저녁으로 샐러드와 스테이크를 먹었다.

플로렌시오와 토메는 서른을 앞둔 나이로 보였지만 틀림없이 쉰 살이 될 때까지도 그 얼굴 그대로일 거라는 생각이 들었다. 배가 고팠는지 그들은 오빠가 식탁에 늘어놓은 약물들을 하나하나 맛보기 시작했다. 보조 식품들을 마음껏 건드리게끔 놔두는 게 오빠 입장에서는 엄청난 호의를 베푸는 일임을 알기나 했을까. 나는 그들에게 오빠처럼 보디빌딩을 하느냐고 물어보았다.

「우리는 **피트니스**를 한단다.」 토메가 답했다.

「너, 그게 뭔지 아니?」 플로렌시오가 물었다.

나는 바보 취급받는 걸 좋아하지 않는다. 더군다나 무식한 사람 취급받는 건 아주 질색이다.

「그럼, 당연히 알지. 우리 오빠가 열여섯 살 때부터 헬스장에 다녔는걸.」 나는 말을 내뱉자마자 곧바로 입을 열었던 것을 후회했다.

플로렌시오와 토메가 동시에 웃음을 터뜨리더니 곧

이어 오빠도 따라서 웃기 시작했다. 나는 뭐가 그렇게 웃기냐고 따지고 들었다. 오빠는 나를 보면서 대답할 말을 잃고 더없이 난처한 표정을 지었지만 한편으로는 행복한 얼굴이었다.

「너 참 당돌한 아이구나.」플로렌시오가 말했다. 「그래서 우리가 웃은 거야.」

「아주 되바라졌는데.」토메가 말했다.

「앤 어릴 때부터 똑 부러진 아이였어.」오빠가 말했다.

「겨우 **피트니스**를 안다고 한 말 가지고 내 성격까지 알아내신 거야?」

「네가 말하는 본새를 보고 안 거지. 눈을 똑바로 쳐다보면서 말하던데. 당당하게 말이야.」플로렌시오가 말했다.

「내가 타로 카드만 갖고 왔어도 점을 봐주는 건데.」토메가 말했다.

「그러니까 **피트니스**도 하고 타로 점도 보는 거야?」

「그것 말고도 이런저런 일들을 하고 있지.」토메가 말했다.

플로렌시오와 오빠가 다시 웃음을 터뜨렸다. 그 순간 나는 오빠가 행복한 게 아니라 긴장해서 웃는 것임을 깨달았다. 겉으로는 내색하지 않으려 했지만 오빠는 안절부절못하고 있었다. 반면에 두 라틴 아메리카 위인들은 매일 밤 다른 집에서 자는 게 일상이라는 듯 무사태평이었다.

나는 먼저 식사를 마치고 방 안에 틀어박혔다. 오빠

가 찾아와 밤에 재미난 영화를 한다고 알려 주었지만, 나는 아침에 일찍 일어날 일이 있다고 답했다. 잠이 오지 않았다. 신발을 벗고 옷을 그대로 입은 채 콜로폰의 크세노파네스 전집(《땅에서 모든 것이 생기고, 땅으로 모든 것이 끝난다》)을 들고 침대에 드러누워 있는데 어느 순간 오빠와 친구들이 식탁에서 일어나는 소리가 들렸다. 그들은 우선 주방으로 가서 설거지를 하면서 다시 한바탕 웃음을 터뜨리더니(대체 주방에서 무슨 재미난 일이 있었던 걸까?) 거실로 돌아와 텔레비전 방송을 시청했다. 나도 모르게 어느 순간 잠이 들었던 것 같다. 그렇지만 한 가지는 분명히 기억이 난다. 크세노파네스의 어떤 구절(《그는 전체로서 보고, 전체로서 생각하고, 전체로서 듣는다》)을 읽고 나서 왠지 모르게 불안한 마음이 들었다. 나는 오빠 방에서 들려오는 소리 때문에 잠에서 깨어났다. 처음에는 방에 불이 그대로 켜져 있었는데도 내가 어디에 있는 건지 어리둥절했다. 조금 있다가 고성과 함께 신음 소리가 들려왔다. 의심할 것도 없이 신음 소리를 내는 장본인은 오빠였다. (다급한 동시에 고압적이고 상냥한) 고성의 주인공은 라틴 아메리카 위인들 중 한 명이었는데 둘 중에 누구의 목소리인지는 분간하기 어려웠다. 나는 옷을 벗고 잠옷을 입은 다음에 한동안 귀를 기울이며 생각에 잠겼다. 크세노파네스나 다시 읽어 보려고 했지만 다음과 같은 구절 또는 단편에서 더 진도를 나갈 수가 없었다. 〈벚나무〉. 한없이 슬퍼졌다. 이어서 나는 침대에서 일어나 라틴 아메리카 위인이 뭐라고 말하는지 들어 보려 했다. 벽에 바싹 귀를 갖다 대니까 띄엄띄엄 단어나 문장의 일부가 들리기는 했는데 어째 꼭 크세노파네스의 단편을 읽는 거랑 비슷했다. 〈지금 딱 좋아〉, 〈좀 더 조여 봐〉, 〈살살〉, 〈천천히〉. 나는 다시 침대로 돌아가 잠을 청했다. 그리고 이튿날 아침에 대체 몇 년 만의 일이었는지는 모르겠지만 오빠 없이 혼자서 밥을 먹었다.

나는 그 위인들이 오빠한테 무슨 몹쓸 짓이라도 한 게 아닌가 싶어서 오빠의 방문을 두드렸다. 잠시 뒤에 들어오라는 오빠의 목소리가 들렸다. 방에서 오빠가 쓰는 제모 크림 냄새가 진동했다. 나는 오빠한테 어디 아픈 데가 있느냐고 물었다. 오빠는 아니라고 아무 이상 없다고 하더니 그저 다른 때보다 조금 늦게 출근할 생각이라고 답했다.

「라틴 아메리카 친구들은?」

「엄마 아빠 방에서 자고 있어. 어젯밤에 다들 늦게 잤거든.」

「오빠 어제 다 들었어.」 내가 말했다. 「친구들 중에 한 사람하고 잤지?」

오빠는 뜻밖에도 웃음을 지었다.

「자는데 우리가 깨웠니?」

「아니. 저절로 잠에서 깼어. 마음이 불안했거든. 그때

2 이탈리아 영화의 천하장사 캐릭터. 조반니 파스트로네Giovanni Pastrone 감독의 「카비리아Cabiria」를 비롯한 1910~1920년대의 무성 영화들, 그리고 성경이나 고대 역사를 배경으로 배우들이 당시의 의상을 입고 연기하는 1960년대의 페플룸 장르에 단골로 등장했다.

들은 거야. 우연히. 몰래 엿들은 건 아니고.」

「그렇구나. 별일 아니니까 걱정 마. 나는 조금 더 잘게.」

나는 할 말을 잃고 어쩔 줄 모른 채 오빠를 바라보며 우두커니 서 있다가 부모님 방에서 들려오는 인기척에 뒤로 돌아서서 아침 식사도 거르고 집에서 나왔다. 밤에 한숨도 못 잔 사람이 바로 나인 것처럼 오전 내내 몽롱한 상태로 일을 했다. 정오에 다른 말루 아카데미 종업원들이 가끔 가서 밥을 먹는 중국 음식점에 들러 점심을 때우고 한동안 스페인 광장 주변을 거닐었다. 내가 일곱 살이고 오빠가 열여섯 살이었던 때가 떠올랐다. 그때 내가 세상에서 내가 제일 좋아하는 사람은 오빠였다. 한 번은 오빠가 자기는 커서 마치스테[2] 역할을 하는 게 꿈이라고 말했다. 내가 마치스테가 누군지 모른다는 걸 알고는 오빠가 그가 나오는 영화 잡지를 보여 주었다. 나는 그 남자가 별로였다. 오빠가 훨씬 잘생겼어, 하고 내가 말하자 오빠는 흡족한 미소를 지었다. 무슨 이유에서인지 오빠가 엄마랑 아빠를 껴안고, 두 분께 한 달 치 월급을 다 드리고, 나를 영화관에 데려가고(그렇지만 한 번도 마치스테가 나오는 영화를 본 적은 없다), 엘리베이터 안의 거울을 보며 포즈를 잡던 일이 떠올랐다.

그날 오후에 내가 기분이 안 좋았던 게 어지간히 티가 났는지 — 그렇지만 나는 내가 그랬는지 잘 기억이 나지 않는다. 오빠에 대해 생각했고, 우리 집에 대해 생각했고, 그 둘이 사슬에 묶인 채 침몰해서 손쓸 도리가 없는 흑백의 이미지로 머릿속에 떠올랐다는 것은 기억난다 — 몬세 가르시아 언니가 다가와 무슨 일이 있느냐고 물었다.

「왜, 무슨 일이라도 있었으면 좋겠어?」 내가 말했다. 일부러 그런 건 아니지만 퉁명스럽게 대꾸했던 것 같다.

「오빠라는 자가 또 동생 속을 썩이는 게군.」 몬세 언니가 말했다.

「엔리크 오빠가 힘든 시기를 보내고 있기는 하지만 조금씩 기운을 되찾고 있는 중이라고.」 내가 답했다. 「그저 자기 길을 찾고 있을 뿐이야. 이 세상에 그렇게 자기 길을 가고 있다고 떳떳하게 말할 수 있는 사람은 많지 않을걸.」

몬세 언니가 나를 바라보는 눈길에서 오빠에 대한 미련이 남아 있는 게 느껴졌다.

「너희 오빠는 나쁜 사람이야.」 언니가 말을 이었다. 「사사건건 불만투성이면서도 자기가 무얼 원하는지 몰라. 자기 혼자 행복하자고 다른 사람 인생을 엿 먹이기 일쑤인데 정작 본인이 어떻게 해야 행복한지를 모르지. 무슨 말인지 알아듣겠니.」

「어쩔 때는 언니를 확 죽여 버리고 싶다니까.」 내가 말했다.

「이런 이야기를 듣는 게 힘들다는 거 알아. 그렇지만 인생은 결국 혼자란다, 마르타. 너 자신도 조금 챙길 줄 알아야지. 나는 네가 마음에 들어. 너는 좋은 사람이란 걸 알기에 이런 이야기를 해주는 거야. 보나 마나 다 귓등으로 흘려듣고 말 테지만.」

문득 전날 밤에 있었던 일을 언니에게 죄다 일러바칠까 싶었지만 입을 다물고 있는 편이 낫겠다고 마음을 고쳐먹었다.

그날 밤에 집으로 돌아와 보니 엔리크 오빠와 플로렌시오와 토메는 이미 거실에 모여 텔레비전을 보고 있었다. 나는 커피를 끓여 와서 최대한 그들에게서 멀리 떨어져 있도록 예전에 아빠가 자주 앉아 계시던 창문 근처의 식탁 끝에 앉았다. 엔리크와 토메는 소파에 널브러져 있었고, 플로렌시오는 보통 내가 텔레비전을 볼 때 앉는 안락의자를 차지하고 있었다. 식탁 위에는 오빠가 먹는 고칼로리와 고단백질 음식이 담긴 식료품 용기들이 사방에 흩어져 있었는데 전부 다 처음 보는 것이었다. 바게트 빵과 햄, 치즈, 여러 병의 맥주도 눈에 들어왔다.

「이 친구들이 식량을 조달해 왔어.」 오빠가 말했다.

나는 아무런 대꾸도 하지 않았다. 식료품 용기와 알약에다가 한 통에 5천 페세타 이상 하는 비싼 퓨얼 탱크와 슈퍼 에그(각각 바닐라와 초콜릿 맛이 났다)까지 다 합쳐서 5만 페세타가 넘을 듯했다. 이 추레한 한 쌍의 라틴 아메리카 위인들이 그만한 돈을 쓸 만큼 주머니 사정이 넉넉하리라고는 상상이 가지 않았다.

「어디서 훔친 거야?」

「네 동생 참 맘에 든다니까.」 플로렌시오가 말했다.

오빠가 나를 먼저 쳐다보더니 이어서 그들을 향해 시선을 돌리며 재미있으면서도 미심쩍다는 표정을 지었다.

「아까 우리 집에 물건을 챙기러 갔었어.」 플로렌시오

가 말했다. 「그리고 오는 길에 먹을 걸 좀 가져오기로 한 거지.」

「타로 카드도 가져왔어.」토메가 말했다.

「그런데 왜 멀쩡한 자기 집을 놔두고 여기에 눌러앉으려고 하는 거야?」

「아이고, 꼬마 아가씨, 제 표현이 서툴렀군요.」플로렌시오가 말했다. 「정확히 말하자면 하숙집이야. 우리같이 집이 없는 사람들은 아무 데나 우리 집이라고 부르기 마련이지. 심지어 그런 게딱지 같은 하숙집도 말이야. 엔리크가 우리 상황이 나아질 때까지 여기 와서 며칠 있어도 괜찮다고 했어.」

「한마디로 빈털터리라는 소리네.」

「그런 셈이지. 경제적으로 쪼들리는 상황이랄까.」

그 순간에 웬일인지 그들이 잘생겨 보였다. 두 사람은 막 샤워를 끝낸 터였다. 토메의 머리카락에는 아직 물기가 남아 있었는데 젠체하지 않으면서도 자신만만한 태도가 느껴졌다. 오빠나 나에 비해서 그들은 모든 일을 더 단순하고 명쾌하게 받아들인다는 생각이 들었다.

「그러니까 먹을 걸 훔쳤다는 뜻이네.」

「뭐, 그런 셈이지, 솔직히 말하면 훔친 게 맞아.」플로렌시오가 말했다.

「빈손으로 오는 건 예의가 아닌 것 같아서 말이야. 거기다 엔리크가 원체 이런 걸 좋아해서 전 재산을 여기에다 쏟아붓잖아.」

「솔직히 비싸기는 하지.」오빠가 말했다.

「로마 대로에 있는 라 모델 형무소 부근에 보디빌더용 보조 식품들을 전문으로 파는 가게가 있어. 거기 가서 집어 올 수 있는 건 다 집어 왔지.」

「괜한 일을 했어, 친구들.」 오빠가 말했다.

「무슨 소리야, 이 정도 성의 표시는 해야지.」 토메가 말했다.

오빠는 행복하게 미소를 지었다.

「앞으로 다섯 달은 끄떡없겠군.」

「그러다 걸리면 어쩌려고?」 내가 물었다.

「이제껏 한 번도 걸린 적이 없소이다.」 플로렌시오가 말했다.

「혹시 몰라서 콩 과자도 한 봉지 샀거든.」 토메가 말했다.

갑자기 말문이 막혔다. 며칠이나 우리 집에 있을 생각이냐고 따져 묻고 싶었지만 그건 너무 멀리 나가는 거라는 생각이 들었다. 솔직한 것과 무례한 것은 완전히 다른 거니까 말이다. 공격적인 것과 호의적인 것도 완전히 다른 것이다. 그래서 나는 굳게 입을 다물고 아버지 자리에 앉아서 빈 커피 잔에 눈길을 뗀 채 그들이 시청하는 텔레비전 퀴즈 쇼(플로렌시오와 토메는 질문이 나오는 족족 정답을 맞혔다)를 흘낏거리며 저녁 식사 시간이 될 때까지 얌전히 기다렸다.

「오늘 저녁은 이 친구들이 준비했어.」 오빠가 말했다.

이 바보 멍청이, 하고 나는 그대로 자리에 앉은 채 생각했다. 그날 저녁 우리는 채소를 곁들인 쌀밥을 먹었다. 끼니때마다 고기반찬을 찾는 오빠는 아무런 투정도 부리지 않았다. 오히려 기가 막힌 요리라며 접시를 세 그릇이나 비웠다. 플로렌시오가 식탁을 차리고 토메가 음식을 날랐다. 그들은 고급 와인 한 병(이것도 훔친 거야? 하고 내가 묻자, 당연하지, 하고 플로렌시오가 답했다)을 따더니 모두에게 한 잔씩 돌렸다.

「마르타와 엔리크를 위해 건배.」 토메가 말했다. 「세상에 둘도 없는 오누이를 위하여!」

나는 얼굴이 빨개지는 게 느껴졌다. 부모님과 오빠(적어도 그날 전까지는)가 술을 입에 대지도 않았던 터라 나는 포도주를 마시는 데 익숙하지 않았다. 게다가 사람들 앞에서 그렇게 입에 발린 소리를 듣는 건 더욱 익숙지 않은 일이었다.

투어

나는 사라진 뮤지션 존 멀론을 찾아가 인터뷰를 하려던 계획이었다. 멀론은 이미 5년 전부터 전설들의 보금자리인 암흑 지대를 떠난 상태였고, 그의 이름을 기억하는 팬들이 있기는 해도 더 이상 화제의 대상은 아니었다. 1960년대에 멀론은 제이콥 몰리와 댄 엔디콧과 더불어 당대 가장 성공적인 록 그룹의 하나였던 브로큰 주 Broken Zoo의 창립 멤버였다. 1966년에 브로큰 주는 첫 번째 LP를 녹음했다. 그것은 당시에 영국에서 발매된 최고 수준의 앨범들과 견줄 만한 작업이었다. 여기서 내가 말하는 시기는 바로 비틀스와 롤링 스톤스가 전성기를 구가하던 때를 의미한다. 얼마 지나지 않아 두 번째 LP가 발표되었는데, 이전보다 더 뛰어난 결과물에 모두들 입을 다물지 못했다. 브로큰 주는 유럽 투어에 이어 미국 투어를 진행했다. 미국 투어는 몇 달에 걸쳐 길게 이어졌다. 멤버들이 도시에서 도시로 이동하는 동안 앨범 판매량은 수직선을 그리며 음반 차트 1위에까지 올라갔다. 런던으로 돌아온 멤버들은 잠시 휴식의 시간을 가졌다. 몰리는 런던 외곽에 위치한 저택을 막 구입한 터였는데 개인 녹음실이 딸려 있는 그 집에 틀어박혀 나오지 않았다. 엔디콧은 벌 떼처럼 꼬이는 예쁜 여자 팬들을 후리고 다니다가 그중 한 여자한테 후려 잡혀서 런던 벨그레이비아에 집을 장만하고 결혼식을 올렸다. 멀론의 경우는 두 사람에 비하면 잠잠한 편이었다. 브로큰 주의 연대기를 서술한 작가들에 따르면 그가 수상쩍은 파티에 드나들었다고 하는데 그들이 말하는 수상쩍은 파티가 무엇인지는 불분명하다. 아마도 그 당시의 표현으로 마약과 섹스가 결합된 그런 류의 파티를 뜻하는 게 아닐까 싶다. 얼마 뒤에 멀론은 홀연히 자취를 감추었다. 신중을 기하느라 한 달인가 두 달 정도 경과를 지켜보다가 그룹 매니저가 기자 회견을 열고 이미 공공연하게 퍼진 소문을 사실로 인정했다. 다름 아니라 존 멀론이 아무런 설명도 없이 그룹을 떠났다는 것이었다. 그리고 얼마 지나지 않아 몰리와 엔디콧이 드러머 로니 파머와 또 다른 멤버 코리건을 대동하고 나타나서 직접 그동안의 경위를 밝혔다. 멀론은 멤버 중에 로니 파머를 제외하면 어느 누구에게도 연락을 취하지 않았다. 자취를 감춘 지 3주쯤 지났을 때 파머에게 전화를 걸어서는 다짜고짜 자기는 잘 지내고 있다며 돌아갈 생각이 없으니 찾지도 말고 기다리지도 말라고 전했다는 것이다. 대다수의 사람들은 이제 그룹이 명을 다했다고 생각했다. 가장 출중한 멤버였던 멀론이 빠진 상황에서 브로큰 주가 활동을 이어 나간다는 것은 상상조차 하기 힘든 일이었기 때문이다. 하지만 그때 몰리는 변두리에 있는 저택에 한 달 정도 틀어박혀서 매일 자신의 집에 찾아오는 엔디콧과 함께 하루에 열 시간씩 작업한 끝에 그룹의 세 번째 LP를 완성해 냈다. 평론가들의 예상을 깨고 브로큰 주의 3집은 이전의 두 앨범보다 더 훌륭했다. 1집의 경우에는 70퍼센트의 수록곡이 멀론의 작품이었다. 작사와 작곡을 모두 포함해서 말이다. 2집의 경우에도 70퍼센트의 수록곡이 멀론의 손에서 나온 것이었다. 각 앨범의 나머지 30퍼센트와 25퍼센트는 몰리와 엔디콧의 작품이었고, 예외적으로 두 번째 LP의 한 트랙은 몰리와 파머의 공동 작사곡이었다. 반면에 3집에서는 90퍼센트의 수록곡이 몰리와 엔디콧의 합작품이었고, 나머지 10퍼센트는 파머, 몰리, 엔디콧, 그리고 멀론의 탈퇴가 기정사실화된 다음에 밴드에 합류한 새로운 멤버 베너블이 참여한 곡이었다. 앨범에는 멀론에게 바치는 노래가 한 곡 실려 있었다. 그 어떤 비난의 말도 없었다. 우정과 경의를 표하는 내용 일색이었다. 〈언제 돌아오니〉라는 제목의 그 곡은 싱글로 발매되었는데 2주도 채 되지 않아 런던 인기 차트 1위를 차지했다. 멀론은 당연히 돌아오지 않았고, 당시 여러 기자들이 그의 행적을 수소문하고 다녔으나 별다른 수확을 얻지 못했다. 그러자 그가 프랑스의 어느 도시에서 사망했으며 이름 없는 묘지에 유해가 묻혀 있다는 소문까지 나돌기 시작했다. 한편 브로큰 주는 3집에 이어 4집을 발표하며 만장일치의 찬사를 이끌어 내고, 4집에 이어서 5집, 그리고 홈잡을 데 없이 완벽한 앨범으로 그룹 최고의 명반으로 꼽히는 6집 더블 LP를 발매했다. 그런 다음에 잠시 활동을 중단했다가 상당한 호평을 받은 7집 LP에 이어서 8집을 공개하고 80년대 중반에 다시 더블 LP로 9집을 발표했다. 9집 앨범은 몰리와 엔디콧이 악마에게 영혼을 팔지 않았나 싶을 정도의 걸작이었는데, 조금 과장을 보태서 말하자면 태국 전역을 태풍처럼 휩쓸고 지나간 다음 일본에서 네덜란드, 뉴질랜드에서 캐나다에 이르기까지 전 세계를 초토화시켰다. 이후에 그룹은 해체되었지만 가끔씩 멤버들이 다시 의기투합해 기념일을 맞아 특별한 공연장에서 예전의 히트곡들을 연주했다. 1995년에 『롤링 스톤』 잡지의 한 기자가 멀론의 거취를 알아냈다. 그렇지만 그 기사의 내용은 그룹의 첫 비닐 LP를 소장하고 있는 브로큰 주의 골수팬들에게나 충격으로 다가왔을 뿐이다. 대다수의 독자들은 거의 죽은 사람이나 마찬가지로 치던 사내의 운명에 별다른 감흥이 없었다. 그 오랜 시간 동안 멀론은 생지옥과 다름없는 삶을 살고 있었다. 그가 런던을 떠나서 한 일은 그저 부모님의 집으로 돌아간 것이었다. 그게 다였다. 그리고 그는 2년 동안 아무 하는 일 없이 거기에 머물렀다. 자신의 옛 동료들이 우주를 정복하려고 드높이 비상하는 사이에 말이다.

다니엘라

    내 이름은 다니엘라 데 몬테크리스토이고 우주 시민
이라네. 비록 태어나기는 1915년에 아르헨티나의 수도
부에노스아이레스에서 세 자매의 막내로 태어났지만 말
일세. 우리 아버지는 나중에 새장가를 가셔서 사내아이
를 보았는데 그 어린 것이 돌을 넘기지 못하고 세상을
떠버렸어. 그래서 아버지는 이미 슬하에 있던 자식들인
언니들과 나로 만족해야 했지. 그런데 내가 이런 이야기
를 지금 왜 하고 있는지 모르겠구먼. 노인네가 주워섬기
는 고릿적 애들 이야기에 흥미를 가질 사람이 누가 있겠
는가. 나는 열세 살 나이에 순결을 잃었다네. 어쩌면 이
런 이야기에는 흥미를 보일 사람이 있을 테지. 내 순결
을 빼앗아 간 이는 농장의 일꾼이었어. 그이 이름은 아
예 기억도 나지 않아. 내가 알고 있는 건 그 사람이 스물
다섯에서 마흔다섯 살 사이의 농장 일꾼이었다는 거야.
강간을 당한 건 아니었다네. 그건 확실히 기억해. 어쨌
든 일을 다 치르고 난 다음부터는 한 번도 그걸 강간이
라고 생각해 본 적이 없어. 그때 나는 옴부 나무 뒤에서

주섬주섬 옷을 챙겨 입었고 일꾼은 맞은편에서 심각한 얼굴로 담배를 말았지. 그이가 담배에 불을 붙이고 내게 몇 모금을 불게 해주었는데 그게 내 인생의 첫 담배였어. 아직도 기억이 삼삼하구먼. 씁쓸한 담배의 뒷맛과 끝없이 펼쳐진 들판, 그리고 경련이 일어난 다리. 그렇지만 사실 경련이 일어났던 건 내 머릿속이었다네. 어쩌면 그이를 바로 고해바칠 수도 있었을 거야. 그날 밤새도록 그런 생각을 궁굴렸고 이어지는 이틀 밤도 마찬가지였어. 하지만 결국에는 그렇게 하지 않았다네. 한편으로는 한 번 더 관계를 맺고 싶다는 이유가 있었어. 다른 한편으로는 그곳이 우리 아버지 농장이 아니라는 까닭이 있었지. 아버지 친구분들이 소유한 농장이었기 때문에 내 피붙이들이 손을 쓸 수 없는 범위에서 처벌이 가해질 것이었고 그건 내가 생각하는 진정한 심판, 그러니까 혈육의 심판과는 거리가 먼 것이었지. 우리 아버지는 한 번도 농장주 노릇을 해보지 못하셨다네. 큰언니는 변호사한테 시집을 갔는데 그 형편없는 악덕 변호사 놈은 평생 우리 아빠한테 과도한 애정을 표시했지. 다른 언니는 농장주의 아들과 결혼했는데 그 철부지 같은 위인은 그나마 수중에 있던 재산을 몇 년 만에 도박으로 탕진하고 결국 호적에서 파여서 유산도 상속받지 못하는 신세가 되었어. 한마디로 우리 가족은 늘 중산층이었고 각자 다양한 위치에서 시작해 때로는 모순적인 선택까지 해가며 신분 상승을 위해 온갖 노력을 기울였지만 정의와 윤리의 상징적인 담보인인 굳건한 상류층의 장벽에 진입하는 데는 실패했던 것이네. 우리가 끝끝내 벗어날 수 없었던 그 사회 계층은 우리에게 안락한 삶을 보장해 주었지만 동시에 씨족의 가장 깨어 있는 영혼들(이를테면 나 같은 사람 말일세)을 끊임없는 불안에 시달리게 만들었지. 나는 겨우 열세 살이었던 그때 우리 가족의 소유가 아닌 그 농장에서 바로 그 불안의 실체를 엿볼 수 있었다네. 그것은 아찔한 신기루와 같은 것으로, 우리가 알고 있는 시간 자체가 무화되는 시간 속의 공간이었지. 그래서 내가 아까 처음에 흔히 쓰는 표현을 따라 세계 시민이라고 하지 않고 우주 시민이라고 했던 것일세. 노인네라고 해서 나를 바보로 알면 아주 큰코다칠 게야. 이 세계가 과연 제 안에 그런 아찔한 신기루를 품을 수 있겠는가. 우주 정도는 되어야 가능한 일이지. 불안에 대해 말하다가 이야기가 딴 데로 샜던 것 같구먼. 그래, 내 순결을 앗아 간 일꾼을 고해바치려 생각했던 그날 밤에 대해 말하던 중이었지. 결론적으로 나는 그렇게 하지 않았다네. 그렇다고 그이와 다시 몸을 섞었던 것도 아니었어. 난생처음 내가 의식적으로 느꼈던 불안은 신열에 들뜨는 증상으로 나타났고, 결국 아버지는 나를 부에노스아이레스로 돌려보내 과리니라는 이름의 전문의 손에 맡기셨지.

선탠

　지난여름에 저는 제3세계 출신의 위탁 아동을 잠시 맡아서 키웠어요. 참으로 끔찍한 경험이었죠. 아이를 공항으로 데려갈 때 저는 만신창이가 되어 있었고, 올가라는 이름의 여자아이도 마찬가지였어요. 우리는 공항으로 가는 내내 한시도 눈물을 멈추지 못했답니다. 아줌마네 집에 있고 싶어요, 하고 그 불쌍한 아이가 울먹이면서 말하더군요. 사진 기자들이 없었던 게 그나마 다행이었죠. 그래도 저는 한동안 차 안에 머물며 화장을 고친 다음에야 아이를 데리고 나갔어요. 안내 데스크 옆에 아이들을 인수받으러 온 비정부 기구 관계자가 있었어요. 그 관계자는 저를 보자마자 제가 힘들어하고 있음을 눈치챘죠. 처음에는 다 그런 법입니다, 하고 그이가 말하더군요. 관계자 옆에는 다른 여자아이가 자신의 위탁 부모와 함께 있었어요. 선글라스를 쓰고 있었는데도 사람들은 바로 저를 알아보았어요. 아이의 위탁모가 제게 다가오더니 이렇게 말하더라고요. 당신이 이 일에 참여하고 있다니 저희한테 얼마나 힘이 되는지 몰라요, 루시아. 여자가 무슨 뜻으로 그런 말을 하는 건지 도무지 이해가 되지 않더군요. 하지만 저는 미소를 지어 보이며 저도 다른 이들과 다르지 않은 한 사람일 뿐이라고 답했어요. 30분 뒤에 아이들과 비정부 기구 관계자는 비행기를 타고 떠났어요. 위탁 가족들은 출국장에 덩그러니 남아서 말없이 서 있었죠. 어떤 사람이 술이나 한잔하러 가자고 일행에게 제안을 하더군요. 저는 사양했어요. 한 사람 한 사람과 악수를 나누고(볼은 맞대지 않았어요) 그 자리를 떠났죠. 차를 타고 집으로 돌아가는 동안 눈물이 멈추지 않더라고요. 하지만 이틀 뒤에는 일 때문에 밀라노에 가야 했고, 8월에는 마르베야와 마요르카에 머물렀죠. 어느덧 여름이 지나고 본격적으로 일이 시작되었어요.

그 이후로 여러 가지 일들이 있었죠.

8개월 후에 예의 그 비정부 기구 관계자가 편지를 보내 7월 한 달간 또 아이를 맡아볼 생각이 없느냐고 묻더군요. 저는 핸드백에 편지를 가지고 다니며 하루 종일 고민하다가 결국에는 한 번 더 참여해 보기로 마음을 먹었어요. 비정부 기구에 전화를 걸어 그쪽에서 어떻게든 올가를 데려올 수만 있다면 언제든 괜찮다고 이야기했죠. 그쪽에서는 최대한 노력해 보겠다고 답하면서도 내부 방침이 어떻다느니 알아들을 수 없는 설명을 늘어놓더군요. 아무튼 연락 주세요, 하고 저는 전화를 끊었어요. 한 달이 지나서 그쪽에서 연락이 오더니 올가를 데려오기 위해 최선을 다하는 중이라고 알려 주었죠. 당시에 저는 영국에서 제작한 훌륭한 연극에 참여하고 있었어요. 20세기 초의 런던인가 맨체스터를 배경으로 가난한 사람들이 등장하는 뮤지컬이었는데 노래와 춤은 물론이고 연기까지 해야 하는 작품이었답니다. 이유는 모르겠지만 비정부 기구 관계자들과 전화를 주고받은 게 제 작업에 도움이 되었어요. 첫 공연을 마치고 나서 평단의 반응은 썩 좋지 못했죠. 그중에서도 저에 대한 평가는 최악이었어요. 솔직히 저뿐만 아니라 다른 배우들도 좋은 평을 받지 못하기는 매한가지였죠. 하지만 그 전화를 받고 나서부터 제 연기가 눈에 띄게 좋아지기 시작했어요. 넘치는 박력과 실감 나는 표현력으로 무대를 장악하는 에너지에 동료들도 감흥을 받을 정도였죠.

이후에 저는 텔레비전 방송 출연을 제의받았어요. 두 번 생각할 것도 없이 흔쾌히 승낙했죠.

그러고 얼마 지나지 않아 마드리드에 사는 바스크 지방 출신의 의사 고르카를 만나 연애를 시작했어요.

솔직히 말씀드리면 한동안 저는 여자아이와 비정부 기구에 대해 완전히 잊고 지냈답니다. 수시로 인터뷰에 불려 다니고 온갖 텔레비전 방송에 출연하고 단역이지만 만족스러운 역할을 맡아 영화를 찍는가 하면, 배우, 모델, 운동선수, 연예인을 대상으로 하는 개인 토크 쇼까지 진행하면서 정신없이 살았으니까요.

그러던 어느 날 아침에 비정부 기구에서 전화가 오더니 올가가 방학 동안 저랑 지낼 수 없게 되었다는 소식

1 탕헤르와 라바트 모두 모로코의 도시이다.

을 전했어요. 왜죠? 하고 물으면서도 솔직히 저는 어리둥절했어요. 올가라는 사람은 대체 누구이고 무슨 방학을 말하는 건지 수화기 저편에서 내게 이런 이야기를 전하는 목소리의 정체는 무엇인지 짐작이 가지 않았죠. 거기다 그쪽에서 제 질문에 대한 답을 한답시고 신경에 거슬리는 훈계조의 말투로 내부 방침과 관련된 설명을 늘어놓는 통에 더욱 갈피를 잡을 수가 없었어요. 가까스로 무슨 일인지 떠올리고 나서야 당장은 이야기할 시간이 없으니 이튿날 밤에 전화를 주었으면 좋겠다고 하면서 올가와 꼭 함께하고 싶다는 뜻을 전했죠. 그 심정을 저희도 충분히 이해합니다, 하고 말하는 목소리가 들리더군요. 지극히 인간적이고 정상적인 반응이십니다.

이쯤에서 확실히 하나 짚고 넘어가야 할 부분이 있어요. 연예계 종사자들 가운데에는 텔레비전이나 잡지에 나올 수만 있다면 수단과 방법을 가리지 않는 사람들이 있답니다. 이런 작자들은 일반적으로 두 부류로 나눌 수 있죠. 일이 있는 사람들과 일이 없는 사람들. 일이 있는 사람들은 자신의 새 앨범이나 방송을 홍보할 수만 있다면 인도의 나병 요양소를 방문하는 것도 마다하지 않아요. 일이 없는 사람들은 인도까지 갈 만한 경제적인 여유는 없어도 자신들의 이름을 계속 언론에 노출시켜서 최대한 빨리 일을 구할 수만 있다면 탕헤르의 고아원이나 라바트의 형무소를 기꺼이 찾아가지요.[1] 물론 그 사람들이 꼭 인도나 모로코 같은 곳에 간다는 뜻은 아니에요. 단지 예를 든 것뿐이지만 따지고 보면 그렇게 엉뚱한 말도 아니죠. 얼마나 떠들썩한 스캔들이나 대대적인 자선 활동으로 신문 1면을 장식하느냐에 따라 유명세가 좌우되는 법이니까요. 그렇지만 제가 7월 한 달간 여자아이를 맡기로 한 것은 결코 그런 계산속에서 나온 행동이 아니었어요. 다들 그 일에 대해서 전혀 모르고 있었으니까요. 그러니까 연예계 기자 중에는 아는 사람이 한 명도 없었다는 뜻이에요. 올가가 제 집에 머물렀다는 것은 비밀이었고 마요르카에서 우리 가족과 시간을 보낼 때도 최대한 사람들의 눈을 피해 다녔죠. 가끔씩 제가 대본대로 연기를 하느라 바보짓을 할 때도 있지만, 괜히 대학에서 공부도 하고 미술사 학위까지 딴 게 아니랍니다.

그러니까 제가 자기 홍보를 위해 여자아이를 원했던 게 아니라는 사실을 확실히 알아주셨으면 좋겠어요. 저는 홍보에 대해서 무작정 반대하는 입장은 아니지만 저급한 홍보와 세련된 홍보 사이에 분명한 선이 있다고 생각해요. 절대 그 선을 넘어서는 안 된다는 말을 어릴 적부터 귀에 못이 박히게 들어왔죠. 인생에서 한 번이라도 그 선을 넘으면 다시는 돌이킬 수 없다고 말이에요.

이튿날 비정부 기구 관계자들한테 연락이 왔어요. 자신들의 힘이 미치는 범위 안에서 성심껏 노력했지만 올가를 데려오는 데 실패했다는 말이었어요. 대신에 마리암인가 마리아라는 여자아이는 어떻겠느냐고 묻더군요. 사하라 지역 태생으로 전쟁 통에 아버지를 잃었는데 나이에 비해 조숙하고 아주 사랑스러운 열두 살짜리 아이라고 했어요. 올가도 열두 살이었죠. 그 생각을 하고 나니 올가의 생일이 떠오르면서 축하 카드 한 장 보내지 않았다는 걸 깨닫고는 눈물이 왈칵 쏟아졌어요. 그러는 동안에도 비정부 기구에서 일하는 사내의 목소리는 계속 마리암에 대한 정보를 전해 주었죠. 온갖 잔혹한 행위들을 목격했는데도 순수함을 고이 간직하고 있는 아이랍니다, 하고 말하더군요. 그게 무슨 뜻이죠? 하고 제가 물었어요. 그런 역경을 겪었는데도 아직 어린 여자아이라는 말입니다. 그렇지만 겨우 열두 살짜리 아이잖아요, 하고 제가 말했죠. 당신이 보지 못한 걸 저는 제 눈으로 직접 보았답니다, 루시아, 하고 남자가 말했어요. 간드러지는 목소리였죠. 글쎄 이 남자가 저한테 수작을 부리는 것이었어요! 남자는 아이들이 아니라 자신이 겪은 일에 대해 이야기하기 시작했어요. 이 일을 하려면 세상 곳곳을 돌아다녀야 한답니다. 저도 세상 곳곳을 돌아다니는 편이에요, 하고 제가 말했어요. 당연히 그러시겠죠, 하고 남자가 대꾸하더군요. 잠시 우리는 각자 가본 곳에 대해 이야기를 나누었어요. 그러다 제가 마리암을 맡아서 돌보겠다고 말했고 우리는 전화를 끊었지요.

부모님과 여동생에게만 그 소식을 전했어요. 고르카한테는 아무 말도 하지 않았죠. 그이가 마드리드에 없었던 탓도 있었고(마요르카에 요트 경주를 하러 간 터였죠), 저는 독립적인 여성이며 아이를 맡기로 한 것은 다른 누구도 아닌 제가 스스로 내린 결정이었으니까요. 물론 고르카는 자기 나름으로 따로 여름휴가를 구상하고 있었어요. 카리브해의 섬으로 여행을 갔다가 같이 운동하는 친구들이 근처에 있는 마요르카에 방을 구해 9월 초까지 머문다는 두루뭉술한 계획이었죠. 저는 바다가 참 좋아요. 요트 경주도 좋아하죠. 사실 제가 고르카보다 배를 더 잘 몬답니다. 그이가 요트에 재미를 붙인 건 최근의 일이니까요(저는 어릴 때부터 계속 취미로 했어요). 그렇지만 자기가 좋다고 시간을 낭비하는데 누가 뭐라 하겠어요.

울리세스의 죽음

벨라노, 친애하는 우리의 아르투로 벨라노가 멕시코시티로 돌아온다. 마지막으로 그곳에 있었던 게 어언 20년도 넘은 과거의 일이다. 비행기가 멕시코시티 상공에 접어들자 벨라노는 소스라치듯 잠에서 깨어난다. 여행하는 내내 느꼈던 거북함이 더욱 심해진다. 그는 멕시코시티 공항에서 과달라하라로 연결되는 비행기를 타야 한다. 그곳에서 열리는 도서전에 초청을 받아서 가는 길이다. 어느덧 벨라노는 나름 명성이 있는 작가이고 세계 각지에서 자주 초청을 받지만 여행을 많이 하는 편은 아니다. 이번에 20년이 지난 세월 후에 처음으로 멕시코를 방문하는 것이다. 작년에 그는 두 번 초청을 받았는데 막판에 참석하지 않기로 결정했다. 재작년에도 네 번 초청을 받았으나 막판에 참석하지 않기로 결정했다. 3년 전에는 몇 번이나 초대를 받았는지 기억이 나지 않지만 역시 막판에 참석하지 않기로 결정했다. 하지만 그는 지금 멕시코의 멕시코시티 공항에서 과달라하라로 가는 비행기를 타기 위해 생면부지의 사람들 뒤를 따라

환승 구역으로 걸어가는 중이다. 유리로 뒤덮인 미로를 따라 복도가 이어진다. 벨라노는 일행의 맨 끝에 있다. 앞으로 갈수록 머무적거리며 걸음이 느려진다. 대합실에서 그는 자기처럼 과달라하라로 향하는 젊은 아르헨티나 남자 작가를 알아본다. 벨라노는 황급히 기둥 뒤로 몸을 숨긴다. 아르헨티나 남자는 신문을 읽는 중인데 아마도 도서전 관련 기사로 도배된 문화면을 보고 있는 것 같다. 잠시 뒤에 남자는 타인의 시선을 느낀 듯 고개를 들어 주위를 둘러보지만 벨라노를 발견하지 못하고 다시 신문 위로 눈을 돌린다. 조금 있다가 엄청난 미녀가 아르헨티나 남자에게 다가가 뒤에서 뽀뽀를 한다. 벨라노는 여자가 누구인지 알아본다. 남자의 부인으로 과달라하라에서 태어난 멕시코 여자이다. 아르헨티나 남자와 멕시코 여자는 바르셀로나에서 함께 살고 있으며 벨라노는 그들의 친구이다. 멕시코 여자와 아르헨티나 남자는 몇 마디 말을 주고받는다. 어떻게든 두 사람 모두 그들을 관찰하는 타인의 시선을 느끼고 있다. 벨라노는 그들의 입 모양을 읽어 보려고 애쓰지만 무슨 말을 하는지 도무지 알아낼 턱이 없다. 그는 기둥 뒤에 몸을 숨긴 채 그들이 자기 쪽으로 등을 보이는 틈을 타서 빠져나올 수 있을 때까지 기다린다. 마침내 간신히 복도에서 빠져나와서 보니 과달라하라 연결편을 타기 위해 서 있던 줄은 어느새 사라지고 없다. 벨라노는 마음이 한결 가벼워지는 걸 느끼며 과달라하라로 이동하거나 도서전에 참석할 생각이 싹 사라졌음을 깨닫는다. 그가 원하는 건 멕시코시티에 머무는 것이다. 그리고 바로 그러한 바람을 실행에 옮긴다. 그는 출구 쪽으로 향한다. 여권 심사를 마치고 잠시 뒤에 공항 밖으로 나와 택시를 잡는다.

다시 멕시코에 왔구나, 하고 그는 생각한다.

택시 기사는 마치 평소에 알고 지내던 사이인 것 마냥 그를 쳐다본다. 벨라노는 멕시코시티의 택시 기사들과 공항 인근에서 벌어지는 강도 사건에 대해 온갖 이야기들을 들은 바 있다. 하지만 지금은 그 모든 이야기들이 뇌리에서 싹 사라진다. 어디로 갈까요, 총각? 하고 그보다 손아래인 택시 기사가 묻는다. 벨라노는 기사에게 그가 알고 있는 울리세스 리마의 가장 최근 주소를 알려준다. 알아 모시겠습니다, 하고 운전사가 말하고 액셀을 밟자 택시는 도시를 향해 달려간다. 벨라노는 예전에 거기 살던 때처럼 눈을 감지만 피로에 지친 나머지 거의 바로 눈을 뜨는데 그의 10대를 함께했던 소싯적의 도시가 저절로 눈앞에 펼쳐진다. 하나도 달라진 게 없어, 하고 그는 생각하면서도 모든 게 달라졌음을 잘 알고 있다.

새벽의 공동묘지 같은 아침. 황토색으로 물든 하늘. 둥둥 떠다니는 무덤들처럼 남에서 북으로 느릿느릿 이동하는 구름 떼. 이따금씩 구름들이 흩어지면 잿빛 하늘 조각이 보이다가 다시 구름들이 한데 뭉치면서 말라붙은 땅이 갈라지는 듯한 소리가 나는데, 다른 이들과 마찬가지로 벨라노는 그 소리를 듣지 못하지만 콜로니아 린다비스타나 콜로니아 과달루페테페야크에 살던 10대 때처럼 머리가 지끈거리는 것을 느낀다.

그렇지만 인도를 지나가는 행인들의 형용은 예전과 다르지 않다. 벨라노가 그곳을 뜰 무렵에는 태어나지도 않았을뿐더러 그때보다 훨씬 젊은 사람들일 테지만, 따지고 보면 그가 1968년, 1974년, 그리고 1976년에 보던 것과 똑같은 얼굴들이다. 택시 기사는 어떻게든 대화를 이어 가려고 애쓰는데 벨라노는 딱히 말을 섞고 싶은 기분이 아니다. 그러다 가까스로 눈을 감자, 자기가 탄 택시가 혼잡한 차로를 따라 질주하는 사이에 다른 택시들은 강도를 당해서 승객들이 공포에 휩싸인 얼굴로 죽어 가는 장면이 눈앞에 펼쳐진다. 묘하게 익숙한 몸짓과 말들. 두려움. 이윽고 눈앞이 깜깜해지면서 그는 우물 아래로 떨어지는 돌덩이처럼 잠에 빠져든다.

자, 이제 다 왔습니다, 하고 택시 기사가 말한다.

벨라노는 차창 밖을 바라본다. 울리세스 리마가 살던 동네. 그는 택시비를 치르고 차에서 내린다. 멕시코는 초행이신가 보죠? 하고 기사가 묻는다. 아니에요, 예전에 여기 살았어요, 하고 그는 답한다. 아, 그럼 멕시코 분인가요? 하고 기사가 거스름돈을 주면서 묻는다. 대충 그런 셈이지요, 하고 벨라노는 말한다.

그러고 그는 홀로 인도에 남아서 건물의 정면을 쳐다본다.

벨라노는 짧은 머리를 하고 있다. 삭발을 한 것처럼 정수리가 둥글게 벗겨져 있다. 이제 그는 더 이상 한때 장발을 휘날리며 이 동네를 활보하던 청년이 아니다. 요즘 그는 검은색 가죽 잠바와 회색 바지와 흰색 셔츠를 입고 마르티넬리 구두를 신고 다닌다. 그는 라틴 아메리카 작가 모임에 초청을 받아 멕시코에 온 것이다. 그가 아는 친구도 적어도 두 명이 그 모임에 참석한다. 그가 쓴 책들은 스페인과 라틴 아메리카에서 읽히고(많이는 아니지만) 모든 작품이 다양한 언어로 번역되어 있다. 내가 지금 여기서 뭐하는 거지? 하고 그는 생각한다.

그는 건물의 입구를 향해 걸어간다. 주소록을 꺼낸다. 울리세스 리마가 살던 집의 번호를 누른다. 길게 세 번 초인종이 울린다. 아무 응답이 없다. 그는 다른 집의 번호를 누른다. 누구냐고 묻는 어떤 여자의 목소리가 들린다. 저는 울리세스 리마의 친구인데요, 하고 벨라노가 답한다. 뚝 하고 연결이 끊긴다. 이번에는 다른 집 번호를 누른다. 누구냐고 고함을 치는 어떤 남자의 목소리가 들린다. 울리세스 리마의 친구인데요, 하고 말하면서 벨라노는 자신이 점점 우스꽝스러워지는 것을 느낀다. 삑 하는 전자음과 함께 문이 열리자 벨라노는 계단을 따라 3층까지 올라간다. 층계참에 이를 즈음 힘을 쏟은 탓인지 땀이 흐르기 시작한다. 세 개의 문이 있는 어두침침하고 기다란 복도가 눈에 들어온다. 울리세스가 세상을 떠나기 전에 여기에 살았구나, 하고 그는 생각한다. 그러나 초인종을 누르는 순간 친구가 곧 저편에서 다가오는 발소리가 들리고 문틈으로 그의 환한 얼굴을 볼 수 있으리라는 얼토당토않은 희망에 사로잡힌다.

아무런 응답이 없다.

벨라노는 발걸음을 돌려 계단을 내려간다. 근처에 콜

로니아 콰테모크를 벗어나지 않는 곳에다 호텔을 잡는다. 멕시코 텔레비전 방송을 보면서 아무 생각 없이 한참을 침대에 걸터앉아 있다. 알 만한 방송은 하나도 없는데 어찌된 영문인지 요즘 하는 방송에 예전에 하던 방송이 섞여 나오고, 화면 속에서 로코 발데스[1]의 얼굴이 보이거나 그의 목소리가 들리는 것 같은 느낌이 든다. 나중에 채널을 돌리다가 틴 탄[2]이 출연한 영화가 나오자 끝날 때까지 틀어 둔다. 틴 탄은 로코 발데스의 형이었다. 그가 멕시코로 이사 왔을 때 틴 탄은 이미 세상을 떠난 뒤였다. 어쩌면 그사이에 로코 발데스도 세상을 떠났을 것이다.

영화가 끝나자 벨라노는 샤워를 하고 몸의 물기도 닦지 않은 채 어떤 친구에게 전화를 건다. 아무도 집에 없다. 오로지 들리는 거라곤 자동 응답기 소리뿐인데 벨라노는 굳이 메시지를 남기고 싶은 마음이 없다.

그는 전화를 끊는다. 옷을 입고 창가로 다가가서 리오 파누코 거리를 내려다본다. 사람은 물론이요 자동차나 나무도 보이지 않고 시간을 초월한 듯한 정적이 회색빛 도로 위에 감돌 뿐이다. 조금 있다가 어린 남자아이가 모습을 드러내더니 누나나 엄마로 보이는 사람과 함께 맞은편 인도를 따라 걸어간다. 벨라노는 눈을 감는다.

배도 안 고프고 잠도 안 오고 밖에 나가고 싶지도 않

---

1 Manuel El Loco Valdés(1931~). 멕시코 배우이자 코미디언.
2 Germán Valdés(1915~1973). 〈틴 탄Tin Tan〉이라는 예명으로 더 알려져 있는 멕시코 배우이자 코미디언.

다. 그래서 그는 다시 침대에 걸터앉아 텔레비전을 보면서 줄담배를 태운다. 그러다 담배 한 갑을 다 비우자 검은 가죽 잠바를 걸치고 밖으로 나간다.

의식하지 못하는 사이에 유행가를 흥얼거리게 되는 것처럼 울리세스 리마가 살던 집으로 저절로 발길이 향한다.

멕시코시티에 땅거미가 내려앉기 시작할 무렵 벨라노는 여러 번 허탕을 친 끝에 어떤 주민이 정문을 열어 주도록 하는 데 성공한다. 내가 정말 미쳤나 봐, 하고 그는 한 번에 두 계단씩 성큼성큼 걸어 올라가며 생각한다. 고지대의 영향은 아니야. 공복 상태라서 그런 것도 아니야. 멕시코시티에 혼자 있다고 해서 그런 게 아니라고. 영원처럼 느껴지는 나름 행복에 겨운 짧은 시간이 지나는 동안 그는 초인종을 누르지 않은 채 울리세스의 집 앞에 서 있다. 그러다 세 번 벨을 누른다. 아예 건물에서 나갈 생각으로(그렇다고 이번이 마지막 방문이 아니라는 건 그도 알고 있다) 돌아서는 순간에 옆집 문이 열리면서 벽이나 천장에 페인트칠을 하던 중이었는지 여기저기 붉은 자국이 튀어 있는 구릿빛 색깔의 커다란 민머리가 삐죽 튀어나오더니 누구를 찾아왔느냐고 묻는다.

벨라노는 처음에 어떻게 대답해야 할지 갈피를 잡지 못한다. 울리세스 리마를 찾아왔다고 말해 보았자 무슨 소용이 있겠는가. 그렇다고 또 거짓말을 지어내고 싶은 마음도 없다. 그래서 입을 다문 채 자기에게 말을 건넨 사람을 쳐다본다. 민머리의 주인은 기껏해야 스물다섯 살쯤 되는 젊은 사내인데 그를 바라보는 눈빛으로 미루어 보아 지금 잔뜩 짜증이 나 있거나 항상 짜증이 몸에 배어 있는 것 같다. 그 방 비었는데, 하고 젊은이가 말한다. 나도 알아요, 하고 벨라노가 말한다. 그럼 벨은 왜 누른 거야, 씨발? 하고 젊은 사내가 말한다. 벨라노는 그의 눈을 쳐다보며 아무 대답도 하지 않는다. 문이 활짝 열리더니 머리카락이 없는 젊은이가 복도로 걸어 나온다. 뚱뚱한 체구에 헐렁한 청바지 하나만 입고 그 위에 낡은 허리띠를 차고 있다. 뱃살에 살짝 가려져 있긴 하지만 허리띠에는 커다란 금속 버클이 달려 있다. 저 친구가 나를 칠 작정인가? 하고 벨라노는 생각한다. 두 사람은 잠시 서로를 탐색한다. 우리의 아르투로 벨라노는 어느덧 나이가 마흔다섯이고 친애하는 독자 여러분께서 이미 다 아시거나 익히 짐작하시다시피 간과 췌장은 물론이요 결장까지 좋지 않은 상태이나 아직까지는 제대로 주먹을 휘두를 줄 알기에 자기와 마주 서 있는 육중한 형체를 눈으로 드레질한다. 멕시코에 살 때 그는 숱하게 주먹다짐을 했는데, 지금으로서는 도저히 믿기지 않겠지만 단 한 번도 진 적이 없었다. 학창 시절의 패싸움이나 술자리에서 붙은 시비에서 말이다. 그래서 벨라노는 지금 뚱뚱한 젊은이를 유심히 살피며 언제 녀석이 덤벼들지 언제 어디를 먼저 때리는 게 좋을지 계산하는 중이다. 하지만 뚱보는 그를 멀뚱멀뚱 쳐다보기만 하다가 자기 집 안쪽을 들여다보는데, 그 순간 갈색 추리닝 차림의 또 다른 젊은이가 모습을 드러낸다. 그 친구

가 입고 있는 추리닝에는 쓰레기로 가득한 거리 한복판
에 서서 한껏 도전적인 자세를 취하는 세 남자의 그림과
함께 윗부분에 **로스 아모스 델 바리오**라고 붉은 글자가 새
겨진 판박이가 붙어 있다.

한순간 벨라노는 판박이에 그려진 그림에 온통 정신
이 팔린다. 추리닝 속의 한심하기 이를 데 없는 세 남자
가 어딘가 낯설지 않다. 어쩌면 그게 아닐지도 모른다.
낯익은 것처럼 느껴지는 건 거리일 수도 있다. 오래전에
저 거리에 가본 적이 있어, 하고 그는 생각한다. 그래, 하
릴없이 주변을 둘러보며 저 거리를 느긋하게 지나갔었어.

첫 번째 젊은이 못지않게 뚱뚱한 추리닝 차림의 젊은
이가 마치 물이 끓는 듯한 목소리로 무언가를 묻는다.
벨라노는 무슨 말인지 제대로 알아듣지 못한다. 그렇지
만 분명히 알 수 있는 건 상대가 공격적인 어조가 아니
라는 것이다. 뭐라고요? 하고 벨라노가 말한다. 로스 아
모스 델 바리오 팬이냐고, 형씨? 하고 추리닝 차림의 뚱
보가 다시 묻는다.

벨라노는 미소를 짓는다. 아닙니다, 저는 이곳 사람이
아니에요, 하고 말한다.

그때 두 번째 뚱보를 옆으로 밀치며 세 번째 뚱보가
나타난다. 짙고 가무잡잡한 피부에 짧게 콧수염을 기른
아스텍 뚱보 같은 그 젊은이는 자기 동거인들에게 무슨
일이냐고 묻는다. 3 대 1이군, 얼른 자리를 떠야겠어, 하
고 벨라노는 생각한다. 짧게 콧수염을 기른 뚱보가 그를
쳐다보더니 무슨 용건이냐고 묻는다. 이 새끼가 울리세

스 리마네 초인종을 누르고 있더라고, 하고 첫 번째 뚱보가 말한다. 울리세스 리마랑 아는 사이요? 하고 짧게 콧수염을 기른 뚱보가 묻는다. 네, 친구였어요, 하고 벨라노가 답한다. 어이, 그쪽 이름이 뭔데? 하고 추리닝 차림의 뚱보가 묻는다. 아르투로 벨라노가 자신의 이름을 밝히고 나서 이제 가야겠다며 귀찮게 굴어 미안하다고 덧붙이자, 세 뚱보는 갑자기 사람이 다르게 보이기라도 한다는 듯 그를 흥미 가득한 시선으로 쳐다본다. 추리닝 차림의 뚱보가 웃으면서, 구라 치고 있네, 그쪽 이름이 아르투로 벨라노일 리 없어, 하고 말한다. 하지만 말하는 투로 미루어 보아 벨라노는 그가 완전히 의심을 거두지 못하는 와중에도 그게 사실임을 믿고 싶어 하는 눈치라는 걸 깨닫는다.

이어서 너무 슬픈 내용이라 절대 보러 갈 생각이 없는 영화를 관람하고 있는 것처럼 벨라노는 뚱보들의 집 안에 있는 자신의 모습을 지켜본다. 그는 시든 꽃을 날염한 천을 씌운 안락의자에 앉은 채 손님 대접을 한답시고 맥주를 권하는 뚱보들에게, 고맙지만 괜찮아요, 요즘에는 술을 입에 대지 않거든요, 하고 대꾸한다. 한 손에는 물이 담긴 잔을 선뜻 입에 대지 못하고 계속 들고만 있는데, 다른 이들에게 주의를 듣기도 했거니와 예전부터 멕시코시티의 수돗물을 마시면 배탈이 난다는 것을 익히 알고 있었기 때문이다. 그사이에 뚱보들은 주변에 흩어져 있는 의자에 각기 자리를 잡고 앉는다. 그렇지만 웃통을 벗고 있는 뚱보는 혼자 바닥에 퍼져 앉는다. 자

기 몸무게 때문에 의자가 부서질까 봐 걱정되거나 혹시
라도 그런 일이 생기면 친구들한테 핀잔을 들을까 걱정
이라는 듯이 말이다.

웃통을 벗고 있는 뚱보는 어쩐지 하는 짓이 꼭 머슴
같아, 하고 벨라노는 생각한다.

두서없는 가운데 감상적인 분위기가 이어진다. 뚱보
들은 자신들이 울리세스 리마의 마지막 **제자**(정말로 자
신들을 그렇게 지칭한다)라고 털어놓는다. 그리고 그의
죽음에 대해, 그가 검은색 임팔라 빽소니 차량에 치어서
죽게 되었던 일에 대해 들려준다. 그가 전설적인 주량을
뽐내면서 술자리를 전전하며 살았다는 이야기도 전한
다. 울리세스 리마가 구역질을 느끼고 토했던 술집과 방
이 그의 전집을 이루는 낱권이라도 된다는 듯이 말이다.
그렇지만 젊은이들이 주로 화제로 삼는 것은 자기 자신
들에 대한 이야기이다. 그들은 엘 오헤테 데 모렐로스라
는 록 밴드에서 활동하며 멕시코시티 변두리의 나이트
클럽에서 공연을 한다. 앨범을 한 장 발매했는데 공중파
라디오에서는 가사에 담긴 내용 때문에 틀어 주지 않는
다. 하지만 독립 방송국들에서는 하루 종일 그들의 노래
가 흘러나온다. 조금씩 유명세를 타고 있지만 우리는 여
전히 반항아예요, 하고 그들은 말한다. 울리세스 리마가
걸어가던 길, 울리세스 리마의 예광탄(曳光彈), 가장 위
대한 멕시코 시인의 시처럼 말이에요.

말이 나온 김에 그들은 엘 오헤테 데 모렐로스의 노래
가 담긴 CD를 틀고 벨라노는 아직 입에 대지도 않은 잔

을 손에 꽉 쥔 채 지저분한 방바닥과 벽을 바라보며 음악에 귀를 기울인다. 벽에는 사방으로 로스 아모스 델 바리오와 엘 오헤테 데 모렐로스를 비롯해 낯선 밴드들의 포스터가 붙어 있는데, 아마도 젊은이들이 로스 아모스 델 바리오나 엘 오헤테 데 모렐로스를 결성하기 전에 연주했던 그룹들일 터이다. 그것은 무기를 휘두르는 듯이, 혹은 추워서 죽을 지경인 듯이 일렉트릭 기타를 흔들며 사진 또는 지옥으로부터 그를 바라보고 있는 멕시코 소년들의 모습이다.

말썽꾼

유럽에서 이라크 반전 시위가 한창이던 2003년에 시인 폰스 알테스를 통해 그의 작품들이 일부 공개되었다. 그것은 작가 자신이 지적한 것처럼 스케치나 실험, 이름 없는 어두운 방구석에서 행한 사사로운 연습에 불과했다. 발리라나에 대해서는 딱히 알려진 바가 없다. 그는 직업이 없는 갓 스물한 살 된 청년으로 넉넉지 못한 (하지만 그를 부양할 정도로 끔찍이 여기는) 집안 출신이었다. 문학적인 소양은 제대로 여물기 전이었지만 그때쯤에 이미 알프레드 자리의 모든 작품을 다 읽은 터였다. 자리는 그가 제일 좋아하는 작가로, 세월의 흐름에도 빛바래지 않은 광채를 뿜어내고 있었다. 당시에 발리라나의 성격이 어땠는지에 대해서는 온갖 의견이 난무한다. 대체적으로 보아 상당히(그렇지만 심하지 않을 정도로) 내성적이고 상당히(그러나 역시 심하지 않을 정도로) 소심한 청년이었던 모양이다. 그는 예술과 과학의 철저한 신봉자였다. 그리고 그 둘의 결합을 자신에게 주어진 **과업**으로 여겼다. 그런 점에서 보면 천생 카탈루냐 사람이었다고도 할 수 있겠다. 신과 우연은 예술의 영역에, 영원과 미로는 과학의 영역에 속했다. 이라크 반전 시위가 시작되었을 때 그는 사흘 내내 방에 틀어박혀 있었다. 부모님 집에 있는 코딱지만 한 방에서 칩거하며 아예 밖에 나가 직장을 구한다거나 쇼핑을 한다거나 영화를 본다거나 공원을 산책할 생각조차 안 하는 일본의 젊은이들처럼 말이다. 하지만 (외아들이고 도쿄가 아니라 엘 마스노우에 살았던) 발리라나는 그보다 넓은 방에 겨우 사흘간 처박혀 거의 잠도 자지 않고 텔레비전(침대 발치에 텔레비전이 하나 있었다)만 보면서 시위의 진행 상황을 주시하고 생각을 정리했을 뿐이다. 그렇게 사흘이 지난 뒤에 그는 옥상으로 올라가 자그마한 팻말을 하나 만들었다. 팻말에는 이런 문구가 적혀 있었다. 〈전쟁 반대 — 사담 후세인 만세〉. 적당한 크기의 마분지에다 나름 멋들어지게 로마체 대문자로 써서 1미터 50센티미터 길이의 나무 막대에 호치키스로 박은 것이었다. 팻말의 양쪽 여백에는 순간적인 악의적 충동을 이겨 내지 못하고 네잎 클로버처럼 생긴 작은 꽃문양을 그려 넣었다. 이튿날 그는 기차를 타고 바르셀로나에 가서 로스피탈레트에서 진행된 반전 시위에 참여했는데 현장에는 사람이 그리 많지 않았다. 하지만 저녁에 산 자우마 광장에서 대대적인 냄비 시위가 벌어지자 발리라나는 팻말을 높이 쳐든 채 시위대에 합류했다. 로스피탈레트에서는 딱히 그에게 딴지를 놓는 사람이 없었다. 산 자우마 광장에서도 마찬가지였는데 발리라나는 거기에 축구 심판의 호루라기를 들고 가서 폐가 터지도록 불어 댔다. 그날 밤에 그는 엘 마스노우로 가는 막차를 놓치고 지하철 의자에서 노숙자들 틈에 끼어 잠을 잤다. 이튿날에는 바르셀로나 자치 대학 학생 시위에 가담해 중간에 여러 번 차량 통행을 막아 가면서 대학 캠퍼스에서 사리아 지구까지 반전과 반미 구호를 외치며 행진했다. 시위대가 환상 도로 중 한곳을 가로지르고 있을 때, 언론학을 전공하는 어떤 여학생이 다가오더니 자기는 전쟁에 반대하지만 그렇다고 해서 사담 후세인을 지지하고 있는 건 아니라고 말했다. 여학생의 이름은 돌로르스였고, 발리라나는 그 여학생에게 자신을 엔리크 드 몽테를랑이라고 소개했다. 시위가 정리된 뒤에 두 사람은 사리아 광장에 있는 카페에서 커피를 마시며 이튿날에 다시 만나 람블라 거리에서 카탈루냐 광장까지 이어지는 대규모 집회에 함께 참석하기로 약속했다. 그날 그는 엘 마스노우로 돌아가 전날 밤에 옴이 옮은 건 아닐까 싶은 꺼림칙한 느낌에 샤워를 하고 옷을 갈아입었다. 아닌 게 아니라 온몸에 시뻘겋게 물린 자국이 송송했다. 잠들기 전에 발리라나는 많은 메모를 남겼다. 그는 스스로에게 여러 질문을 던졌다. 그리고 거기에 대한 답을 적지 않고 그대로 남겨 두는 식의 안일함에 빠지지 않았다. 글쓰기를 마친 후에 그는 옥상에 올라가 다른 팻말을 만들었다. 팻말에는 이런 문구가 적혀 있었다. 〈전쟁 반대 — 이라크 민중 만세 — 유대인들에게 죽음을〉. 첫 번째 문구인 전쟁반대는 큰 글씨, 두 번째 문구는 그보다 조금 작은 글씨,

세 번째 문구는 제일 작은 글씨였다. 구불구불하고 휘우 듬한 글씨체가 어렴풋이 아랍어 서체를 떠올리게 하는 구석이 있었다. 만화책에 나오는 아랍어 서체 말이다. 팻말의 양쪽 여백에는 평화의 심벌을 그려 넣었다. 작업을 마치고 나서 그는 속으로 이렇게 생각했다. 자, 이제 어떻게들 반응하는지 보자고. 그런 다음에 그는 햄 샌드위치와 토마토 빵으로 저녁을 때우고 방에 틀어박혀 돌로르스를 생각하며 자위를 하다가 부모님께 방해가 되지 않도록 소리를 줄이고 보던 텔레비전을 그대로 켜놓은 채 잠이 들었다. 이튿날 그는 새벽같이 기차에 올라탔다. 객차에는 막일꾼들과 학생들도 있었지만 대다수는 회사에 출근하는 직장인들이었다. 넥타이 차림의 남성들과 추레한 정장 차림의 여성들 틈에 자신들의 인생이 완전한 실패작은 아니라는 걸 웅변하려는 듯이 꽤 신경 써서 옷을 차려입은 치들이 드문드문 눈에 띄었다. 이들은 섹스와 유혹, 상대방의 마음에 들고 마음에 드는 상대방을 찾는 데 혈안이 된 것처럼 보였는데, 발리라나는 그것이 그리 대단하지는 않더라도 아무 의미 없는 일은 아닐 거라고 생각했다. 그 외에 나머지 사람들은 초라하기 이를 데 없는 낯짝들을 하고 있었다. 선글라스를 쓰고 엉덩이와 허벅지에 뒤룩뒤룩 살이 찐 여자들, 방에서 옷을 다 벗으면 보는 이로 하여금 절로 눈살을 찌푸리게 만들 남자들. 막일꾼들의 경우는 파란색이나 노란색 작업복과 도시락, 은박지로 포장한 간식 때문에 쉽게 구별이 되었는데, 마치 다른 세상에 있는 것 같은 모습이었다. 사실 겉으로만 그렇게 보일 뿐 아니라 실제로도 그러했던 것이, 그들 대다수는 마그레브나 아프리카, 라틴 아메리카에서 온 이민자들로 애초에 스페인 사람들이 무슨 짓을 하든 아무런 관심이 없었다. 학생들은 꾸벅꾸벅 졸거나 필기 내용을 복습하고 있었다. 기차가 개선문 역에 도착하기에 앞서 바르셀로나에 있는 터널로 진입하는 순간 발리라나가 큰 소리로 외쳤다. 「전쟁 반대!」 느닷없는 고함 소리에 몇몇 이들이 잠에서 깨고 나머지 사람들은 놀란 눈치였지만, 당황스러운 짧은 순간이 지나자마자 객실 전체가 한목소리로 외쳤다. 「전쟁 반대!」

세비야가 날 죽인다[1]

1. **제목.** 원래대로라면 저는 제 의사와 상관없이 정해진 주제에 따라 〈새로운 라틴 아메리카 문학은 어디에서 생겨나는가〉라는 제목으로 기조 강연을 할 예정이었습니다. 제목에 충실하게 답변하자면 길어야 3분을 넘기지 않을 겁니다. 우리는 중산층이나 어느 정도 안정된 프롤레타리아 출신, 또는 마약 밀매상의 하수인 노릇을 해왔으며 이제는 총알받이 신세에서 벗어나 사람들로부터 존경받기를 원하는 집안 출신입니다. 여기서 핵심적인 단어는 존경입니다. 이미 페레 짐페레[2]가 이 부분에 대해 지적한 적이 있지요. 예전의 작가들은 상류층이나 귀족 출신으로서 문학을 선택함과 동시에 어쩌면 평생이 될 수도 있고 4~5년이 될 수도 있는 사회적 물의와 인습 타파, 조롱, 그리고 계속되는 비난의 길을 선택

1 볼라뇨가 2003년 6월 스페인 세비야에서 열린 〈라틴 아메리카 작가 대회〉 기조 강연에서 발표하려고 계획했던 글이다. 하지만 행사 당일까지 글을 완성하지 못하는 바람에 자신의 작품집 『참을 수 없는 가우초』에 실린 「크툴루 신화Los mitos de Cthulhu」를 대신 읽었다.

2 Pere Gimferrer(1945~). 스페인 시인. 볼라뇨의 첫 시집 『낭만적인 개들』의 서문을 쓰기도 했다.

했습니다. 반면에 오늘날에 이르러서는 특히 라틴 아메리카의 경우엔 중하류층이나 프롤레타리아 계급 출신의 작가들이 대부분으로, 그네들이 하루 일과를 끝마친 뒤에 바라는 것은 약간의 체면을 세워 줄 수 있는 존경입니다. 한마디로 요즘 작가들은 인정을 갈구하죠. 그렇지만 그들은 자신들의 동류가 아니라, 정치적 성향과 상관없이(젊은 작가들한테는 그게 그거입니다!) 흔히 〈정계의 거물들〉이라고 불리는 권력의 강탈자들한테서 인정받기를 원합니다. 그리고 이것이 대중의 인정으로 이어져 결국에는 책이 많이 팔리기를 바라지요. 이는 출판사들을 행복하게 할 뿐만 아니라 무엇보다도 작가 자신들을 행복하게 만드는 일입니다. 왜냐하면 이 작가들은 어린 시절 자기들의 부모를 보면서 하루에 여덟 시간 또는 아홉 시간 열 시간 노동을 한다는 게 얼마나 힘든 일인지 뼈저리게 느꼈기 때문입니다. 그나마 그것도 일이 있을 때의 경우지 하루 열 시간 일하는 것보다 더 최악인 것은 아무런 일도 못 한 채 무거운 발을 이끌고 직업(당연히 돈을 받는 직업이겠죠)을 찾아 떠도는 겁니다. 미로나 미로보다 고약한 라틴 아메리카의 잔혹한 낱말 퀴즈를 헤매면서 말이죠. 따라서 젊은 작가들은 상투적인 표현을 빌리자면 완전히 데어 본 경험이 있기 때문에 어떻게든 책을 팔고자 몸과 영혼을 바쳐 가며 용을 씁니다. 몸을 더 많이 이용하는 부류도 있고 영혼을 더 많이 이용하는 부류도 있으나 아무려나 책만 많이 팔리면 장땡입니다. 안 팔리는 건 어떤 거냐고요? 아, 참으로 깊이

따져 볼 만한 중요한 문제입니다. 우선, 단절을 추구하는 작품은 팔리지 않습니다. 눈을 부릅뜬 채 심연을 파헤치는 글도 팔리지 않죠. 예를 들어 보겠습니다. 마세도니오 페르난데스는 팔리지 않습니다. 보르헤스(그는 라틴 아메리카 문학에서 정전의 중심에 위치하는 작가이고 또 반드시 그래야만 하는 작가입니다)가 스승으로 모신 세 사람 중 하나가 마세도니오라고 하는데, 그게 무슨 대수입니까. 여러 정황으로 보아 그의 작품을 필수적으로 읽어야 할 것 같지만 팔리지 않으니까 무시해도 되는 셈이죠. 람보르기니가 팔리지 않는다면 그것으로 그는 그냥 끝난 겁니다. 로돌포 윌콕[3]의 이름을 아는 사람은 아르헨티나 안에 있는 소수의 행복한 독자들에 불과합니다. 그러니 무시해도 그만이죠. 새로운 라틴 아메리카 문학은 어디에서 생겨나느냐고요? 답변은 매우 간단합니다. 그것은 두려움에서 생겨납니다. 사무실에서 일하거나 파세오 아우마다[4]에서 싸구려 잡동사니를 팔아야 한다는 끔찍한(그리고 어떻게 보자면 충분히 이해가 가능한) 두려움에서 생겨나는 거지요. 그것은 두려움을 위장한 것에 지나지 않는 존경에의 욕구에서 생겨

3 Juan Rodolfo Wilcock(1919~1978). 아르헨티나 작가이자 번역가. 볼라뇨는 자신의 소설 『아메리카의 나치 문학』이 마르셀 슈보브 Marcel Schwob의 『상상의 삶Vies imaginaires』과 보르헤스의 『불한당들의 세계사Historia universal de la infamia』, 그리고 로돌포 윌콕의 『성상 파괴자들의 사원La sinagoga degli iconoclasti』의 계보를 잇는 작품이라 밝힌 바 있다.

4 칠레의 수도 산티아고의 번화가.

5 Alfredo Stroessner(1912~2006). 1954년 군부 쿠데타 이후 35년 동안 장기 집권한 파라과이의 독재자.

납니다. 상황을 잘 모르는 사람의 눈에는 우리가 시도 때도 없이 존경이라는 단어를 입에 올리는 뉴욕 갱스터 영화의 단역 배우들처럼 보일 겁니다. 솔직히 언뜻 보기에 우리는 하염없이 고도를 기다리는 30대와 40대, 그리고 간간이 50대가 끼어 있는 한심한 작가들의 모임입니다. 여기에서의 고도란 노벨 문학상, 후안 룰포 문학상, 세르반테스 문학상, 아스투리아스 왕자 문학상, 그리고 로물로 가예고스 문학상을 뜻합니다.

2. 강연은 계속되어야 한다. 제가 방금 전에 드렸던 말씀을 나쁜 뜻으로 받아들이지 않으셨으면 좋겠습니다. 농담이었으니까요. 써 온 대로 말하기는 했으나 진심은 아니었습니다. 살 만큼 산 마당에 이제 와서 더는 쓸데없이 적을 만들고 싶지 않거든요. 제가 이 자리에 선 이유는 여러분께 진정한 남자가 되는 법을 가르쳐 드리기 위해서입니다. 이것도 사실이 아니네요. 농담이었습니다. 솔직히 여러분을 지켜보고 있노라면 샘이 나서 죽을 것만 같습니다. 여기 계신 여러분뿐만 아니라 라틴 아메리카 출신의 모든 젊은 작가들을 다 포함해서 말입니다. 여러분 앞에 찬란한 미래가 펼쳐져 있다고 저는 감히 단언하는 바입니다. 하지만 그건 사실이 아닙니다. 또다시 농담을 하고 말았네요. 여러분의 미래는 카스트로, 스트뢰스네르,[5] 피노체트의 독재 정치, 그리고 우리 대륙에서 꼬리에 꼬리를 물고 이어진 수많은 부패 정권들처럼 암울하기 그지없습니다. 저에게 결투를 신청하려고 하시는

분은 없었으면 좋겠네요. 의사의 처방 때문에 저는 싸울 수가 없습니다. 실은 이 강연이 끝나는 대로 저는 방 안에 틀어박혀 포르노 영화를 볼 생각입니다. 카르투하[6]를 방문하는 건 어떻겠느냐고요? 그럴 생각은 눈곱만큼도 없습니다. 플라멩코 공연을 보러 가는 건 어떻겠느냐고요? 이거 참, 저를 잘못 봐도 한참 잘못 보셨군요. 저는

6 세비야 과달키비르강에 위치한 카르투시오회 수도원.

7 칠레의 국화(國花)로 기다란 종 모양의 빨간 꽃을 가진 덩굴 식물.

8 Daniel Sada(1953~2011). 멕시코 작가. 『거짓말처럼 보이기에 진실은 결코 알 수 없다Porque parece mentira la verdad nunca se sabe』 등의 작품이 있다.

9 Juan Villoro(1956~). 멕시코 소설가. 『증인El testigo』 등의 작품이 있다.

10 Alan Pauls(1959~). 아르헨티나 소설가. 『포르노 작가의 창피함 El pudor del pornógrafo』 등의 작품이 있다.

11 Rodrigo Rey Rosa(1958~). 과테말라 작가. 『마법에 걸린 돌 Piedras encantadas』 등의 작품이 있다.

12 Ibsen Martínez(1951~). 베네수엘라 작가. 『맹그로브 숲의 울부짖는 원숭이El Mono Aullador de los Manglares』 등의 작품이 있다.

13 Carmen Boullosa(1954~). 멕시코 소설가. 『그들은 암소고, 우리는 돼지다Son vacas, somos puercos』 등의 작품이 있다.

14 Antonio Ungar(1974~). 콜롬비아 소설가. 『세 개의 하얀 관Tres ataúdes blancos』 등의 작품이 있다.

15 Gonzalo Contreras(1958~). 칠레 소설가. 『이전의 도시La ciudad anterior』 등의 작품이 있다.

16 Pedro Lemebel(1952~2015). 칠레 작가이자 행위 예술가. 『나는 두렵다 투우사여Tengo miedo torero』 등의 작품이 있다.

17 Jaime Collyer(1955~). 칠레 소설가. 『날아다니는 백 마리의 새들Cien pájaros volando』 등의 작품이 있다.

18 Alberto Fuguet(1964~). 칠레 작가. 칠레 작가 세르히오 고메스 Sergio Gómez와 함께 붐 세대와의 단절을 표명하며 〈맥콘도McOndo〉라는 제목으로 젊은 스페인어권 작가들의 단편집을 출간했다. 대표작으로 『말라 온다Mala onda』 등이 있다.

19 María Moreno. 아르헨티나의 소설가이자 시사 평론가. 『스케핑턴 사건El affair Skeffington』 등의 작품이 있다.

멕시코나 칠레식 또는 아르헨티나식 로데오가 아니면 절대 구경하러 갈 생각이 없습니다. 그리고 일단 거기에 가면 김이 모락모락 나는 말똥 냄새와 코피우에[7]향기가 진동하는 가운데 잠을 청하고 꿈을 꿀 생각입니다.

3. 강연은 뜬구름 잡는 이야기는 그만해야 한다. 맞습니다. 이제 뜬구름 잡은 이야기는 그만하죠. 이 자리에 초청된 작가들 중에는 제가 친구로 여기고 있는 분들도 있습니다. 그분들께는 그저 관대하게 저를 눈감아 주십사 부탁드릴 뿐입니다. 나머지 분들과는 개인적인 친분은 없어도 몇몇 분들의 경우는 글을 읽어 보았고, 또 다른 분들에 대해서는 멋진 이야기를 많이 들었습니다. 물론, 지금이 자리에는 없지만 우리가 편의상 새로운 라틴 아메리카 문학이라고 부르는 이 가상의 실체를 이해하려면 절대 빼놓지 말아야 할 작가들도 있습니다. 그들의 이름을 언급하고 넘어가는 게 온당할 것 같네요. 우선 가장 난해하고 이제껏 찾아볼 수 없었던 급진적인 작가의 이름부터 언급하겠습니다. 다니엘 사다.[8] 그리고 이어서 다음과 같은 이름들을 언급해야 할 겁니다. 세사르 아이라, 후안 비요로,[9] 알란 파울스,[10] 로드리고 레이 로사,[11] 입센 마르티네스,[12] 카르멘 보우요사,[13] 새파란 청년 안토니오 웅가르,[14] 칠레 출신의 작가들인 곤살로 콘트레라스,[15] 페드로 레메벨,[16] 하이메 콜리에르,[17] 알베르토 푸게트,[18] 마리아 모레노,[19] 그리고 행운인지 불행인지는 모르겠지만 멕시코 사람들한테는 멕시코 사람 취급을

받고 페루 사람들한테는 페루 사람 취급을 받는 마리오 베야틴.[20] 이런 식으로 나열하자면 1분은 더 계속할 수 있을 겁니다. 특히 다리 위에서 내려다보면 참으로 앞날이 기대되는 광경이지요. 폭이 넓고 수량이 풍부한 강물 위로 최소한 스물다섯 명의 50대 이하, 40대 이하, 30대 이하 작가들의 머리가 둥둥 떠다니고 있습니다. 그중에서 몇 명이나 익사할까요? 제 생각에는 전부 다입니다.

4. **유산**. 우리가 우리의 부모 또는 부모로 추정되는 사람들에게서 물려받은 재산은 보잘것없습니다. 사실 우리는 소아 성애자의 저택에 갇혀 있는 어린아이와도 같습니다. 그래도 살인자보다는 소아 성애자의 노리개가 되는 편이 낫다고 하실 분도 있을 테지요. 백번 지당하신 말씀입니다. 그렇지만 우리의 소아 성애자들은 동시에 살인자들이기도 합니다.

---

20 Mario Bellatin(1960~). 멕시코·페루 소설가. 『미용실 *Salón de belleza*』 등의 작품이 있다.

혼돈 주간

　아르투로 벨라노가 이제 자기 인생의 모험은 끝이라고 생각하던 바로 그 무렵에, 과거에 그의 아내였고 여전히 그의 아내이며 아마도 두 사람이 삶을 마감할 때까지 평생(어쨌든 법적인 관계로 따지자면) 그의 아내일 여자가 바닷가에 있는 그의 집에 찾아와, 젊고 어여쁜 그들의 아들 헤로니모가 혼돈 주간 중에 베를린에서 실종되었다는 소식을 전했다.

　때는 2005년의 일이었다.

　아르투로는 그날로 당장 여장을 꾸려서 밤에 베를린으로 향하는 첫 비행기를 탔다. 그리고 새벽 3시에 목적지에 도착했다. 택시의 차창 틈으로 보이는 도시는 겉으로 보기에 평온했지만 시뻘건 불길과 길목 곳곳에 위치한 경찰 진압 차량이 여기저기 눈에 띄었다. 그래도 대체적으로는 차분한 분위기였고 도시는 진정된 상태로 잠들어 있었다.

　때는 2005년의 일이었다.

　아르투로 벨라노는 쉰을 넘긴 나이였다. 헤로니모 벨

라노는 열다섯 살이었고 친구들과 단체로 여행을 떠난 터였다. 아이가 보호자 없이 여행을 떠난 건 그때가 처음이었다. 함께 갔던 일행은 아내가 찾아왔던 날 아침에 다들 집으로 돌아왔는데 헤로니모랑 펠릭스라고 하는 아이만 소식이 없었다. 아르투로가 기억하기로 펠릭스는 유난히 큰 키에 삐쩍 마르고 얼굴이 여드름투성이인 아이였다. 아르투로는 펠릭스가 다섯 살짜리 꼬마였을 때부터 녀석을 알고 지냈다. 이따금씩 학교에 아들을 데리러 가면 펠릭스와 헤로니모는 한동안 공원에서 자기들끼리 놀고는 했다. 사실 펠릭스와 헤로니모가 처음 만난 건 녀석들이 세 살이 채 되기도 전인 유치원 때였을 수도 있는데, 아르투로는 그 당시 펠릭스의 얼굴이 도무지 기억나지 않았다. 녀석은 그의 아들이랑 가장 친한 친구는 아니었지만 어쨌든 두 아이는 허물없는 사이였다.

때는 2005년의 일이었다.

헤로니모 벨라노는 열다섯 살이었다. 아르투로 벨라노는 쉰을 넘겼고 때로는 아직까지도 자신이 살아 있다는 게 믿기지 않았다. 아르투로도 열다섯 살 때 처음으로 먼 길을 여행했었다. 부모님이 칠레를 떠나 멕시코에서 새로운 삶을 시작하기로 결정한 터였다.

옮긴이의 말
미결의 시학과 미완성 단편들

　『악의 비밀』은 볼라뇨가 세상을 떠난 후 4년 뒤인 2007년에 그의 컴퓨터에서 발견된 글들을 모아 엮은 단편집이다. 기존의 단편집들에 비하면 여기에 수록된 글들은 대체로 길이가 짧고 이야기의 결말이 더 열려 있는 편이다. 스페인어판 편집자는 볼라뇨의 단편들에 나타나는 특징을 〈미결의 시학〉으로 정의하며, 이 단편집에서도 그러한 특징을 찾아볼 수 있다고 설명한다. 하지만 『전화』, 『살인 창녀들』, 『참을 수 없는 가우초』와 비교할 때 『악의 비밀』에 실린 글들은 그중 많은 작품들이 미완성 상태에 가까운 게 사실이다. 작가가 출간을 위해 준비한 흔적이 남아 있다고 해도 최종적으로 본인이 출판사에 넘긴 작품들이 아닌 이상 어쩔 수 없는 결과다. 그렇지만 미완성 단편들이라고 해서 볼라뇨 특유의 목소리가 느껴지지 않는 것은 아니다. 독자들은 이 단편집에서 기존에 출간된 그의 작품들과 연결되는 주제들이 담겨 있는 흥미로운 글들을 발견할 수 있을 것이다.

　「콜로니아 린다비스타」는 1968년 볼라뇨가 가족과

함께 멕시코로 이주해서 새로운 환경에 적응하던 때의 모습을 엿볼 수 있는 단편이다. 실제로 볼라뇨는 작품 속의 화자처럼 종교적인 성향이 강한 학교에 다녔고, 부모님과 함께 대형 마트 히간테(현재는 소리아나로 이름이 바뀌었다)에 가서 쇼핑을 했다. 1973년에 칠레에 가서 쿠데타를 경험하고 다시 멕시코로 돌아온 볼라뇨는 친구 마리오 산티아고Mario Santiago와 함께 아방가르드 문학 운동 〈인프라레알리스모*infrarrealismo*〉를 주창한다. 암살자 교단 하샤신의 우두머리를 지칭하는 이름에서 따온 듯한 「산중 장로」라는 제목의 단편은 이 시절부터 시작된 볼라뇨와 산티아고의 우정을 담담한 어조로 담아낸 글이다. 「율리세스의 죽음」은 볼라뇨가 자신보다 일찍 세상을 떠난 친구 산티아고에게 바치는 오마주 같은 단편이다. 마리오 산티아고는 볼라뇨가 『야만스러운 탐정들』을 탈고한 지 하루 만에 차 사고로 세상을 떠났다. 그는 신원 미상의 시신으로 시체 안치소에 방치되었고 한참이 지나서야 가족들의 손에 인도되었다. 나중에야 이 소식을 접하게 된 볼라뇨는 그의 장례식에도 참석하지 못했다. 「엔리케 린과의 만남」(『살인 창녀들』)에서 꿈을 통해 현실에서 만날 수 없었던 생명의 은인을 기렸던 것처럼, 이 단편에서 작가는 자신의 분신 벨라노를 통해 세상을 떠난 친구의 집을 방문한다.

　「대령의 아들」은 화자가 자신이 본 B급 좀비 영화의 줄거리를 이야기하는 식으로 구성된 독특한 단편이다. 볼라뇨의 소설에 익숙한 독자라면 이런 식으로 작품 속에 영화의 내용이 요약되어 있는 예들을 떠올릴 수 있을 것이다. 이를테면 『2666』 1부에서 펠티에가 에스피노사와 함께 독일의 호텔 방에서 봤다는 일본 공포 영화나 「1978년의 나날」(『살인 창녀들』)에서 B가 U에게 들려주는 중세 러시아의 성상 화가에 대한 영화. 위의 두 경우에는 그 작품들이 각각 「링」과 「안드레이 류블료프」라는 실제 영화를 바탕으로 하고 있다는 것을 쉽게 알수 있다. 반면에 「대령의 아들」에 등장하는 이 좀비 멜로 영화는 웬만한 공포 영화 마니아가 아니라면 당연히 가상의 작품일 거라고 생각할 것이다. 그러나 단편에 잠깐 언급되는 조지 로메로라는 단서를 추적하다 보면 화자가 이야기하는 영화가 브라이언 유즈나Brian Yuzna 감독의 「바탈리언 3 The Return of the Living Dead 3」라는 것을 확인할 수 있다. 이 영화는 조지 로메로 감독의 첫 번째 좀비 영화에 작가로 참여했던 존 루소John A. Russo가 시작한 〈리빙 데드Living Dead〉 시리즈 중의 하나이다. 화자가 영화의 앞부분을 보지 못했다고 주장하듯이 단편의 도입부는 실제 영화의 내용과 다른 점이 많이 있다. 한 예로 단편에서는 줄리가 좀비에 물려서 감염된 것으로 나오지만 실제 영화에서는 교통사고로 죽었다가 다시 살아나서 좀비가 된다. 그 외에도 몇 가지 디테일에 있어서 차이가 나는 부분들이 있지만 기본적인 줄거리는 거의 동일하다.

「미로」는 필리프 포레스트Philippe Forest의 책 『텔켈의 역사*Histoire de Tel Quel*』에 실린 한 장의 실제 사

Fête de *L'Humanité*, 1970. De gauche à droite : Jacques Henric, Jean-Joseph Goux, Philippe Sollers, Julia Kristeva, Thérèse Réveillé, Pierre Guyotat, Catherine et Marc Devade (photo D. R.).

단편 「미로」의 바탕이 된 사진 © Jacques Henric

진으로부터 비롯된 단편이다. 볼라뇨는 마치 범죄 현장을 재구성하는 경찰이나 탐정처럼 사진 속의 디테일들을 하나도 놓치지 않고 집요하게 관찰한다. 그리고 그러한 관찰과 기존에 알려진 정보를 바탕으로 가정을 통해 점차적으로 이야기를 확장해 나간다. 역시 사진에 대한 관찰을 바탕으로 전개되는 「지상 최후의 일몰」이나 「사진들」(『살인 창녀들』) 같은 기존의 단편들을 떠올리게 하는 부분이다. 사진 밑에 엄연히 장조제프 구Jean-Joseph Goux, 테레즈 레베이예Thérèse Réveillé, 카트린 드바드Catherine Devade의 이름이 적혀 있었는데도 사실과 다르게 다른 이름으로 전하는 등 이 단편에는 의도적으로 느껴지는 몇 가지 오류들이 존재한다. 그중에서도 주목을 요하는 건 1977년이라는 연도상의 오류이다. 캡션에서 볼 수 있듯이 이 사진은 1970년에 프랑스

공산당 기관지 『뤼마니테』가 주최하는 페스티벌에서 찍은 것이다. 그렇다면 왜 굳이 화자는 이 사진이 찍힌 연도가 1977년이라고 가정하고 이야기를 진행하는 것일까? 1977년은 바로 작가 볼라뇨가 멕시코를 떠나 파리를 비롯해 유럽 여러 나라를 돌아다니기 시작했던 해이다. 그러므로 실제 사진 속에 등장하지도 않는 중앙 아메리카 출신의 젊은이 Z를 볼라뇨의 분신이라고 추측할 수도 있을 것이다.

「근육」은 머리말에서도 언급되듯이 2002년에 출간된 중편 『짧은 룸펜 소설』과 밀접한 관계를 맺고 있는 단편이다. 『짧은 룸펜 소설』은 바르셀로나에서 로마로 배경이 바뀌었을 뿐 1인칭 여성 화자가 부모님을 사고로 잃고 자신의 오빠와 오빠의 친구들과 함께 겪은 일을 이야기한다는 점에서 기본적인 설정이 동일하다. 다만 『짧은 룸펜 소설』에서는 「근육」에서 잠깐 언급되는 마치스테가 실제 인물로 등장하고 주인공들은 그를 대상으로 범죄를 꾸민다. 『야만스러운 탐정들』에서 단편 분량 정도로 다루어졌던 아욱실리오 라쿠투레의 이야기가 확장되어 중편 『부적』이 된 것처럼, 이 경우에도 아마 「근육」의 이야기가 확장되어 『짧은 룸펜 소설』이 된 게 아닌가 싶다. 이런 식으로 기존의 작품에 등장했던 인물들의 이야기를 확장하여 또 다른 이야기를 만들어 내는 작법은 볼라뇨의 작품 세계를 관통하는 매우 중요한 특징 중 하나이다. 짧은 단편 「다니엘라」도 이에 해당하는 작품이다. 부에노스아이레스에서 태어난 우주 시민

다니엘라 데 몬테크리스토는 이미 『아메리카의 나치 문학』에서 미스터리에 싸인 전설적인 미모의 여성으로 등장한 적이 있다.

「소돔의 현자들」은 아르헨티나의 정치 상황을 다룬 나이폴의 책 『에바 페론의 귀환』에 대한 볼라뇨식의 독서라고 할 수 있다. 나이폴은 이 르포에서 페론과 에비타에 관한 자극적인 묘사를 섞어 가며 아르헨티나와 아르헨티나인들을 향해 쉴 새 없이 독설을 쏟아 낸다. 그중에서도 볼라뇨가 주목하는 것은 나이폴이 아르헨티나의 성적 관습이라고 주장하는 항문 성교에 관한 이야기이다. 볼라뇨는 이 부분을 약간의 과장을 동원해 읽어 내면서 나이폴이 터무니없는 설명을 제시한다고 지적한다. 그렇다면 왜 나이폴은 굳이 항문 성교를 언급하면서까지 여성을 정복하며 만족을 느끼는 아르헨티나 마초들을 비난했을까. 흥미로운 점은 나이폴이 이 르포를 쓰던 시기에 자신이 비난하는 대상과 크게 다르지 않은 삶을 살았다는 것이다. 패트릭 프렌치Patrick French의 나이폴 평전 『세상이 다 그런 거지The world is what it is』에 따르면, 나이폴은 취재차 아르헨티나를 방문했다가 마거릿이라는 영국계 아르헨티나 여성을 만난다. 성적인 모험으로 시작한 두 사람의 관계에 대한 묘사에는 익히 예상할 수 있듯 나이폴의 구타와 항문 섹스가 등장한다. 폭력적인 아르헨티나 마초는 바로 나이폴 자신이었던 것이다.

「파국을 향한 표류」는 볼라뇨가 2002년에 바르셀로

나 현대 문화 센터에서 발표한 강연문으로, 보르헤스 사후의 아르헨티나 문학에 대해 다루고 있는 글이다. 엄밀한 비평도 아니요 선동적인 풍자에 가까운 이 에세이는 볼라뇨 특유의 쏠까스르는 어조로 여러 현대 아르헨티나 작가들의 이름을 소환한다. 그중에서도 특히 인상적인 것은 보르헤스 이후 아르헨티나의 가장 대표적인 작가 중 하나인 피글리아에 대한 언급이다. 볼라뇨는 아를트를 숭배하는 피글리아의 모습을 조롱조로 묘사하며 아르헨티나 문학사에 대한 피글리아의 해석에 의문을 제기한다. 흥미로운 점은 이 강연문을 발표한 이듬해인 2003년에 한 문학 잡지사의 주선으로 볼라뇨가 피글리아와 서면 대화를 나누었다는 것이다. 이 대화에서 볼라뇨는 마세도니오 페르난데스, 보르헤스, 아를트, 곰브로비치를 통해 아르헨티나 문학을 해석하는 피글리아의 관점이 매우 흥미롭다고 털어놓는다. 아쉽게도 아르헨티나 문학에 대한 대화는 깊게 이어지지 못하지만, 몇몇 부분에서 두 작가가 가지고 있는 관점의 차이를 엿볼 수 있다. 이를테면 피글리아는 마세도니오를 언급하면서 보르헤스가 마세도니오에게서 모든 것을 배웠다고 주장한다. 하지만 볼라뇨는 보르헤스가 마세도니오뿐만 아니라 멕시코 작가인 알폰소 레예스Alfonso Reyes에게서도 많은 걸 배웠다고 이의를 제기한다. 볼라뇨에 따르면 마세도니오는 아방가르드, 실험적인 글쓰기, 디오니소스적인 것을 대변하는 작가이고, 레예스는 고전의 독서, 명료한 글쓰기, 아폴론적인 것을 대변하는 작가이다. 그리고 이 두 가지 요소가 조화롭게 결합된 작가가 바로 보르헤스라는 것이다. 어쩌면 이런 부분에서 볼라뇨가 「파국을 향한 표류」에서 말하려고 하는 바에 대한 단서를 찾을 수도 있을 테다.

「나는 까막눈이다」는 볼라뇨가 1998년과 1999년 두 번에 걸쳐 고국 칠레를 방문했던 이야기를 다루고 있는 자전적인 단편이다. 볼라뇨는 1998년 11월에 잡지 『파울라』의 초청을 받아 심사 위원 자격으로 칠레를 방문해 20일 동안 머문다. 이후 그는 스페인으로 돌아가 오랜만에 찾은 고국에 대한 인상을 담은 글을 『파울라』와 스페인 잡지 『아호블랑코』에 발표한다. 칠레 시인 니카노르 파라Nicanor Parra를 방문했던 일화와 작가 페드로 레메벨과의 대화 등이 담겨 있는 이 두 편의 글에는 전체적으로 칠레 문단에 대한 회의적인 시각이 깊게 묻어난다. 특히, 디아멜라 엘티트Diamela Eltit의 집에 초대받아 갔던 일을 언급하며 채식주의 식단과 그녀의 남편을 비꼰 부분은 두 작가 사이에 인신공격과 다름없는 설전이 오고 가는 계기가 되기도 했다. 이후 1999년 7월에 『야만스러운 탐정들』로 로물로 가예고스상을 수상한 볼라뇨는 언론의 주목을 받으며 칠레 도서전에 방문한다. 하지만 제도권 문학에 대해 비판적인 견해를 쏟아 내는 볼라뇨에게 칠레 문단은 싸늘한 반응을 보일 뿐이었다. 이 두 번의 고국 방문 이후에 볼라뇨는 『칠레의 밤』을 비롯해 본격적으로 칠레 문학에 관한 소설과 에세이를 발표하기 시작한다. 하지만 이러한 비평적인 개입의 의지에도 불구하고 그는 죽을 때까지 칠레 문단으로부터 투명 인간 취급을 받는다. 2003년에 볼라뇨가 사망했을 때 칠레의 한 텔레비전 방송에서는 작가 볼라뇨가 아닌 배우 로베르토 고메스 볼라뇨스Roberto Gomez Bolaños가 세상을 떠났다며 오보를 내보냈다. 이렇듯 볼라뇨는 고국에서 유령과 다름없는 존재였던 것이다.

끝으로, 이 책의 번역 대본으로는 Roberto Bolaño, *El secreto del mal*(Barcelona: Editorial Anagrama, 2007)을 사용했음을 밝힌다.

2018년 10월

박세형

로베르토 볼라뇨 연보

1953년 출생 4월 28일 칠레의 산티아고에서 로베르토 볼라뇨 아발로스 태어남. 아버지 레온 볼라뇨는 아마추어 권투 선수이자 트럭 운전수였고, 어머니 빅토리아 아발로스는 수학 선생님이었음. 볼라뇨는 어린 시절 읽기 장애가 있었는데, 어머니는 시를 좋아하는 어린 아들이 좌절하지 않도록 용기를 북돋워 주었음. 볼라뇨는 가족과 함께 발파라이소, 킬푸에, 비냐델마르, 로스앙헬레스 등 칠레의 여러 도시에서 유년기를 보냈으며, 그중 로스앙헬레스에 가장 오래 거주하였음.

1968~1973년 ~~15~20세~~ 가족과 함께 멕시코의 멕시코시티로 이주함. 학교에 입학했으나 중퇴했고, 다시는 교실에 발을 들여놓지 않겠다고 굳게 결심함. 1968년 10월 멕시코시티 올림픽 개막 며칠 후, 이 도시를 뒤흔든 학생 소요와 경찰의 무력 진압 현장을 목격함. 이는 수백만의 학생이 학살되거나 투옥되었던 10월 2일 틀라텔롤코 대학살에 뒤따라 벌어진 사건이었음. 이러한 일련의 사태는 이후 볼라뇨의 작품, 특히 『야만스러운 탐정들 *Los detectives salvajes*』과 『부적 *Amuleto*』의 소재가 됨. 15세부터 시를 쓰기 시작했으며, 독서에 푹 빠져 생활함. 그는 서점 진열대에서 책을 훔쳐 읽으며 지식을 습득했고, 훗날 서점 직원들이 자기 손에 닿지 않는 곳에 몇몇 책을 꽂아 놓아 읽을 수 없었다고 원망하기도 함. 그는 자신이 독학을 한 것이 아니라 〈모든 것을 책에서 배웠다〉고 말함. 사춘기 말과 성년 초기를 멕시코에서 보냄. 이때를 멕시코에서 보낸 제1시기라고 할 수 있음.

1973년 20세 8월 아옌데 대통령의 사회주의 정부를 전복하려는 피노체트의 쿠데타(9월 11일)가 발발하기 전에 사회주의 건설에 참여하기 위해 칠레로 돌아와 아옌데의 사회주의 혁명을 지지하는 좌파 진영에 가담함. 쿠데타가 일어나자 콘셉시온 근처에서 체포되어 투옥되었으나, 마침 어릴 적 친구였던 간수의 도움으로 8일 만에 석방됨. 이 행적은 순전히 볼라뇨 자신의 진술에 의거한 것으로, 볼라뇨는 이 극적인 사건을 여러 작품에 다양한 형태로 서술하였음.

1974~1977년 21~24세 멕시코로 돌아와 아방가르드 문학 운동인 〈인프라레알리스모infrarrealismo〉를 주창함. 〈인프라레알리스모〉는 프랑스 다다이즘과 미국 비트 제너레이션의 영향을 받은 시 문학 운동으로, 볼라뇨가 친구인 시인 마리오 산티아고와 함께 결성하였으며 멕시코 시단의 기득권 세력을 비판하며 가난과 위험, 거리의 삶과 일상 언어에 눈을 돌리자고 주장한 반항적 운동임. 문학 기자와 교사로 일했으나 무엇보다도 시를 읽고 쓰는 데 집중함.

1975년 22세 시인 브루노 몬타네와 함께 시집 『높이 나는 참새들Gorriones cogiendo altura』 출간.

1976년 23세 일곱 명의 다른 〈인프라레알리스모〉 시인들과 함께 산체스 산치스 출판사에서 시집 『뜨거운 새Pájaro de calor』 출간. 그리고 같은 해 첫 단독 시집인 『사랑을 다시 만들어 내기Reinventar el amor』 출간. 이 시집은 한 편의 장시를 9개의 장으로 나누어 실은 얇은 책으로, 후안 파스코에가 지도하는 타예르 마르틴 페스카도르 시 아틀리에에서 출간되었음. 북아메리카 미술가 칼라 리피의 판화를 표지 그림으로 쓴 이 책은 225부만 인쇄하였음. 이때를 멕시코에서 보낸 제2시기라 할 수 있음.

1977년 24세 유럽으로 이주. 파리를 비롯해 유럽 여러 나라의 도시들을 여행한 후 스스로 〈세상에서 가장 아름다운 도시〉라고 경탄한 바르셀로나에 정착함. 이후 접시 닦이, 바텐더, 외판원, 캠핑장 야간 경비원, 쓰레기 청소부, 부두 노동자 등 온갖 직업에 종사하며 생계를 유지함. 그러면서도 계속 시를 씀.

1979년 <u>26세</u> 11인 공동 시집인『불의 무지개 아래 벌거벗은 소년들*Muchachos desnudos bajo el arcoiris de fuego*』출간.

1980년 <u>27세</u> 시를 계속 쓰면서 본격적으로 소설 집필에 전념하기 시작함.

1982년 <u>29세</u> 카탈루냐 출신의 여덟 살 연하의 여성 카롤리나 로페스와 결혼.

1984년 <u>31세</u> 안토니 가르시아 포르타와 함께 쓴 소설『모리슨의 제자가 조이스의 광신자에게 하는 충고*Consejos de un discípulo de Morrison a un fanático de Joyce*』를 출간, 스페인의 암비토 리테라리오 소설상 수상.

1986년 <u>33세</u> 카탈루냐 북동부 코스타브라바의 지로나 근처의 블라네스라는 바닷가 소도시로 이사. 볼라뇨는 죽을 때까지 이 도시에서 살았음.

1990년 <u>37세</u> 아들 라우타로 태어남. 1990년대 초부터 볼라뇨는 자신의 시와 소설들을 스페인의 다양한 지역 문학상에 출품하기 시작함. 그는 문학상을 받아 생계에 보탬이 되고 자신의 작품이 출판되기를 희망하였음.

1992년 <u>39세</u> 시집『미지의 대학의 조각들*Fragmentos de la universidad desconocida*』이 출간 전 라파엘 모랄레스 시(詩) 문학상 수상. 치명적인 간 질환을 진단받음.

1993년 <u>40세</u> 소설『아이스링크*La pista de hielo*』출간, 스페인의 알칼라데에나레스시(市) 중편 소설상을 수상. 시집『미지의 대학의 조각들』출간. 볼라뇨는 이때부터 본격적으로 문학계의 인정을 받기 시작함. 이때부터 그는 오직 글쓰기로만 생활비를 벌게 됨.

1994년 <u>41세</u> 소설『코끼리들의 오솔길*La senda de los elefantes*』출간, 스페인의 펠릭스 우라바옌 중편 소설상 수상. 시집『낭만적인 개들*Los perros románticos*』이 출간 전 스페인의 이룬시(市) 문학상과 산세바스티안시(市) 쿠차 문학상을 수상함.

1995년 <u>42세</u> 시집 『낭만적인 개들』 출간. 소설 쓰기에 몰두하여 명성을 얻어 가면서도 볼라뇨는 기본적으로 자신을 시인이라고 칭하며 시작을 꾸준히 계속함.

1996년 <u>43세</u> 가공의 작가들에 대한 가짜 백과사전 형식의 소설 『아메리카의 나치 문학 *La literatura nazi en América*』과 『먼 별 *Estrella distante*』 출간. 이해부터 볼라뇨는 바르셀로나의 아나그라마 출판사와 인연을 맺고 대부분의 작품을 이곳에서 출간하기 시작함.

1997년 <u>44세</u> 단편집 『전화 *Llamadas telefónicas*』 출간, 칠레의 산티아고시(市)상 수상. 이 소설집 맨 앞에 수록된 단편소설 「센시니 *Sensini*」도 같은 해 따로 단행본으로 출간됨. 그의 대표작 중 하나로 꼽히는 방대한 분량의 장편소설 『야만스러운 탐정들 *Los detectives salvajes*』이 출간 전에 스페인의 권위 있는 문학상인 에랄데 소설상을 수상함.

1998년 <u>45세</u> 『야만스러운 탐정들』 출간. 이 소설은 동시대를 그려 낸 한 편의 대서사시와 같은 장편소설로서, 철학적·문학적 성찰과 스릴러적인 요소, 파스티슈, 자서전의 성격이 혼재하는 작품임. 볼라뇨 자신의 분신이라 할 수 있는 인물 아르투로 벨라노와, 볼라뇨의 친구로서 함께 인프라레알리스모 운동을 이끌었던 마리오 산티아고를 모델로 한 울리세스 리마가 주인공으로 등장함(울리세스 리마는 이후 다른 작품에도 등장하는 인물임). 『파울라』지로부터 소설 심사 위원 위촉을 받아 25년 만에 칠레를 방문함.

1999년 <u>46세</u> 『야만스러운 탐정들』로 〈라틴 아메리카의 노벨 문학상〉이라 불리는 베네수엘라의 로물로 가예고스상 수상. 소설 『부적 *Amuleto*』과, 『코끼리들의 오솔길』의 개정판인 『팽 선생 *Monsieur Pain*』 출간. 오라 에스트라다는 『부적』을 엄청난 걸작으로 평가함.

2000년 <u>47세</u> 소설 『칠레의 밤 *Nocturno de Chile*』과 시집 『셋 *Tres*』 출간. 볼라뇨는 자신의 짧은 소설 가운데 가장 완벽한 작품으로 『칠레의 밤』을 꼽음. 스페인의 주요 일간지인 『엘 파이스 *El País*』

와 『엘 문도*El Mundo*』에 칼럼 게재.

2001년 _{48세} 단편집 『살인 창녀들*Putas asesinas*』 출간. 볼라뇨가 등장인물로 나오는 하비에르 세르카스의 소설 『살라미나의 병사들*Soldados de Salamina*』도 출간됨. 이 소설에서 볼라뇨는 주인공이 소설을 완성하도록 도와주는 인물로 등장함. 2003년 영화로도 제작된 이 작품의 성공으로 볼라뇨는 스페인에서 유명해짐.

2002년 _{49세} 실험적인 소설 『안트베르펜*Amberes*』과 『짧은 룸펜 소설*Una novelita lumpen*』 출간.

2003년 _{50세} 사망하기 몇 주 전 세비야에서 열린 라틴 아메리카 작가 대회에 참가하여 만장일치로 새로운 라틴 아메리카 문학의 대변자로 추앙됨. 장편소설 『2666』 집필에 매달리다가, 7월 15일 바르셀로나의 바예데에브론 병원에서 아내 카롤리나와 아들 라우타로, 딸 알렉산드라를 남긴 채 간 부전으로 숨을 거둠. 단편집 『참을 수 없는 가우초*El gaucho insufrible*』 사후 출간. 『2666』이 출간되기 전에 바르셀로나시(市)상을 수상함.

2004년 『참을 수 없는 가우초』가 칠레의 알타소르 소설상 수상. 필생의 역작 『2666』 출간, 스페인의 살람보상 수상. 1천 페이지가 넘는 분량의 이 작품은 볼라뇨가 죽을 때까지 손에서 놓지 않고 매달린 소설로, 그의 가장 야심적인 작품임. 처음에는 작가의 뜻에 따라 1년 간격으로 5년에 걸쳐 5부작으로 출판하려 했으나, 결국 1권의 〈메가 소설〉로 출간됨. 『2666』은 북멕시코의 시우다드후아레스시에서 3백 명 이상의 여인이 연쇄 살인된 미해결 실제 사건을 주요 모티프로 삼아 산타테레사라는 도시를 배경으로 재구성한 작품임.

2005년 『2666』이 칠레의 알타소르 소설상, 칠레의 산티아고시(市) 문학상 수상. 칼럼과 연설문, 인터뷰 등을 모은 『괄호 치고*Entre paréntesis*』 출간.

2006년 칠레 문화 예술 위원회가 로베르토 볼라뇨 청년 문학상을 제정함. 볼라뇨의 인터뷰를 모은 『볼라뇨가 말하는 볼라뇨

Bolaño por sí mismo』 출간.

2007년 단편소설과 다른 글들을 모은『악의 비밀*El secreto del mal*』과 시집『미지의 대학*La universidad desconocida*』 출간.『야만스러운 탐정들』 영어판 출간,『뉴욕 타임스』 선정 〈2007년 최고의 책〉으로 꼽힘.『먼 별』이 2007년 콜롬비아 잡지『세마나』에서 선정한 〈25년간 출간된 스페인어권 100대 소설〉 중 14위에 오름.『2666』을 바탕으로 만든 동명의 연극이 알렉스 리골라의 연출로 스페인에서 상연됨.

2008년 『2666』의 영어판 출간, 평단과 독자 모두에게 호평을 받으며 대단한 인기를 누림. 전미 서평가 연맹상 수상.『뉴욕 타임스』와『타임』 선정 〈2008년 최고의 책〉으로 꼽힘.

2009년 『2666』이『타임스 리터러리 서플러먼트』,『스펙테이터』,『텔레그래프』,『인디펜던트 온 선데이』,『샌프란시스코 크로니클』,『NRC 한델스블라트』 등 세계 각국의 유력지에서 〈2009년 최고의 책〉에 선정되었으며『가디언』에서는 〈2000년대 최고의 책 50권〉으로 꼽힘. 스페인 유력지『라 반과르디아』에서 선정한 〈2000년대 최고의 소설 50권〉 중『2666』이 1위로 꼽힘.

2010년 소설『제3제국*El Tercer Reich*』 출간. 카탈루냐의 지로나시(市) 당국이 거리 하나를 로베르토 볼라뇨 거리로 명명함.

2011년 소설『진짜 경찰의 무미건조함*Los sinsabores del verdadero policía*』 출간.

2013년 『짧은 룸펜 소설』을 바탕으로 만든 영화「미래Il futuro」(알리시아 셰르손 감독)가 칠레, 이탈리아, 독일, 스페인 등에서 개봉되어 로테르담 국제 영화제 KNF상 수상.『참을 수 없는 가우초』를 바탕으로 만든 연극「쥐들의 경찰El policía de las ratas」이 역시 리골라의 연출로 스페인에서 상연됨.

2014년 『모리슨의 제자가 조이스의 광신자에게 하는 충고』를 바탕으로 만든 동명의 연극이 펠릭스 폰스의 연출로 스페인에서 상연됨.

2018년 칠레 로스앙헬레스의 콘셉시온 대학교 캠퍼스에 청년 볼
라뇨의 동상이 세워짐.

악의 비밀

옮긴이 박세형은 1981년 충남 홍성에서 태어나 서울대학교 서어서문학과를 졸업하고 동 대학원 석사 과정을 수료했다. 옮긴 책으로 로베르토 볼라뇨의 『전화』, 『살인 창녀들』, 『아이스링크』 등이 있다.

지은이 로베르토 볼라뇨 **옮긴이** 박세형 **발행인** 홍지웅·홍예빈 **발행처** 주식회사 열린책들 **주소** 경기도 파주시 문발로 253 파주출판도시 **전화** 031-955-4000 **팩스** 031-955-4004 **홈페이지** www.openbooks.co.kr Copyright (C) 주식회사 열린책들, 2018, *Printed in Korea*. ISBN 978-89-329-1932-4 03870 **발행일** 2018년 10월 30일 초판 1쇄

이 도서의 국립중앙도서관 출판예정도서목록(CIP)은 서지정보유통지원시스템 홈페이지(http://seoji.nl.go.kr)와 국가자료공동목록시스템(http://www.nl.go.kr/kolisnet)에서 이용하실 수 있습니다.(CIP제어번호 : CIP2018033255)

로 베 르 토   볼 라 뇨 의   소 설

칠레의 밤 임종을 앞둔 칠레의 보수적 사제이자 문학 비평가인 세바스티안 우루티아 라크루아의 속죄의 독백.

부적 우루과이 여인 아욱실리오 라쿠투레가 1968년 멕시코 군대의 국립 자치 대학교 점거 당시 13일간 화장실에 숨어 지냈던 이야기를 시작으로 들려주는 흥미로운 회고담.

먼 별 연기로 하늘에 시를 쓰는 비행기 조종사이자 피노체트 치하 칠레의 살인 청부업자였던 카를로스 비더와 칠레의 암울한 나날에 관한 강렬한 이야기.

전화 볼라뇨의 첫 번째 단편집. 시인, 작가, 탐정, 군인, 낙제한 학생, 러시아 여자 육상 선수, 미국의 전직 포르노 배우, 그리고 수수께끼 같은 인물들이 등장하는 14편의 이야기.

야만스러운 탐정들 〈라틴 아메리카의 노벨상〉이라 불리는 로물로 가예고스상 수상작. 현대의 두 돈키호테, 우울한 멕시코인 울리세스 리마와 불안한 칠레인 아르투로 벨라노가 만난 3개 대륙 8개 국가 15개 도시 40명의 화자가 들려주는 방대한 증언.

2666 볼라뇨의 최대 야심작이자 죽을 때까지 손에서 놓지 않은 일생의 역작. 5부에 걸쳐 80년이란 시간과 두 개 대륙, 3백 명의 희생자들을 두루 관통하는 묵시록적인 백과사전과 같은 소설.

팽 선생 은퇴 후 조용히 살고 있던 피에르 팽. 멈추지 않는 딸꾹질로 입원한 페루 시인 세사르 바예호의 치료를 부탁받은 후 이상하게도 꿈같은 사건들이 일어나기 시작한다.

아이스링크 스페인 어느 해변 휴양지의 여름, 칠레의 작가 겸 사업가와 멕시코 출신 불법 노동자, 카탈루냐의 공무원 등 세 남자가 풀어놓는 세 가지 각기 다른 이야기.

살인 창녀들 두 번째 단편집. 세계 곳곳에서 방황하는 이들, 광기, 절망, 고독에 관한 13편의 이야기. 이 책에서 시는 폭력을 만나고, 포르노그래피는 종교를 만나며 축구는 흑마술을 만난다.

안트베르펜 볼라뇨의 무의식 세계와 비관적 서정성으로 들어가는 비밀스러운 서문과 같은 작품. 55편의 짧은 글과 한 편의 후기로 이루어진 실험적인 문학적 퍼즐이다.

참을 수 없는 가우초 5편의 단편과 2편의 에세이 모음집. 참을 수 없는 가우초, 불을 뱉는 사람, 비열한 경찰관 등에 관한 이야기와 문학과 용기에 관한 아이러니한 단상이 실려 있다.

제3제국 코스타 브라바의 독일인 여행자와 수수께끼의 남미인 사이에 벌어지는 이야기. 〈제3제국〉은 전쟁 게임의 이름이다.